SPHINX

Dans Le Livre de Poche :

VERTIGES
FIÈVRE
MANIPULATIONS
VIRUS
DANGER MORTEL
SYNCOPES

ROBIN COOK

Sphinx

TRADUIT DE L'AMÉRICAIN
PAR MONIQUE THIES

LE LIVRE DE POCHE

© Robin Cook, 1979.
© Éditions de Trévise, 1981,
pour la traduction française.

> *En ce qui concerne l'Égypte en soi j'en dirai long car il n'est pas de pays qui possède tant de merveilles, ni tant d'œuvres défiant toute description.*
>
> **HÉRODOTE**, *Histoire.*

PROLOGUE

An 1301 avant Jésus-Christ. Tombe de Toutânkhamon, Vallée des Rois, Nécropole de Thèbes. An 10 de Sa Majesté, Roi de la Haute et de la Basse-Égypte, Fils de Rê, Pharaon Séthi Ier, dixième jour du quatrième mois de la saison de l'inondation.

Eméni enfonça son ciseau de cuivre dans la masse compacte des éclats de pierre calcaire, juste devant lui, et, à nouveau, sentit le contact d'une maçonnerie dure. Il répéta son geste, une fois encore, pour s'assurer qu'il ne s'était pas trompé. Aucun doute, il avait atteint la porte intérieure. Au-delà de celle-ci se trouvaient des trésors inimaginables ; au-delà, c'était la demeure éternelle du jeune pharaon Toutânkhamon mis en terre cinquante et un an auparavant.

Avec un enthousiasme renouvelé, il se mit à creuser. La poussière gênait sa respiration. La sueur inondait son visage anguleux. L'homme était à plat ventre dans un tunnel où régnait une obscurité totale, et juste assez large pour laisser passer son corps maigre et nerveux. De la main, il ramenait les morceaux de pierre détachés, sous son ventre, jusqu'à ses pieds. Ensuite, tel un insecte, il les repoussait derrière lui où Kémèse, le porteur d'eau, les rassemblait dans une corbeille de roseaux.

Eméni n'éprouva aucune douleur quand sa main, écorchée à vif, entra en contact, dans le noir, avec le mur devant lui. Du bout des doigts, il découvrit le sceau de Toutânkhamon, inviolé depuis l'enterrement du jeune pharaon.

La tête sur le bras gauche, Eméni se détendit complètement. Il avait très mal dans les épaules et, derrière lui, il entendait la respiration laborieuse de Kémèse emplissant la corbeille de gravats.

— Nous avons atteint la porte intérieure, annonça Eméni avec un mélange de peur et d'excitation.

Il n'avait qu'un désir : voir la nuit s'achever. Ce n'était pas un voleur. Mais il se trouvait là, creusant une galerie aboutissant au sanctuaire du malheureux Toutânkhamon.

— Demande à Iramen d'apporter mon maillet.

Eméni remarqua que sa voix avait un timbre différent dans l'étroitesse du tunnel. Kémèse poussa un gloussement de joie à l'énoncé de la nouvelle et rampa à reculons vers l'orifice, emportant la corbeille.

Et ce fut le silence. Eméni sentait la pression des parois s'appesantir sur lui. Il lutta contre la claustrophobie en se remémorant comment son grand-père Amenemheb avait dirigé l'excavation de cette petite tombe. Il se demanda si Amenemheb avait touché la partie qui le surplombait. Roulant sur lui-même, il appliqua les paumes contre le roc et se sentit rassuré. Les plans du tombeau de Toutânkhamon qu'Amenemheb avait donnés à son fils Per Nefer, le père d'Eméni, qui, à son tour, les avait donnés à Eméni, étaient exacts. Eméni avait creusé un tunnel d'exactement douze coudées depuis la porte extérieure et venait de heurter la porte intérieure. De l'autre côté c'était le vestibule. Il avait fallu deux nuits de travail épuisant mais, avec le jour, c'en serait terminé. Eméni se proposait de ne prendre que quatre statues en or, indiquées, elle aussi, sur le plan. Une statue pour lui-même et une pour chacun de ses complices. Ensuite, il remettrait le sceau sur la porte. Il espérait que les dieux le comprendraient. Il ne volerait pas pour lui. La statue d'or était destinée à couvrir les frais de l'embaumement et des préparatifs funéraires de ses parents.

Kémèse pénétra à nouveau dans le tunnel, poussant devant lui sa corbeille contenant le maillet et une lampe à huile, mais également une dague de bronze à poignée d'os. Kémèse, lui, était un véritable voleur et aucun scrupule ne limitait son amour de l'or.

Entre les mains habiles d'Eméni, le maillet et le ciseau eurent vite raison du mortier retenant les blocs de pierre. Il s'étonna du peu d'importance de la tombe de Toutânkhamon par rapport à celle du pharaon Séthi Ier dans laquelle il était employé. Mais ce peu d'importance était une bonne chose en soi car, autrement, jamais Eméni n'aurait été en mesure d'y pénétrer. L'édit du pharaon Horemheb ordonnant d'effacer toute trace du souvenir de Toutânkhamon avait fait qu'aucun prêtre du Ka de Amen ne montait la garde et il avait suffi à Eméni d'acheter le veilleur de nuit du village des ouvriers avec deux mesures de grain et de la bière. Peut-être cela aurait-il été même inutile car Eméni avait projeté de pénétrer dans la demeure éternelle de Toutânkhamon pendant la grande fête de Opet. Tous les serviteurs de la nécropole, y compris la majeure partie de la population du village d'Eméni, se livraient à des réjouissances dans Thèbes même, à l'est du grand Nil. Cependant, malgré toutes ces précautions, Eméni ne s'était jamais, de toute sa vie, senti aussi nerveux. Cette anxiété accélérait ses mouvements et il frappa à coups redoublés du maillet sur le ciseau. Le bloc de pierre s'ébranla soudain et tomba avec un bruit sourd dans la chambre, de l'autre côté.

Eméni s'attendant presque à être assailli par les démons du domaine des ténèbres crut que son cœur s'arrêtait de battre. Mais ses narines sentirent l'odeur du cèdre et de l'encens et ses oreilles perçurent la solitude de l'éternité. Étreint par la terreur, il pénétra dans la tombe en rampant, la tête la première. Le silence en était assourdissant, l'obscurité impénétrable. Il regarda du côté du tunnel et discerna la faible lueur de la lune. Kémèse avançait, tâtonnant comme un aveugle. Il cherchait à donner la lampe à huile à Eméni.

— Je peux entrer ? demanda-t-il après avoir tendu lampe et briquet.

— Pas encore, répondit Eméni. Va dire à Iramen et Amasis que nous pourrons reboucher le tunnel dans une demi-heure environ.

Kémèse grommela et, comme un crabe, s'éloigna à reculons.

Une étincelle jaillit de la meule et alluma l'amadou. Rapidement, Eméni le mit en contact avec la mèche de la lampe. La lumière envahit l'obscurité comme une vague de chaleur soudaine dans une pièce froide.

Eméni se figea sur place, les jambes soudain molles. Éclairé par la flamme vacillante, le dieu Amnout, celui qui dévore les morts, lui faisait face. La lampe se mit à trembler entre ses doigts et il recula, heurtant le mur. Mais le dieu resta là où il était. Et la lumière jouant sur sa tête dorée révéla ses dents d'ivoire, son corps mince, stylisé. Eméni comprit qu'il contemplait un lit funéraire. Il y en avait deux autres, l'un avec une tête de vache, l'autre de lion. A droite, contre la paroi, deux statues grandeur nature du jeune roi Toutânkhamon gardaient l'entrée de la chambre funéraire. Eméni avait déjà vu des statues semblables de Séthi Ier auxquelles on travaillait dans la maison des sculpteurs.

Il évita avec soin une guirlande de fleurs séchées tombée sur le seuil. Vivement, il repéra deux reliquaires dorés. Il en ouvrit les portes avec respect et enleva de leur piédestal deux statues d'or. L'une, ravissante, représentait Nekhbet, déesse vautour de la Haute-Égypte ; l'autre était Isis. Aucune ne portait le nom de Toutânkhamon. C'était très important.

Prenant maillet et ciseau, Eméni se glissa sous le lit d'Amnout et, vivement, creusa une ouverture dans la paroi de la chambre latérale. Selon le plan d'Amenemheb, les deux autres statues convoitées par Eméni se trouvaient dans un coffre de cette petite chambre. Luttant contre une intense impression de peur, il pénétra dans la pièce, tendant sa lampe devant lui. A son grand soulagement, il ne vit aucun objet terrifiant. Les parois étaient de roche brute. Eméni reconnut le coffre qu'il cherchait à la merveilleuse décoration de son couvercle.

Sculptée en relief, une jeune reine offrait au pharaon Toutânkhamon des bouquets de lotus, de papyrus et de pavots. Mais le couvercle du coffre refusa de s'ouvrir. Eméni posa avec précaution sa lampe à huile sur un cabinet de cèdre brun-rouge pour examiner le coffre de plus près. Il ne se rendit pas compte de ce qui se passait dans le tunnel.

Kémèse en avait déjà atteint l'orifice, Iramen juste derrière lui. Amasis, un énorme Nubien éprouvant de grandes difficultés à pousser sa masse dans l'étroit goulot, était loin en arrière, mais les deux autres pouvaient voir l'ombre d'Eméni danser sur les murs et le plafond. Kémèse, saisissant sa dague entre ses dents cariées, plongea tête la première du tunnel sur le sol de la tombe. Sans bruit, il aida Iramen à prendre pied à côté de lui. Ils attendirent, retenant leur respiration ; enfin, Amasis à son tour pénétra dans la chambre. A la vue de la richesse incroyable du trésor étalé autour d'eux, la peur qu'éprouvaient les trois paysans se transforma en intense cupidité. Jamais, de toute leur vie, ils n'avaient vu tant de merveilles et tout était là, à leur disposition. Comme des fauves affamés, ils se ruèrent sur les objets rangés avec soin, éventrant les coffres, arrachant l'or des meubles et des chariots. En entendant du bruit, Eméni sentit son cœur se serrer. Sa première idée fut qu'il avait été surpris. Et puis, aux cris de joie de ses compagnons, il comprit ce qui se passait.

— Non ! Non !

Il saisit la lampe et se glissa jusqu'au vestibule.

— Arrêtez ! Au nom de tous les dieux, arrêtez !

L'écho de sa voix dans la petite pièce immobilisa

momentanément les trois voleurs. Et Kémèse saisit sa dague. Le voyant faire, Amasis sourit et la lueur de la lampe se réfléchit sur ses grandes dents.

Eméni voulut ramasser son maillet, mais Kémèse posa le pied dessus. Amasis, d'une main, attrapa le poignet gauche d'Eméni, immobilisant la lampe. De l'autre, il le frappa à la tempe et ne lâcha pas la lampe quand le tailleur de pierre s'écroula sur une pile de linge royal.

Eméni n'aurait su dire combien de temps il resta inconscient. Mais avec la conscience, le cauchemar revint. Tout d'abord, il ne put entendre qu'un bruit de voix étouffées. Une lueur légère passait par une brèche dans le mur. Tournant doucement la tête pour diminuer la douleur, il regarda, les yeux exorbités, dans la chambre funéraire. Accroupi au milieu des statues bitumées de Toutânkhamon, Eméni reconnut Kémèse. Ils violaient le sanctuaire sacré, le Saint des Saints !

Sans bruit, Eméni fit jouer ses membres. Son bras et sa main gauches, tordus sous lui, étaient engourdis, mais il n'avait rien de cassé. Il lui fallait appeler à l'aide. Il estima la distance le séparant de l'ouverture du tunnel. Elle était courte. Mais il serait difficile d'y entrer vivement. Ramenant ses pieds sous lui, il attendait que les élancements de sa tête diminuent. Soudain, Kémèse se tourna, tenant une petite statue en or d'Horus. Il vit Eméni et, l'espace de quelques secondes, s'immobilisa. Puis avec un rugissement il bondit dans le vestibule vers le malheureux tailleur de pierre.

Oubliant sa douleur, Eméni plongea dans le tunnel, s'écorchant ventre et poitrine. Kémèse cependant réussit à lui saisir une cheville, appelant Amasis à l'aide. Eméni, se retournant sur le dos, de son pied libre frappa Kémèse, l'atteignit à la pommette. Il lâcha sa prise. Eméni, indifférent aux coupures des éclats de pierre, rampa de toutes ses forces vers la sortie. Là, il se précipita au poste de garde de la nécropole, sur la route de Thèbes.

Dans la tombe de Toutânkhamon ce fut la

panique. Les trois voleurs le savaient, leur seule chance était de partir immédiatement bien qu'ils n'aient pénétré que dans l'un des reliquaires. A contrecœur, Amasis quitta la chambre mortuaire, pliant sous une brassée de statues en or. Kémèse noua plusieurs anneaux d'or dans un morceau d'étoffe. Fiévreusement, ils entassèrent leur butin dans des paniers de jonc. Iramen posa la lampe, poussa son panier dans le tunnel avant de s'y introduire. Kémèse et Amasis suivirent. Une fois sortis de la tombe, ils s'éloignèrent en direction du sud. Évitant la route du temple d'Hatshepsout, ils montèrent vers le village des ouvriers et obliquèrent à l'ouest pour pénétrer dans le vaste désert de Libye. Ils étaient libres et riches. Très riches.

Eméni ignorait ce qu'était la torture bien qu'il se soit demandé, parfois, s'il pourrait la supporter. Il ne le pouvait pas. Très vite la douleur était devenue insoutenable. On lui avait dit que le bâton saurait le faire parler. Il n'avait pas compris ce que cela voulait dire jusqu'au moment où quatre vigoureux gardes de la nécropole l'avaient forcé à se coucher sur une table basse, lui immobilisant bras et jambes pendant qu'un cinquième garde s'était mis à le frapper, sur la plante des pieds.

— Arrêtez ! Je dirai tout, gémit Eméni.

Mais il avait déjà tout dit, cinquante fois. Il aurait voulu pouvoir perdre conscience. Il avait l'impression que ses pieds étaient en feu, pressés contre des charbons ardents. La brûlure du soleil de midi accentuait encore sa douleur. Il hurlait comme un chien écorché vif. Il tenta de mordre le bras retenant son poignet droit, mais quelqu'un, le prenant par les cheveux, le ramena en arrière.

Il pensait qu'il allait devenir fou lorsque le prince Maya, chef de la police de la nécropole, d'un geste négligent de sa main soignée fit signe d'interrompre la correction. Le garde armé du bâton en appliqua un coup supplémentaire à Eméni avant de s'arrêter. Le prince Maya, humant le parfum d'une fleur de lotus, se tourna vers ses hôtes, Nebmare-nahkt, maire de Thèbes, et Nénephta, architecte en chef de Sa Majesté, le pharaon Séthi Ier. Aucun d'eux ne disant mot, Maya regarda Eméni que l'on avait relâché et qui, toujours étendu sur le dos, sentait ses pieds le brûler comme l'enfer.

— Redis-moi, tailleur de pierre, comment tu savais de quelle façon pénétrer dans la tombe du pharaon Toutânkhamon ?

On releva brutalement le malheureux, le forçant à s'asseoir. Les visages des trois nobles semblaient danser devant ses yeux.

— Mon grand-père, dit-il non sans mal, a donné les plans de la tombe à mon père qui me les a donnés.

— Ton grand-père était tailleur de pierre pour la tombe du pharaon Toutânkhamon ?

— Oui, répondit Eméni qui répétait, une fois encore, qu'il ne voulait que suffisamment d'argent pour faire embaumer ses parents.

Il supplia qu'on ait pitié de lui. Il s'était livré lorsqu'il avait vu ses compagnons violer la tombe.

Nénephta suivit, un instant, le vol immatériel d'un faucon contre le ciel bleu saphir. Ce voleur le gênait. Comprendre brusquement que tous ses efforts pour assurer la sécurité de la demeure éternelle de Sa Majesté Séthi Ier pouvaient être vains lui était un choc. Brusquement, il interrompit Eméni.

— Tu es tailleur de pierre pour la tombe de Séthi Ier ?

Eméni s'arrêta au milieu d'une supplication pour faire un signe d'acquiescement. Il avait peur de Nénephta. Tout le monde avait peur de lui.

— Crois-tu que l'on pourra piller la tombe que nous construisons ?

— On peut piller n'importe quelle tombe si elle n'est pas gardée.

Nénephta sentit une vague de colère le submerger. Il lutta pour ne pas céder à l'envie de fouetter lui-même cet individu qui représentait tout ce qu'il haïssait. Eméni sentit cette haine et eut un mouvement de recul vers ses tortionnaires.

— Et comment crois-tu que l'on pourrait protéger le pharaon et ses trésors ? demanda enfin Nénephta d'une voix vibrante de colère contenue.

Eméni, la tête basse, ne savait quoi répondre, sauf la vérité.

— Il est impossible de protéger le pharaon, se décida-t-il à dire. On pillera les tombes à l'avenir, comme on l'a fait dans le passé.

Avec une rapidité surprenante chez un homme de sa corpulence Nénephta s'arracha à son siège et, du revers de la main, souffleta Eméni :

— Bête puante ! Comment oses-tu parler du pharaon avec une telle insolence ?

Il ébaucha un mouvement pour le frapper à nouveau, mais il renonça : il s'était fait trop mal à la main la première fois.

— ... Puisque tu es un expert dans le pillage des tombes, comment as-tu échoué si misérablement ?

— Je ne suis pas un expert ! Si je l'avais été, j'aurais pensé à l'effet que la vue des trésors de Toutânkhamon ferait sur ceux qui m'aidaient. La cupidité les a rendus fous.

Soudain, malgré la lumière du soleil, les pupilles de Nénephta se dilatèrent. Les traits de son visage s'amollirent. Son changement d'expression fut tel que même Nebmare-nahkt qui somnolait s'en aperçut, laissant une datte à mi-chemin entre sa bouche ouverte et un bol.

Il se pencha pour mieux voir le visage de Nénephta.

— Votre Excellence se sent bien ?

Mais, contrairement aux apparences, l'esprit de l'architecte travaillait à toute allure. Les paroles d'Eméni lui avaient été une révélation. Un demi-sourire naquit des plis de ses joues.

— La tombe du pharaon Toutânkhamon a-t-elle été rescellée ? demanda-t-il vivement à Maya.

— Bien sûr. Immédiatement.

— Qu'on l'ouvre à nouveau.

— La rouvrir ?

Nebmare-nahkt en laissa tomber sa datte.

— Oui. Je veux entrer moi-même dans cette malheureuse tombe. Ce qu'a dit ce tailleur de pierre m'a fourni une inspiration digne du grand Imhotep. Je sais à présent comment garder pour l'éternité les trésors de notre pharaon Séthi Ier. Je me demande comment je n'y ai pas pensé plus tôt.

Pour la première fois, Eméni entrevit une lueur d'espoir. Mais le sourire de Nénephta disparut dès qu'il se tourna vers le prisonnier. Ses yeux s'étrécirent et son visage s'assombrit.

— Tes paroles ont été utiles, mais elles n'effacent pas tes méfaits. Tu seras jugé, mais je serai ton accusateur. Tu mourras comme il est indiqué. Tu seras empalé et ton cadavre sera livré aux hyènes.

Faisant signe à ses porteurs d'avancer sa chaise, Nénephta se tourna vers les autres nobles.

— Vous avez bien servi le pharaon, aujourd'hui.

— C'est mon désir le plus fervent, Excellence, répondit Maya. Mais je ne comprends pas.

— Inutile que vous compreniez. L'inspiration qui m'est venue aujourd'hui doit rester un secret absolu et qui durera toute l'éternité.

26 novembre 1922

*Tombe de Toutânkhamon. Vallée des Rois.
Nécropole de Thèbes.*

L'énervement était contagieux. Le soleil du Sahara lui-même, impitoyable dans le ciel sans nuages, ne parvenait pas à atténuer le suspense. Les fellahins qui apportaient des corbeilles de gravats de l'entrée de la tombe de Toutânkhamon accéléraient la cadence. Ils avaient atteint une seconde porte à neuf mètres de la première, au bout d'un corridor. Celle-ci aussi était scellée depuis trois mille ans. Qu'y avait-il derrière ? La tombe serait-elle vide, pillée depuis des siècles comme les autres ? Personne ne le savait.

Sarouat Raman, le chef d'équipe enturbanné, gravit les seize degrés le séparant du niveau du sol. Son visage était couvert d'une couche de poussière comme de la farine. Empoignant sa galabia, il se dirigea vers l'auvent de la tente qui fournissait la seule parcelle d'ombre dans cette vallée accablée de soleil.

— Je viens prévenir Votre Excellence que le corridor est complètement dégagé, annonça-t-il en s'inclinant légèrement. La seconde porte est parfaitement visible.

Howard Carter leva les yeux de sa citronnade, cillant sous le chapeau noir qu'il s'entêtait à porter malgré la chaleur.

— Très bien, Raman. Nous inspecterons cette porte dès que la poussière sera retombée.

— J'attends vos instructions.

Raman fit demi-tour et s'en fut.

— Eh bien, vous n'êtes pas ordinaire, Howard, remarqua lord Carnarvon, baptisé George Édouard Standhope Molyneux Herbert. Comment pouvez-vous rester là à finir votre verre sans chercher à savoir ce qu'il y a derrière cette porte ?

Carnarvon sourit et cligna de l'œil vers sa fille, lady Evelyn Herbert :

— A présent, je comprends pourquoi Belzoni s'est servi d'un bélier quand il a découvert le tombeau de Séthi Ier.

— Mes méthodes sont diamétralement opposées à celles de Belzoni, protesta Carter, et celles de Belzoni lui ont valu de trouver une tombe vide à l'exception du sarcophage. (D'instinct, le regard de Carter alla à l'entrée proche de la tombe de Séthi Ier.) Carnarvon, je ne sais pas exactement ce que nous allons trouver ici. Ne nous laissons pas porter à trop d'enthousiasme. Je ne suis même pas certain qu'il s'agisse d'une tombe. Le dessin n'est pas celui propre aux pharaons de la XVIIIe dynastie. Il peut ne s'agir que d'une cache d'objets ayant appartenu à Toutânkhamon apportés d'Akhetaten. D'autre part, des pilleurs de tombes nous ont précédés, non pas une, mais deux fois déjà. J'espère seulement que le pillage a eu lieu dans l'Antiquité et que quelqu'un a estimé devoir remettre les sceaux sur les portes. Aussi n'ai-je aucune idée de ce qui nous attend.

Imperturbable en apparence, Carter laissa errer son regard sur l'étendue désolée de la Vallée des Rois. Mais il avait l'estomac complètement noué. Jamais, au cours de ses quarante-neuf ans d'existence, il n'avait été aussi nerveux. Pendant six saisons, il avait procédé à des fouilles totalement vaines. On avait déplacé deux cent mille tonnes de sable et de cailloux pour rien. A présent, cette découverte soudaine, après cinq jours seulement de forage, avait quelque chose de stupéfiant. Il se forçait à ne penser à rien, à ne rien espérer. Ils attendaient. Le monde entier attendait.

Une couche de poussière recouvrait le sol en pente du corridor. Carter y pénétra en premier, suivi par Carnarvon, la fille de celui-ci et A.R. Callender, l'assistant de Carter. Raman attendit à l'entrée après avoir donné un levier à Carter. Callender portait une grosse lampe torche et des bougies.

— A ce que je vois, nous ne sommes pas les premiers à pénétrer dans cette tombe, fit remarquer Carter en indiquant le haut de la porte à gauche. La porte a été fracturée et rescellée dans ce petit angle, là. (Puis, il traça un cercle plus grand, au centre.)... Et là également. C'est très curieux.

Lord Carnarvon se pencha pour examiner le sceau royal, un chacal et neuf prisonniers enchaînés.

— ... Au bas de la porte, on peut voir quelques-uns des sceaux originaux de Toutânkhamon, continua Carter. (Le faisceau de la lampe réfléchit les particules de poussière suspendues en l'air avant d'éclairer les sceaux anciens, fixés dans le plâtre.) Maintenant, voyons un peu ce qu'il y a là-derrière, dit-il du ton qu'il aurait pris pour proposer une tasse de thé.

Mais son estomac se noua, aggravant son ulcère, et il avait les mains moites, non pas tant à cause de la chaleur que de la tension. A l'aide du levier, il s'attaqua au plâtre qui s'effrita, tomba à ses pieds. L'effort ouvrant les vannes à son énervement contrôlé jusqu'ici, il frappait de plus en plus fort. Brusquement, le levier creva le plâtre et Carter trébucha contre la porte. La petite ouverture pratiquée libéra de l'air chaud. Vivement, Carter alluma une bougie pour s'assurer de la présence d'oxygène. La flamme ne s'éteignit pas.

Personne n'osa dire un mot quand Carter tendit la bougie à Callender avant de reprendre son travail avec le levier. Il agrandit le trou avec précaution, prenant garde que pierres et plâtre ne tombent pas dans la chambre, de l'autre côté. Puis, reprenant sa bougie, il la passa par le trou. Elle continua de brûler sagement. Alors, il introduisit sa tête par l'ouverture.

Le temps que la vue de Carter s'habitue à l'obscurité, trois mille ans s'effacèrent. De la pénombre, émergea une tête dorée d'Amnout, montrant ses dents d'ivoire. D'autres bêtes apparurent à leur tour, la flamme de la bougie faisant danser leurs étranges silhouettes sur le mur.

— Voyez-vous quelque chose ? demanda Carnarvon, brûlant d'impatience.

— Oui, des choses merveilleuses, répondit Carter dont la voix, pour la première fois, trahissait l'émotion.

Il remplaça la bougie par la lampe torche et ceux qui le suivaient purent avoir un aperçu des objets emplissant la chambre.

Carter, de son côté, commençait à s'étonner du désordre régnant autour de lui. Au lieu d'occuper une place bien prescrite tous les objets semblaient avoir été jetés au petit bonheur. Sur la droite, se dressaient deux statues grandeur nature de Toutânkhamon, chacune portant pagne et sandales d'or et armée du crochet et du fouet.

Entre les deux statues se trouvait une autre porte scellée.

Carter s'écarta de façon que les autres puissent mieux voir. Comme Belzoni il était tenté d'enfoncer le mur et de se précipiter de l'autre côté. Mais il annonça calmement que l'on se contenterait de photographier les portes scellées. On attendrait le lendemain matin pour les ouvrir.

27 novembre 1922

Il fallut plus de trois heures à Carter, aidé par Raman et quelques autres fellahins, pour avoir raison de la porte. Callender avait fait poser des fils électriques et le couloir d'arrivée était bien éclairé. Lord Carnarvon et lady Evelyn attendirent pour rejoindre Carter que le travail soit pratiquement terminé. Les dernières corbeilles de gravats furent hissées à l'extérieur. Personne ne parlait. Dehors, des centaines de journalistes de tous les coins du monde attendaient, anxieux. L'espace d'une seconde, Carter hésita. En qualité de savant, le moindre détail, à l'intérieur de cette tombe, l'intéressait. En tant qu'être humain, cette intrusion dans le royaume de la mort l'embarrassait et, comme explorateur, il éprouvait la joie intense de la découverte. Mais, anglais jusqu'à la moelle, il se contenta de redresser son nœud de cravate et passa le seuil en prenant garde aux objets à ses pieds.

Sans émettre un son, du doigt, il désigna une merveilleuse coupe d'albâtre translucide, en forme de lotus, de façon que Carnarvon l'évite. Puis, il se dirigea vers la porte scellée entre les statues de Toutânkhamon. Il en étudia les sceaux avec soin. Son cœur se serra quand il se rendit compte que cette porte, elle aussi, avait été ouverte et rescellée.

Carnarvon pénétra dans la petite chambre, stupéfait par la beauté des objets éparpillés de façon aussi désinvolte autour de lui. Il se retourna pour prendre la main de sa fille qui se préparait à le suivre et, ce faisant, il remarqua un papyrus roulé, appuyé au mur à côté de la coupe d'albâtre, à droite. A gauche se trouvait une guirlande de fleurs mortes comme si les funérailles de Toutânkhamon avaient eu lieu la veille seulement et, tout contre, une lampe à huile noircie. Lady Evelyn entra, s'agrippant à la main de son père, suivie par Callender. Raman se pencha dans la pièce sans y pénétrer, faute de place.

— Malheureusement la chambre funéraire a été violée et la porte rescellée, dit Carter en désignant le panneau.

Avec précaution Carnarvon, lady Evelyn et Callender se rapprochèrent de l'archéologue pour voir ce qu'il leur indiquait. Raman entra dans la chambre à son tour.

— ... Cependant, on n'a ouvert cette porte qu'une seule fois et non pas deux comme les autres. On peut donc espérer que les voleurs n'ont pas atteint la momie.

Carter, se retournant, aperçut Raman.

— ... Raman, je ne vous ai pas autorisé à entrer ici.

— Je prie Votre Excellence de m'excuser. J'ai cru pouvoir être utile.

— En effet. Vous pouvez l'être en vous assurant que personne ne pénètre ici sans mon autorisation.

— A vos ordres, Excellence.

Sans bruit, Raman s'éclipsa.

— Howard, intervint Carnarvon, Raman est certainement aussi heureux que nous de cette découverte. Vous pourriez vous montrer un peu plus généreux.

— Les ouvriers seront tous autorisés à voir cette pièce, mais quand je le souhaiterai. Comme je vous le disais, j'ai bon espoir quant à la momie, car j'ai l'impression que les voleurs ont été surpris au milieu de leur sacrilège. La façon dont ces objets sans prix sont éparpillés est stupéfiante. Quelqu'un semble avoir tenté de remettre un peu d'ordre après le passage des criminels. Pourquoi ?

Carnarvon haussa les épaules.

— ... Regardez cette merveilleuse coupe sur le seuil, continua Carter. Pourquoi l'avoir laissée là ? Et cette porte dorée entrouverte ? On a évidemment volé une statue, mais alors pourquoi ne pas avoir refermé la porte ? Et cette lampe à huile parfaitement ordinaire. Pourquoi l'avoir laissée à l'intérieur de la tombe ? Il faut repérer très soigneusement l'emplacement de chaque objet. Ces indices nous apprendront certainement quelque chose. C'est très étrange, réellement.

Conscient de la tension de Carter, Carnarvon s'efforça de regarder ce qui l'entourait de la même façon que son ami. Effectivement, le fait d'avoir laissé là une vieille lampe à huile était surprenant de même que le désordre. Mais il était tellement émerveillé par la beauté de tous ces objets qu'il ne pouvait penser à rien d'autre. Regardant la coupe d'albâtre translucide si négligemment abandonnée sur le pas de la porte, il luttait contre l'envie de la prendre, de la toucher. Brusquement, il remarqua qu'elle avait légèrement changé de place par rapport à la guirlande de fleurs fanées et la lampe à huile. Il était sur le point de dire quelque chose quand la voix de Carter résonna dans la pièce.

— Il y a une autre chambre ! s'écria-t-il. Venez voir.

Accroupi, il éclairait le dessous d'un des lits funéraires. Carnarvon, lady Evelyn et Callender se précipitèrent. Le faisceau lumineux révélait un nouvel amoncellement de trésors. Comme dans la première pièce, les objets précieux avaient été éparpillés, mais les égyptologues étaient trop émus par leur trouvaille pour se demander ce qui avait pu se passer trois mille ans auparavant.

Plus tard, alors qu'ils auraient été prêts à étudier le mystère, lord Carnarvon mourait d'un empoisonnement du sang. C'était le 5 avril 1923, cinq mois après l'ouverture de la tombe de Toutânkhamon et au cours d'une panne d'électricité inexplicable et qui dura cinq minutes au Caire. On attribua sa maladie à la piqûre d'un insecte, mais l'on se posa beaucoup de questions.

En quelques mois, quatre personnes ayant pris part à l'ouverture de la tombe moururent dans des circonstances mystérieuses. Un homme disparut du pont de son yacht ancré sur les flots paisibles du Nil. On oublia l'intérêt suscité par les premiers pillages des tombes pour reparler de l'intérêt que portaient les anciens Égyptiens aux sciences occultes. Le spectre de « La malédiction des Pharaons » resurgit des brumes du passé. Le *Times* de New York alla jusqu'à écrire au sujet de ces morts : « C'est un profond mystère qu'il serait trop facile de nier par scepticisme. » La peur commença à se faire jour dans les milieux savants. Il y avait vraiment trop de coïncidences.

PREMIER JOUR

Le Caire, 15 heures

La réaction d'Erica Baron fut de pur réflexe. Les muscles de son dos et de ses cuisses se contractèrent. Elle se redressa et fit volte-face. Elle était penchée pour examiner un bol de cuivre gravé lorsqu'elle avait senti une main se glisser et l'attraper entre les jambes. Bien qu'ayant été l'objet de regards parlants et de commentaires visiblement salaces depuis sa sortie de l'hôtel Hilton, elle ne s'était pas attendue à être tripotée. Partout ailleurs, elle aurait été profondément choquée, mais pour sa première journée au Caire, cela lui parut encore pire.

Son agresseur avait une quinzaine d'années. Un sourire satisfait découvrait une rangée de dents jaunes. La main était encore tendue.

Sans tenir compte de son sac en toile à bretelles, Erica, de la main gauche, écarta d'un coup sec le bras du garçon. Puis, sans réfléchir, de toutes ses forces, elle expédia son poing droit dans le visage insolent.

Le résultat fut étonnant. Le garçon, stupéfait, perdit l'équilibre et tomba sur l'étal du marchand d'objets en cuivre. La table se renversa, la marchandise s'éparpilla avec bruit sur les pavés. Un autre garçon portant du café et de l'eau sur un plateau de métal à trépied fut pris lui aussi dans l'avalanche, ajoutant à la confusion.

Erica fut horrifiée. Seule dans la foule du bazar du Caire, elle se cramponnait à son sac, incapable de comprendre comment elle avait pu frapper quelqu'un. Elle se mit à trembler, persuadée qu'on allait se précipiter sur elle. Mais, déjà, les rires éclataient. Le marchand lui-même, dont la marchandise roulait dans la rue, se tenait les côtes. Le garçon se releva et, une main sur sa joue, ébaucha un sourire.

— *Maareish*, déclara le commerçant (plus tard Erica devait apprendre que cela signifiait : « Peu importe » ou « On n'y peut rien »).

Feignant la colère, il fit signe au garçon de déguerpir et, après avoir adressé un bon sourire à Erica, entreprit de ramasser ce qui lui appartenait.

La jeune fille s'éloigna, le cœur battant très fort et comprenant qu'elle avait encore beaucoup à apprendre sur Le Caire et l'Égypte moderne. Elle était égyptologue mais, malheureusement, cela ne lui avait appris que ce qu'était l'Égypte ancienne. Sa connaissance de l'écriture hiéroglyphique ne l'avait nullement préparée au Caire de 1980. Depuis son arrivée, vingt-quatre heures auparavant, ses sens avaient été mis à rude épreuve. D'abord l'odeur : celle du mouton qui semblait tout imprégner. Ensuite le bruit : un concert permanent d'avertisseurs d'automobiles mêlés aux sons discordants de la musique arabe retransmise à pleine puissance par d'innombrables postes de radio portatifs. Et puis cette sensation de saleté, de poussière, de sable qui recouvrait toute la ville, en accentuant la terrible pauvreté.

L'épisode avec le jeune voyou avait fait perdre sa confiance en soi à la jeune fille. A présent, tous les sourires des hommes enveloppés de leurs galabias flottantes lui semblèrent le reflet de pensées douteuses. Des petits garçons la suivaient, ricanant, lui posant des questions dans un mélange de français, d'anglais et d'arabe. Le Caire lui était une ville beaucoup plus étrangère qu'elle ne l'avait pensé. Elle songea à retourner dans le quartier ouest de la ville. Après tout l'idée de venir toute seule en Égypte était peut-être une folie. Richard Harvey, son amant depuis trois ans, et même sa mère, Janice, le lui avaient dit.

La rue se fit plus étroite, la foule de plus en plus nombreuses.

— Bakchich ? demanda une petite fille d'à peine six ans. Crayons pour l'école.

Elle parlait un anglais étonnamment clair.

Erica regarda l'enfant dont les cheveux étaient couverts de la même poussière que la ville. Elle portait une robe en guenilles, et elle était pieds nus. Erica se pencha pour lui sourire et soudain elle étouffa une exclamation. Agglutinées sur les cils de l'enfant, se groupait une quantité incroyable de mouches vertes. La petite fille ne faisait rien pour les chasser. Elle se contentait de rester là, immobile, sans ciller, la main tendue.

— *Safer !*

Un policier en uniforme blanc, portant un insigne bleu indiquant en grosses lettres « Tourist Police », s'avançait vers la jeune fille. La petite fille, les garçons disparurent comme par enchantement.

— Je peux vous aider ? demanda-t-il avec un accent prononcé. Vous avez l'air perdue.

— Je cherche le bazar Khan el Khalili, répondit Erica.

— *Tout à droite* [1], expliqua le policier appuyant son explication d'un geste. (Puis il se frappa le front :) Excusez. C'est la chaleur. Je mélange les langues. Il faut aller tout droit. Ici, vous êtes dans la rue El Muski, vous devez traverser la grande route de Shari Port-Saïd. Le bazar Khan el Khalili sera sur votre gauche. Faites de bonnes affaires, mais marchandez, c'est la coutume en Égypte.

Erica le remercia et se fraya un chemin dans la foule. A peine le policier eut-il disparu que les garnements firent leur réapparition et qu'elle fut assaillie

---

1. En français dans le texte.

par d'innombrables camelots. Elle passa devant une boucherie en plein air où pendaient une rangée de moutons abattus depuis peu. Les carcasses, accrochées la tête en bas, étaient couvertes de coups de tampons à l'encre rouge. La vue de tous ces yeux aveugles lui donna la chair de poule et l'odeur de l'étal lui leva le cœur. Odeur qui se mêla très vite à celle des mangues trop mûres, emplissant une carriole, et du crottin d'âne maculant le sol. Quelques pas plus loin montait l'arôme du café, puis le parfum prenant des herbes et des épices.

La poussière de la rue étroite et encombrée flottait, formant écran devant le soleil, faisant paraître d'un bleu délavé la portion de ciel sans nuages. De chaque côté de la rue, les maisons couleur de sable avaient fermé leur volets pour se protéger de la chaleur.

Au fur et à mesure qu'Erica avançait dans le bazar, écoutant le bruit des roues de bois sur les pavés de granit, elle avait l'impression de remonter le temps, de se retrouver à l'époque médiévale. Elle sentait la pauvreté et la dureté de l'existence. Elle était effrayée et excitée à la fois par la pulsation de la fertilité à l'état brut, les mystères universels si soigneusement camouflés par la civilisation occidentale.

— Cigarette ? demanda un petit garçon d'une dizaine d'années, vêtu d'une chemise grise et d'un pantalon informe.

L'un de ses camarades le poussa dans le dos, le faisant trébucher, se rapprocher de la jeune fille.

— Cigarette ? répéta-t-il avant de se livrer à une série de contorsions tout en faisant semblant de tirer des bouffées d'une cigarette imaginaire.

Un tailleur, s'activant à repasser avec un fer à charbon de bois, se mit à rire et un groupe d'hommes fumant des narghilés soumirent Erica à un examen soutenu.

Son pantalon de toile et son corsage léger indiquaient trop clairement qu'elle était une touriste. Les autres Occidentales qu'elle avait vues portaient des robes et non des pantalons, quant aux femmes du bazar elles étaient presque toutes fidèles aux meliyas noires. Son corps même la désignait à l'attention. Bien qu'elle eût quelques kilos en trop pour son goût, elle restait beaucoup plus mince que les Égyptiennes. Quant à son visage, il était beaucoup plus fin que ceux qu'elle voyait autour d'elle, lourds et épais. Elle avait de grands yeux gris-vert, de magnifiques cheveux châtains et une bouche délicatement sculptée dont la lèvre inférieure très pleine lui donnait l'air un peu boudeur. Elle savait être jolie si elle le voulait et, dans ce cas, aucun homme n'y était insensible.

A présent, à faire son chemin dans cette masse dense, elle regrettait d'avoir cherché à paraître séduisante.

La rue s'était encore rétrécie et il fallait se frayer un passage entre les piétons et les étals des marchands ou des artisans débordant de chaque côté. Au-dessus des têtes, on avait tendu tapis et tentures pour protéger du soleil, mais cela ne faisait qu'accroître le bruit et la poussière. Erica hésita, notant la diversité des types physiques ; paysans massifs ; Bédouins aux traits fins et au corps mince ; Nubiens, noirs comme l'ébène, à la musculature impressionnante et souvent nus jusqu'à la taille.

Poussée par la foule, elle se trouva entraînée plus avant dans le Khan el Khalili. Quelqu'un lui pinça le postérieur. Cinq ou six jeunes garçons restaient attachés à ses pas. Elle avait eu pour but le quartier des orfèvres où elle voulait acheter quelques cadeaux. Mais lorsqu'elle sentit une main sale passer dans ses cheveux, elle en eut assez. Elle décida de retourner à l'hôtel. La passion qu'elle vouait à l'Égypte concernait la civilisation ancienne avec son art et ses mystères. L'Égypte moderne et urbaine c'était autre chose, surtout en une seule dose. Elle voulait voir les monuments et surtout la Haute-Égypte, la campagne. Là ce serait comme elle l'avait toujours rêvé.

Au premier croisement, elle tourna sur la droite, opérant un demi-cercle pour éviter un âne mort, ou sur le point de mourir. Il ne remuait plus et personne ne se préoccupait du malheureux animal. Ayant étudié un plan de la ville avant de quitter l'hôtel, elle jugea pouvoir atteindre la place devant la mosquée de El-Azhar en continuant d'avancer en direction du sud-est. Elle hâta le pas.

Brusquement, elle s'immobilisa. Devant elle, dans une vitrine, une poterie en forme d'urne. Un vestige de l'ancienne Égypte éclatante au sein de la misère moderne. La pièce semblait intacte, mises à part quelques ébréchures au bord. Consciente que le bazar regorgeait de faux destinés à attirer le touriste, Erica restait cependant stupéfaite par l'aspect authentique de cette urne. Il y avait là un spécimen aussi beau que le plus beau de ceux qu'elle avait vus là où elle travaillait, au musée des Beaux-Arts de Boston. S'il était authentique, il avait plus de six mille ans.

Elle recula un peu, pour voir l'enseigne fraîchement peinte. Sous une série de caractères arabes on pouvait lire *Antica Abdul*. Une portière faite de perles enfilées pendait devant l'entrée de la boutique. L'un des gamins qui la suivaient poussant l'audace jusqu'à tirer sur son sac, il n'en fallut pas davantage à la jeune fille pour se décider à pénétrer dans l'échoppe.

Les centaines de perles de couleur tintèrent en retombant derrière elle. La boutique était étroite, trois mètres à peine, et deux fois plus longue. Il y régnait une fraîcheur surprenante. Les murs de simple stuc étaient blanchis à la chaux et le sol couvert d'une multitude de tapis usés. Un comptoir vitré, en forme de L, occupait presque toute la pièce.

Personne ne se présentant pour lui demander ce qu'elle voulait, Erica remonta la bretelle de son sac et se pencha pour examiner de plus près la poterie vue en vitrine. Marron clair, elle était ornée de dessins délicats, entre le brun et le magenta. On l'avait emplie de papier journal froissé.

Des rideaux brun-rouge, au fond de la boutique, s'écartèrent et le propriétaire s'approcha du comptoir en traînant les pieds. Erica leva les yeux vers lui et se détendit aussitôt. Agé d'environ soixante-cinq ans, il avait une expression et des mouvements doux et aimables.

— Cette urne m'intéresse, dit-elle. Puis-je la voir de plus près ?

— Bien sûr.

Il fit le tour des vitrines, saisit la poterie et, sans cérémonie, la mit dans les mains tremblantes de la jeune fille.

— ... Mettez-la sur le comptoir si vous voulez, dit-il en allumant une ampoule dépourvue d'abat-jour.

Avec précaution, la jeune fille posa la poterie le temps d'ôter le sac de son épaule. Puis elle la reprit, la tournant lentement pour en examiner les décorations.

— Combien ? demanda-t-elle.

— Deux cents livres, répondit l'autre en baissant le ton comme s'il s'agissait d'un secret.

— Deux cents livres ! répéta-t-elle tout en se livrant à un petit calcul mental. (Cela équivalait à trois cents dollars. Elle décida de marchander un peu tout en cherchant à savoir s'il s'agissait d'un faux.) Je ne peux me permettre que cent livres.

— Cent quatre-vingts, pas moins, concéda l'autre.

— Peut-être pourrai-je monter jusqu'à cent vingt, dit Erica poursuivant son examen.

— Entendu, pour vous... Vous êtes américaine ?

— Oui.

— Bon. J'aime les Américains. Mieux que les Russes. Parce que c'est vous et que j'ai besoin d'argent, je viens d'ouvrir ce magasin, je vous la cède au prix coûtant : cent soixante livres.

Il tendit la main, reprit l'urne à la jeune fille et la posa sur la table.

— ... Une pièce unique. Je ne peux pas faire mieux.

Erica retourna la poterie, regarda le dessin en spirale du fond et, tout doucement, passa dessus son doigt moite. De minces particules de terre de Sienne brûlée se détachèrent. Elle comprit alors que c'était un faux. Remarquablement exécuté, mais faux.

Extrêmement gênée, elle reposa l'objet et reprit son sac.

— Bon. Merci beaucoup, dit-elle en évitant de regarder le marchand.

— J'en ai d'autres, offrit celui-ci en ouvrant un placard.

Le même instinct qui lui avait fait sentir l'enthousiasme de la jeune fille l'avertissait de son changement soudain. Il était dérouté mais n'entendait pas perdre une cliente sans lutter.

— Celle-là vous plaira peut-être.

Il sortit du placard une poterie semblable à la première et la posa devant la jeune fille.

Erica, ne voulant pas provoquer une discussion en disant à ce vieil homme d'apparence charmante qu'il cherchait à la tromper, prit la poterie proposée, à contrecœur. L'urne était plus ovale que la première et son pied était plus étroit. Elle était ornée de spirales dirigées vers la gauche.

— J'en ai plusieurs exemplaires, continua le marchand qui sortit cinq autres cruches.

Profitant de ce qu'il avait le dos tourné, Erica humecta son index avant de passer celui-ci sur les ornements de la seconde urne. La couleur ne bougea pas.

— Combien celle-là ? demanda la jeune fille en s'efforçant à un calme qu'elle était loin de ressentir car elle tenait à la main un objet vieux de six mille ans.

— Les prix sont différents, ça dépend du travail et de l'état de l'objet, répondit l'antiquaire sans se compromettre. Pourquoi ne pas les regarder tous et prendre celui qui vous plaît ? On pourra discuter ensuite.

Après un examen consciencieux, Erica mit de côté deux des poteries.

— Ces deux-là me plaisent, dit-elle.

Le marchand regarda les deux urnes, puis Erica.

— Ce ne sont pas les plus belles. Pourquoi les préférez-vous aux autres ?

La jeune fille hésita un instant. Puis elle se décida et répondit d'un air de défi :

— Parce que les autres sont des faux.

Une étincelle naquit dans les yeux de l'antiquaire, un sourire souleva les commissures de ses lèvres et, enfin, il éclata de rire.

— Comment... comment avez-vous fait pour vous en rendre compte ? demanda-t-il enfin.

— De la façon la plus simple. La couleur de ces dessins ne tient pas. Il suffit d'un doigt humide pour l'ôter. Cela ne se produit jamais avec une pièce ancienne.

Le marchand se lécha un doigt pour se rendre compte par lui-même.

— Vous avez raison, reconnut-il en voyant son doigt coloré de terre de Sienne brûlée. Est pris qui croyait prendre... C'est la vie.

— Combien ces deux poteries *authentiques* ? demanda Erica.

— Elles ne sont pas à vendre. Un jour, peut-être, mais pas aujourd'hui.

Sous la glace du comptoir on avait collé un document d'aspect officiel orné des tampons du Département des Antiquités. L'antiquaire disposait d'une licence. A côté de celle-ci, une feuille de papier imprimée précisait que l'on fournissait des attestations d'authenticité sur demande.

— Que faites-vous quand un client vous demande une attestation ? demanda Erica.

— Je la lui donne. Pour les touristes ça n'a pas d'importance. Ils sont contents de leurs souvenirs. Ils ne cherchent jamais plus loin.

— Cela ne vous gêne pas ?

— Non. L'honnête scrupuleuse est un luxe que seuls les riches peuvent se permettre. Un marchand cherche à vendre ses marchandises le plus cher possible, pour lui-même et pour sa famille. Les touristes qui viennent ici veulent des souvenirs. S'ils désirent des antiquités, ils s'y connaissent. Je leur laisse la responsabilité. Et vous, comment savez-vous que la couleur tient sur les poteries anciennes ?

— Je suis égyptologue.

— Vous êtes égyptologue ! Qu'Allah soit béni ! Pourquoi une jeune dame aussi belle que vous peut-elle être égyptologue ? Ah, je me fais vieux. Alors vous êtes déjà venue en Égypte ?

— Non. C'est la première fois. J'en rêve depuis toujours, mais c'était trop cher.

— Eh bien, j'espère que vous ne serez pas déçue. Vous irez en Haute-Égypte ? A Louxor ?

— Bien sûr.

— Je vais vous donner l'adresse du magasin de mon fils.

— Pour qu'il me vende quelques imitations ? demanda-t-elle en souriant.

— Non, non, mais il pourra vous montrer quelques belles choses. Moi aussi j'ai quelques pièces merveilleuses. Qu'est-ce que vous pensez de ça ?

Il posa sur le comptoir une sorte de petite momie en bois recouverte de plâtre et peinte de façon exquise. Des hiéroglyphes s'alignaient à la base.

— C'est un faux, dit aussitôt Erica.

— Non !

— Ces hiéroglyphes ne veulent rien dire. Ce n'est qu'une suite de signes sans signification.

— Vous savez lire ces signes mystérieux ?

— C'est ma spécialité, notamment l'écriture du Nouvel Empire.

L'antiquaire retourna la figurine pour en examiner les hiéroglyphes.

— J'ai payé cette pièce très cher. Je suis sûr qu'elle est authentique.

— La statue l'est peut-être, mais pas l'inscription. Peut-être l'a-t-on ajoutée pour la rendre plus intéressante.

Elle frotta la peinture. La couleur semblait tenir.

— Attendez, je vais vous montrer autre chose.

Il sortit de sous le comptoir une petite boîte en carton dont il enleva le couvercle et tira plusieurs scarabées qu'il aligna devant lui. Du bout du doigt, il en poussa un vers Erica.

Elle le prit, l'examina. Le scarabée vénéré des

anciens Égyptiens était fait dans un matériaux poreux et gravé avec un art consommé. En le retournant, Erica fut surprise de voir le cartouche du pharaon Séthi Ier. La sculpture des hiéroglyphes était de toute beauté.

— C'est une pièce rare, commenta-t-elle en le reposant.
— Vous admettez que c'est une antiquité ?
— Absolument. Combien ?
— Je vous en fais cadeau.
— Je ne peux pas accepter un cadeau de cette valeur. Et pourquoi me donneriez-vous quelque chose ?
— C'est une coutume arabe. Mais j'aime autant vous prévenir, ce n'est qu'une copie.

Surprise, elle reprit le scarabée, le rapprocha de la lumière et ne changea pas d'opinion.

— Impossible.
— Je le sais car c'est mon fils qui les fabrique.
— C'est extraordinaire !
— Mon fils est très adroit. Il a copié les hiéroglyphes sur une pièce authentique.
— De quoi est-ce fait ?
— D'ossements très anciens. Il y a d'énormes réserves de momies brisées à Louxor et à Assouan dans les anciennes catacombes publiques. Mon fils emploie les os pour sculpter ses scarabées. Pour donner de la patine à la sculpture nous les faisons avaler à nos dindons. Quand ils ressortent, ils ont l'aspect voulu.

L'intérêt de la jeune femme eut vite raison du dégoût suscité par l'épreuve infligée aux scarabées.

— Je l'avoue, j'ai été eue et je le serai encore.
— Ne vous tracassez pas, plusieurs d'entre eux sont partis pour Paris et des conservateurs de musées qui croient tout savoir les ont soumis à des tests et déclaré qu'ils étaient parfaitement authentiques. Évidemment, les ossements sont anciens. Mais, maintenant, les scarabées de mon fils sont dans tous les musées du monde.

Erica ne put s'empêcher de rire. Elle avait affaire à un expert.

— ... Je m'appelle Abdul Hamdi. Et vous ?
— Oh ! Pardon ! Erica Baron.
— Voulez-vous me faire le plaisir de boire du thé à la menthe avec moi ?

Il remit les objets à leur place et écarta le lourd rideau brun-rouge. Erica avait eu plaisir à parler avec l'antiquaire, mais elle hésita un peu avant de prendre son sac et de le suivre. L'arrière-boutique avait à peu près les mêmes dimensions que la boutique elle-même, mais elle semblait dépourvue de portes et de fenêtres. Partout, sur les murs et le sol, des tapis qui donnaient à la pièce l'aspect d'une tente. Au centre, des coussins, une table basse et un narghilé.

— Un instant s'il vous plaît, dit Abdul Hamdi.

Le rideau retomba derrière lui et Erica resta seule à regarder plusieurs objets d'assez grande taille, complètement enveloppés de toile. Elle entendit le tintement des perles de la porte du magasin et la voix de l'antiquaire appelant pour commander son thé.

Il revint, indiqua le plus grand des coussins :

— Je vous en prie, asseyez-vous. Ce n'est pas si souvent que j'ai le plaisir de recevoir une jeune dame aussi belle et aussi savante. De quelle région d'Amérique êtes-vous ?

— Je suis de Toledo, dans l'Ohio, répondit Erica, un peu nerveuse, mais j'habite à Boston, aux environs, pour être exacte.

L'ampoule unique pendant au centre de la pièce accentuait la couleur rouge des tapis.

— Boston, oui. J'y ai un ami. Nous nous écrivons de temps à autre. Pour être exact c'est mon fils qui écrit. Je ne sais pas écrire en anglais. J'ai une lettre de lui, ici...

Il fouilla dans un petit coffret à côté du coussin et en sortit une lettre dactylographiée adressée à Abdul Hamdi, Louxor, Égypte.

— ... Vous le connaissez peut-être ?

— Boston est une très grande ville..., commença Erica avant de lire l'adresse de l'expéditeur : Dr Her-

bert Lowery. Son patron ! Vous connaissez le Dr Lowery ? demanda-t-elle, incrédule.
— Je l'ai vu deux fois et nous nous écrivons de temps à autre. Il était très intéressé par une lettre de Ramsès II que j'avais l'année dernière. Un homme remarquable. Très intelligent.
— En effet, reconnut Erica stupéfaite qu'Abdul Hamdi pût correspondre avec un personnage aussi éminent que le président du Département des Études sur le Proche-Orient au musée des Beaux-Arts à Boston. Elle se sentait beaucoup plus à l'aise.
Comme s'il devinait la jeune femme, Hamdi sortit plusieurs autres feuillets de son petit coffret en cèdre.
— Et voici des lettres de Dubois, du Louvre, de Caufield, du British Museum.
Les perles tintèrent à l'entrée. L'antiquaire tendant le bras pour écarter le rideau dit quelques mots en arabe. Un jeune garçon, nu-pieds et vêtu d'une galabia qui avait dû être blanche, entra sans bruit dans la pièce. Il portait un plateau posé sur un trépied. Il plaça les verres, dans leur support métallique, à côté du narghilé, sans lever les yeux. Abdul Hamdi laissa tomber quelques pièces dans le plateau et écarta de nouveau le rideau pour que le garçon puisse sortir. Se retournant vers Erica, il sourit et prit son verre de thé.
— Ce n'est pas dangereux pour moi ? demanda la jeune femme.
— Dangereux ? répéta-t-il, très surpris.
— On m'a tellement répété de ne pas boire d'eau en Égypte.
— Ah, à cause de... la digestion ! Non, vous ne risquez absolument rien. L'eau bout sans discontinuer chez le marchand de thé. Buvez sans crainte. C'est une coutume arabe que de boire du thé ou du café avec ses amis.
Erica fut agréablement surprise par le goût et la fraîcheur piquante de sa boisson.
— Dites-moi... si ce n'est pas indiscret... pourquoi êtes-vous devenue égyptologue ?

Erica baissa les yeux sur son thé où flottaient de minuscules parcelles de feuilles de menthe.

Elle était habituée à cette question. On la lui avait posée mille fois, surtout sa mère, qui ne pouvait arriver à comprendre pourquoi une jeune fille juive, extrêmement jolie, « ayant tout », choisisse l'égyptologie plutôt que l'enseignement. Sa mère avait tenté de la faire changer d'avis. Doucement au début : « Qu'est-ce que mes amis vont penser ? » Ensuite avec des arguments du genre : « Jamais tu ne pourras gagner ta vie », et puis en la menaçant de lui supprimer toute aide financière. En vain. Erica avait poursuivi ses études, un peu à cause de l'opposition de sa mère, mais surtout parce que le sujet la passionnait.

Elle ne pensait effectivement pas au travail qu'elle trouverait une fois ses études terminées et elle eut le « coup de pot » d'entrer au musée des Beaux-Arts de Boston. Elle aimait tout ce qui touchait à l'Égypte ancienne. Le mystère ajouté à la valeur extraordinaire des objets déjà découverts la fascinait. Elle avait un faible particulier pour la poésie qui faisait tout revivre à ses yeux. C'étaient ces poèmes d'amour qui lui avaient fait éprouver une émotion effaçant les siècles, réduisant le sens du temps et lui faisant se demander si la société avait réellement progressé.

— J'ai fait de l'égyptologie parce que cela me fascinait, répondit-elle enfin. Petite fille, au cours d'un voyage avec mes parents, à New York, la seule chose dont je me souvienne est d'une momie, au Metropolitan Museum. Ensuite, au collège, j'ai étudié l'histoire ancienne. Cela me plaisait énormément.

Elle haussa les épaules et sourit. Elle ne pouvait s'expliquer davantage.

— C'est drôle, dit l'antiquaire. Pour moi, c'est un métier, plus agréable que de me casser les reins à cultiver un champ. Mais pour vous... Enfin, si ça vous plaît, tant mieux. Quel âge avez-vous ?

— Vingt-huit ans.

— Et votre mari, où est-il ?

Elle sourit, parfaitement consciente que son vis-à-vis ne comprenait pas la raison de ce sourire. Elle fut presque tentée d'expliquer à cet inconnu sympathique la complexité de ses rapports avec Richard et que c'était en partie pour y échapper qu'elle était venue en Égypte.

— Je ne suis pas mariée, se contenta-t-elle de répondre.

— Vingt-huit ans et pas mariée ! Quelle époque étrange !

Erica regardait son compagnon boire son thé et se sentait bien. Il lui fallait garder un souvenir de cet agréable interlude.

— Cela vous ennuierait-il que je vous photographie ?

— Au contraire.

Pendant qu'Abdul Hamdi se redressait sur son pouf et lissait sa veste, Erica sortit son appareil de son sac, y assujettit le flash. Quelques secondes plus tard, la photo était éjectée.

— Ah, si les fusées russes avaient travaillé aussi bien que votre caméra, commenta Hamdi. Comme vous êtes la plus belle et la plus jeune des égyptologues qui soient jamais venus me voir, je vais vous montrer quelque chose de très particulier.

Il se leva lentement. Erica jeta un coup d'œil à sa photo qui se développait peu à peu.

— Vous avez de la chance de voir ça, je vous l'assure, expliqua le marchand en soulevant avec précaution une étoffe.

Erica suivit son mouvement et poussa une exclamation.

— Mon Dieu ! fit-elle, incrédule.

Devant elle se dressait une statue grandeur nature. Hamdi s'écarta, aussi fier qu'un artiste révélant l'œuvre de sa vie. Erica se leva pour voir de plus près. Le visage était fait d'or martelé rappelant le masque de Toutânkhamon, mais plus délicatement ciselé.

— C'est le pharaon Séthi Ier, annonça Abdul Hamdi qui s'assit, laissant Erica admirer l'œuvre.

— C'est la plus belle statue que j'aie jamais vue, murmura la jeune femme qui contemplait le visage majestueux et calme.

Les yeux étaient faits d'albâtre et de feldspath vert ; les sourcils de cornaline transparente. La coiffure traditionnelle de l'ancienne Égypte était d'or incrusté de lapis-lazuli. Autour du cou, on avait passé un pectoral représentant la déesse vautour Nekhbet. Le collier était d'or incrusté de centaines de turquoises, de lapis-lazuli, de jaspe. Le bec et les yeux étaient d'obsidienne. A la ceinture pendait, dans son fourreau, une dague en or à la poignée finement gravée et ornée de pierres précieuses. La main gauche étendue tenait un fouet, lui aussi enrichi de pierres précieuses. Le spectacle était fabuleux et Erica béate d'admiration. Cette statue n'était pas une copie et sa valeur était inestimable, de même que celle de chacun des joyaux qui la paraient. La jeune femme en fit lentement le tour et retrouva l'usage de la parole :

— D'où, mon Dieu, cela peut-il venir ? Je n'ai jamais rien vu de semblable.

— Elle vient de sous les sables du désert de Libye, là où sont cachés tous les trésors, répondit le marchand avec la fierté d'un jeune père. Elle ne fait que se reposer ici quelques heures avant de reprendre son voyage. J'ai pensé que vous aimeriez la voir.

— Oh, c'est tellement beau que je ne sais quoi dire !

Erica, revenue face à la statue, remarqua soudain les hiéroglyphes gravés à sa base. Elle déchiffra dans un cartouche le nom de Séthi Ier. Puis elle vit un second cartouche portant un autre nom. Elle commença à traduire et, à son grand étonnement, lut *Toutânkhamon*. Cela ne voulait rien dire. Séthi Ier était un puissant pharaon qui avait régné une cinquantaine d'années après le jeune Toutânkhamon au règne bref et sans éclat. Les deux pharaons appartenaient à deux dynasties venues de deux familles absolument distinctes. Persuadée de s'être trompée, elle reprit sa traduction et dut constater qu'elle était exacte. Les hiéroglyphes mentionnaient les deux noms.

Le crépitement des perles de la porte d'entrée du magasin fit immédiatement réagir Hamdi.

— Excusez-moi, mais il vaut mieux prendre des précautions.

La fabuleuse statue disparut à nouveau sous l'étoffe sombre. Erica eut l'impression d'être brutalement tirée d'un beau rêve. Elle n'avait plus devant les yeux qu'une masse informe, anonyme.

— ... Je vais m'occuper des clients. Je reviens. Buvez tranquillement votre thé... en voulez-vous d'autre ?

— Non, je vous remercie.

Ce qu'elle voulait, c'était revoir la statue, non pas boire du thé.

Il écarta doucement le rideau pour regarder ce qui se passait dans la boutique. Erica en profita pour examiner la photo qu'elle avait prise. Il manquait une partie de la tête d'Abdul Hamdi, mais l'épreuve était bonne. S'il acceptait, elle photographierait la statue.

Le client ne devait pas être pressé car Hamdi, laissant tomber le rideau, revint s'installer à côté de son coffret de cèdre. Erica se rassit sur son pouf.

— Avez-vous un guide de l'Égypte ? demanda l'antiquaire d'une voix calme.

— Oui. J'ai trouvé un Nagel.

— J'ai quelque chose de beaucoup mieux. Voici une édition de 1929 du Baedeker. On ne fait pas mieux. Cela me ferait plaisir que vous vous en serviez pendant votre séjour dans mon pays.

— Vous êtes extrêmement aimable. J'y ferai très attention, merci beaucoup.

— C'est moi qui suis content de rendre votre visite plus agréable, répondit Abdul Hamdi en retournant vers le rideau de séparation. (Là, il marqua une légère hésitation :) Si vous avez du mal à me rapporter ce livre au moment de votre départ, renvoyez-le à l'homme dont le nom et l'adresse figurent sur la page de garde. Je voyage beaucoup et je peux m'absenter du Caire.

Il sourit et gagna la boutique. Les lourdes draperies retombèrent derrière lui.

Erica feuilleta le guide, enregistrant l'abondance de dessins et de cartes dépliantes. Le Baedeker consacrait presque quarante pages à la description du Temple de Karnak. Cela paraissait superbe. Le chapitre suivant commençait par la reproduction d'une série de gravures sur cuivre figurant dans le temple dédié à la reine Hatshepsout, le tout suivi d'une longue description. Erica glissa la photo qu'elle venait de prendre dans le volume, pour garder la page et préserver le document, et mit le guide dans son sac.

Elle dut faire effort pour ne pas soulever la toile recouvrant la fabuleuse statue de Séthi Ier et examiner de près les étranges hiéroglyphes. Serait-ce réellement manquer à la confiance dont on avait fait preuve à son égard que de regarder la statue une fois encore ? Oui ! A contrecœur, elle s'apprêtait à reprendre son guide quand elle entendit un changement de ton dans la conversation étouffée qui lui parvenait. Au début, elle crut qu'il n'était question que de marchandage. Et puis, il y eut brusquement un bruit de verre brisé qui résonna dans le silence de la petite arrière-boutique, suivi par un cri vite étouffé. Erica sentit la panique lui serrer la poitrine.

Aussi doucement que possible, elle s'approcha du rideau et, imitant Abdul Hamdi quelques minutes auparavant, elle l'écarta légèrement pour voir ce qui se passait de l'autre côté. La première chose qu'elle vit fut le dos d'un Arabe habillé d'une galabia sale et déchirée qui se tenait à la porte, vraisemblablement pour évincer les intrus. Et, regardant un peu sur la gauche, Erica étouffa un cri. Abdul Hamdi était renversé et maintenu sur le comptoir en verre par un autre Arabe aussi peu soigné que le premier. Devant Hamdi se tenait un troisième Arabe vêtu, lui, d'une galabia propre rayée de blanc et de brun et coiffé d'un turban blanc. Il brandissait un poignard. La lueur de l'ampoule se réfléchissait sur la lame, coupante comme un rasoir, levée au-dessus du visage terrifié d'Hamdi.

43

Avant qu'Erica eût le temps de laisser retomber le rideau la lame s'était abattue, tranchant la gorge du malheureux. Un gargouillis, un flot de sang.

Les jambes de la jeune femme cédèrent sous elle et elle tomba à genoux, draperies et tapis étouffant le bruit. Terrifiée, elle chercha autour d'elle un endroit où se cacher. L'un des placards ? Elle n'avait pas le temps de chercher à y pénétrer. Faisant effort pour se relever, elle s'aplatit au fond de la petite pièce, entre le mur et le dernier placard. Ce n'était même pas une cachette, cela l'empêchait seulement de voir, comme un enfant qui se cache les yeux dans le noir. Mais le visage au nez en bec d'aigle de l'homme qui avait tué Hamdi restait gravé dans sa mémoire. Elle revoyait les yeux noirs, cruels, la moustache, la bouche ricanante et les dents cerclées d'or.

Du bruit, comme celui de meubles déplacés, suivi d'un silence oppressant, interminable. Puis Erica entendit les voix se rapprocher. Les hommes pénétraient dans l'arrière-boutique. Elle retint sa respiration, glacée de peur. Un échange de paroles incompréhensibles pour elle. Un bruit de pas, un choc. Quelqu'un poussa une exclamation. Et les pas s'éloignèrent, bientôt suivis par le tintement familier des perles de la porte d'entrée.

Erica respira enfin mais elle resta tassée dans son coin, comme si elle se trouvait au bord d'un énorme précipice. Le temps passa et elle n'aurait su dire s'il s'était écoulé cinq minutes ou un quart d'heure. Elle compta jusqu'à cinquante. Toujours aucun bruit. Doucement, elle tourna la tête et s'écarta du mur. La pièce était vide, son sac était resté là où elle l'avait laissé sur le tapis, son thé attendait. Mais la merveilleuse statue de Séthi Ier avait disparu !

Le tintement des perles lui fit passer un frisson glacé le long de la colonne vertébrale. Comme elle se précipitait vers sa cachette improvisée, son pied heurta son verre de thé. Il s'échappa de son support métallique. Le tapis absorba le liquide, mais le verre roula jusqu'à la table contre laquelle il s'immobilisa avec un bruit sourd. Recroquevillée dans son coin, elle entendit que l'on écartait la tenture. A travers ses paupières fermées, elle vit la lumière du jour éclairer la pièce. Et la lumière s'éteignit. Elle était seule avec Dieu savait qui. De nouveau quelques sons étouffés, un bruit de pas qui se rapprochait. Elle retint à nouveau sa respiration.

Brusquement une main d'acier s'abattit sur son bras gauche, l'arracha à sa cachette et la tira, trébuchante, jusqu'au milieu de la pièce.

Boston, 8 heures

La sonnerie du réveil interrompit net le rêve de Richard Harvey, le contraignant à accepter la naissance d'une nouvelle journée. Il avait passé la nuit à se tourner et se retourner dans son lit. La dernière fois qu'il avait consulté son réveil, il indiquait 5 heures. Il avait vingt-sept malades à examiner et l'impression d'être passé sous un rouleau compresseur.

— Bon Dieu ! fit-il, furieux, en arrêtant la sonnerie d'un coup de poing, ce qui eut pour effet d'enfoncer le bouton, mais aussi de détacher le cadran de sa carapace de plastique.

Ce n'était pas dramatique, mais cela symbolisait sa vie depuis quelque temps. Tout allait de travers et il n'y était pas habitué.

Il s'assit au bord du lit. A côté du réveil endommagé se trouvait une photo d'Erica sur des skis. Au lieu de sourire, elle avançait la lèvre inférieure avec cette expression boudeuse qui, selon les cas, faisait enrager Richard ou l'emplissait de désir. Il retourna la photo pour rompre le charme. Comment une fille aussi belle qu'Erica pouvait-elle être éprise d'une civilisation morte depuis plus de trois mille ans ? Cependant, elle lui manquait terriblement et elle n'était partie que depuis deux nuits. Comment allait-il faire pendant quatre semaines ?

Richard se leva et se dirigea vers la salle de bains,

entièrement nu. A trente-quatre ans, il était en excellente forme, grand, mince et musclé. Musculature qu'il entretenait en faisant du tennis régulièrement.

De la salle de bains, il passa dans la cuisine où il mit de l'eau à bouillir et se versa un verre de jus de fruits. Il ouvrit les volets du salon. Le soleil de la mi-octobre filtrait à travers les feuilles dorées des ormes, adoucissant la fraîcheur de l'air.

— L'Égypte, bon Dieu, et pourquoi pas la lune, dit Richard d'un ton morne au beau matin ensoleillé. Pourquoi diable a-t-il fallu qu'elle aille en Égypte ?

Il se doucha, se rasa, s'habilla, prit son petit déjeuner selon des règles précises et observées depuis longtemps. Cependant, ne trouvant pas de chaussettes propres, il dut aller en repêcher une paire dans le panier à linge sale. Ses pensées revenaient toujours à Erica. Finalement, en désespoir de cause, il appela la mère de la jeune femme à Toledo. Il s'entendait fort bien avec elle. Il était 8 h 30. Elle ne serait pas encore partie travailler.

Après quelques banalités il en vint à ce qui le tracassait.

— Avez-vous déjà des nouvelles d'Erica ?
— Mon Dieu, Richard, elle n'est partie que depuis une journée.
— Oui. Mais j'ai pensé que peut-être... Je suis tracassé à son sujet. Je ne sais pas ce qui se passe. Tout allait bien jusqu'au moment où nous avons parlé mariage.
— Vous auriez dû le faire il y a un an.
— Je n'aurais pas pu, mon cabinet venait d'ouvrir.
— Mais si, vous auriez pu. Vous ne vouliez pas, c'est tout. Et si vous êtes inquiet à son sujet, il fallait l'empêcher d'aller en Égypte.
— J'ai essayé.
— Si vous l'aviez réellement fait, Richard, elle serait encore à Boston.
— Janice, je vous affirme que j'ai essayé. Je lui ai dit que, si elle partait, je ne répondais pas de ce qui pouvait arriver à nos relations. Que tout serait changé.

— Et qu'a-t-elle répondu ?
— Qu'elle était navrée, mais qu'il était important qu'elle parte.
— Ce n'est qu'une crise passagère, Richard. Elle guérira. Détendez-vous.
— Vous avez sûrement raison, Janice. Du moins, je l'espère. Si vous avez de ses nouvelles, faites-le-moi savoir.

Il raccrocha. Il ne se sentait nullement mieux. Au contraire, il éprouva une sorte de peur, de crainte, de voir Erica lui échapper. Sans plus réfléchir il appela la TWA et s'enquit des vols pour Le Caire comme si cette seule action le rapprochait d'elle. En fait, l'idée d'être en retard pour ses rendez-vous et penser qu'Erica s'amusait alors qu'il s'inquiétait le mit en colère. Mais il restait désarmé.

Le Caire, 15 h 30

Erica avait été incapable de prononcer un mot pendant plusieurs minutes. Quand elle avait levé les yeux s'attendant à voir le visage de l'assassin arabe, elle s'était trouvée devant un Européen habillé d'un très élégant costume beige. Ils s'étaient regardés l'un l'autre, pendant une éternité, tous les deux extrêmement surpris. Mais Erica, en plus, était terrifiée. Il avait fallu un bon quart d'heure à Yvon-Julien de Margeau pour la persuader qu'il ne lui voulait aucun mal. Et, ensuite, Erica tremblait si fort qu'elle pouvait à peine parler. Enfin, elle avait, non sans peine, expliqué au nouveau venu qu'Abdul Hamdi était dans la boutique mort ou mourant. Yvon de Margeau, qui lui avait expliqué qu'il avait trouvé le magasin vide en arrivant, avait accepté d'aller examiner les lieux après avoir pratiquement ordonné à Erica de s'asseoir. Il reparut très vite.

— Il n'y a personne, dit-il. J'ai vu du verre cassé et du sang par terre. Mais il n'y a pas de cadavre.
— Je veux partir d'ici, dit Erica prononçant sa première phrase complète.

— Bien sûr, fit-il d'un ton rassurant. Mais racontez-moi d'abord ce qui s'est passé.

— Je veux aller à la police, persista Erica se remettant à trembler.

Il lui suffisait de fermer les yeux pour voir l'horrible lame trancher la gorge du pauvre Abdul.

— J'ai vu tuer quelqu'un. Il y a quelques minutes. C'était affreux. Je vous en prie, je veux aller à la police !

Son cerveau recommençant à fonctionner, Erica regarda l'homme qui lui faisait face. Grand, mince, le visage hâlé, les traits anguleux, il devait avoir trente-sept ou trente-huit ans. Il donnait une impression d'autorité accentuée par le bleu intense de ses yeux. Mais surtout, après avoir vu les Arabes en guenilles, son costume remarquablement coupé rassura la jeune femme.

— J'ai vu assassiner quelqu'un, redit-elle. Je regardais derrière le rideau et j'ai vu trois hommes. L'un d'eux était à la porte, l'autre maintenait le pauvre vieux et le troisième... il... il lui a tranché la gorge.

— Je comprends, fit Margeau, pensif. Comment étaient-ils habillés ?

— Non, vous ne comprenez pas, dit-elle élevant le ton. Comment étaient-ils habillés ? Je ne parle pas de voleurs à la tire ! Je m'efforce de vous faire comprendre que j'ai assisté à l'assassinat d'un homme ! Assassiné !

— Je vous crois. Mais ces hommes étaient-ils des Arabes ou des Européens ?

— Des Arabes, habillés de galabias. Deux d'entre eux étaient très sales. Le troisième beaucoup plus soigné. Oh ! mon Dieu, quand je pense que je suis venue passer des vacances ici.

Elle secoua la tête et entreprit de se lever.

— Pourriez-vous les reconnaître ? demanda Yvon de Margeau d'une voix calme.

Il lui avait posé la main sur l'épaule, pour la rassurer et pour la contraindre à rester assise.

— Je ne sais pas. Tout s'est passé si vite. Je pourrais peut-être reconnaître l'homme au poignard. Je n'ai pas vu le visage de celui de la porte.

Erica leva une main et fut stupéfaite de voir à quel point elle tremblait.

— Je me demande si ce n'est pas un cauchemar. Je bavardais avec Abdul Hamdi, le propriétaire de ce magasin. Il était plein d'esprit, charmant. Mon Dieu... (Elle se passa la main dans les cheveux.) Et vous dites qu'il n'y a pas de corps là-derrière ? Il y a eu meurtre, je vous l'affirme.

— Je vous crois.

Il avait laissé sa main sur son épaule et elle éprouvait une curieuse impression de réconfort.

— Mais pourquoi ont-ils emporté le cadavre aussi ? demanda-t-elle.

— Que voulez-vous dire par aussi ?

— Ils ont pris une statue qui se trouvait juste là, expliqua-t-elle en en indiquant l'emplacement. Une statue fabuleuse. Celle d'un pharaon...

— Séthi Ier ! s'exclama Margeau. Ce vieux fou avait la statue de Séthi ici !

— Vous la connaissiez ?

— Oui. Je venais justement en discuter avec Hamdi. Il y a combien de temps que cela s'est passé ?

— Je ne sais pas exactement. Un quart d'heure, vingt minutes. Quand vous êtes entré j'ai cru que les assassins revenaient.

— Merde !

Margeau s'écarta d'Erica et se mit à arpenter la pièce. Il ôta sa veste et la laissa tomber sur un coussin.

— .... Il s'en est fallu de si peu. Vous l'avez vue cette statue ? demanda-t-il en se retournant vers Erica.

— Oui. Elle était merveilleusement belle, de loin la pièce la plus magnifique que j'aie jamais vue. Le plus beau des trésors de Toutânkhamon n'est rien en comparaison. C'est un magnifique exemple de l'art du Nouvel Empire au cours de la XIXe dynastie.

— XIXe dynastie ? Comment savez-vous cela ?

— Je suis égyptologue.
— Égyptologue ? Vous n'en avez pas du tout l'air.
— Et quel aspect les égyptologues sont-ils censés avoir ? demanda-t-elle d'un ton un peu sec.
— O.K., disons que je n'aurais pas deviné. Et c'est pour ça qu'Hamdi vous a montré la statue ?
— Je le suppose.
— C'était quand même de la folie. De la pure folie. Pourquoi courir un tel risque ? Avez-vous une idée de la valeur de cette statue ?

Il avait posé cette dernière question sur un ton presque furieux.

— Elle est sans prix. C'est une raison de plus d'aller trouver la police. C'est un trésor national égyptien. En tant qu'égyptologue je suis parfaitement au courant du marché noir des antiquités. Mais je ne savais pas qu'on trafiquait avec des objets d'une telle valeur. Il faut faire quelque chose !
— Il faut faire quelque chose ! répéta-t-il avec un rire cynique. L'hypocrisie américaine. C'est l'Amérique le meilleur client. Sans client, il n'y aurait pas de marché noir. Le principal coupable, c'est l'acheteur.
— L'hypocrisie *américaine* ! s'écria Erica, indignée. Et les Français, alors ? Comment osez-vous dire une chose pareille quand on sait que le Louvre déborde d'objets sans prix dont la plupart ont été volés, comme le zodiaque du temple de Denderah ? Les gens font des milliers de kilomètres pour venir en Égypte et se retrouvent devant un moulage de ce zodiaque.
— Il était plus prudent d'enlever l'original.
— Allons donc ! Trouvez autre chose comme excuse. Elle aurait peut-être tenu autrefois, mais pas aujourd'hui.

Erica s'étonna soudain d'avoir retrouvé assez de forces pour se livrer à une discussion ridicule. Elle remarqua aussi que son compagnon était remarquablement séduisant et qu'elle ne faisait que le provoquer.

— Entendu, dit-il, nous sommes d'accord sur le

principe. Il faut lutter contre le marché noir. C'est sur le procédé que nous sommes en désaccord. Par exemple, je ne pense pas qu'il faille aller immédiatement trouver la police.

Elle ne put cacher sa stupeur.

— ... Vous n'êtes pas de mon avis ?

— Je ne sais pas, bredouilla-t-elle.

— Je comprends vos scrupules. Laissez-moi vous expliquer où nous nous trouvons. Il faut voir les choses en face. Nous sommes au Caire, pas à New York, Paris ou même Rome. Si je dis cela, c'est parce qu'en Italie les policiers sont d'une remarquable efficacité, comparés aux Égyptiens, ce qui n'est pas peu dire. Le Caire souffre d'une bureaucratie gigantesque. L'intrigue, les pots-de-vin sont la règle et non pas l'exception. Si vous allez à la police avec votre histoire, vous serez la première suspecte. Moralité, on vous mettra en prison ou, au mieux, on vous interdira de quitter votre hôtel. Il pourra s'écouler six mois ou un an avant qu'un simple dossier soit constitué. Votre vie deviendra un véritable enfer. Me suis-je bien fait comprendre ? Ce que j'en dis, c'est pour vous.

— Qui êtes-vous ? demanda Erica en prenant son sac pour en sortir une cigarette.

En fait, elle ne fumait pas. Richard détestait cela. Mais elle en avait acheté une cartouche par esprit de contradiction. Cependant, en ce moment, il lui fallait s'occuper les mains. La voyant fouiller dans son sac, Margeau produisit un étui en or, l'ouvrit et le lui tendit. Elle prit une cigarette d'un mouvement gauche. Il la lui alluma avec un briquet luxueux avant d'en prendre une, lui aussi.

Ils gardèrent le silence pendant quelques minutes.

— Je suis un citoyen conscient, dit enfin Yvon de Margeau en lissant ses cheveux bruns qui n'en avaient nul besoin. J'ai toujours déploré la destruction des antiquités et des sites archéologiques et j'ai décidé de réagir. Cette statue de Séthi Ier avait été... comment dites-vous... ?

— Une trouvaille, suggéra Erica.

Il secoua la tête, mais d'un mouvement de la main l'encouragea. Elle haussa les épaules.

— ... Pour résoudre un mystère, il vous faut...
— Un indice, une piste.
— Ah ! une piste, oui. C'était la plus belle des pistes. Maintenant, je ne sais plus. Elle a peut-être disparu à tout jamais. Si vous étiez en mesure d'identifier l'assassin, cela pourrait servir. Mais au Caire ce ne sera pas facile. Et si vous allez trouver la police, ce sera fichu.
— Comment avez-vous entendu parler de cette statue ?
— Par Hamdi lui-même. Il a certainement écrit à un tas d'autres gens en dehors de moi. Je suis venu le plus vite possible. Je ne suis arrivé au Caire que depuis quelques heures.

Il se rapprocha d'un meuble et en ouvrit la porte. Il était plein de petits objets.

— Si seulement je pouvais mettre la main sur son courrier, cela m'aiderait, ajouta-t-il en examinant une figurine en forme de momie. Presque toutes ces pièces sont des copies.
— Il y a des lettres dans ce coffret, dit Erica en l'indiquant.
— Oh ! parfait. Peut-être vais-je trouver là-dedans quelque chose d'utile. Mais il faut que je m'assure qu'il n'y a pas d'autre courrier dissimulé ailleurs. (Il alla vers le rideau, l'écarta faisant pénétrer un peu de la lumière du jour dans la petite pièce.) Raoul ! appela-t-il d'une voix forte.

Les perles tintèrent et Raoul entra par l'ouverture du rideau maintenu écarté par Yvon de Margeau.

Plus jeune, il ne devait pas avoir trente ans, la peau olivâtre, les cheveux noirs, il donnait une impression de virilité désinvolte. A le voir, Erica pensa à Jean-Paul Belmondo.

Yvon de Margeau le présenta, expliquant qu'il était originaire du Midi de la France. Il parlait, dit-il, couramment anglais, mais son accent prononcé le rendait difficile à comprendre. Raoul adressa un large sourire à la jeune femme, lui serra la main et les deux hommes entreprirent une fouille en règle du magasin, tout en échangeant de rapides commentaires en français.

Erica se laissa tomber sur l'un des épais coussins groupés au milieu de la pièce. Elle se sentait complètement engourdie. Cette fouille était illégale, elle le savait, mais elle ne protesta pas, se contentant de suivre les deux hommes d'un regard absent. Ils en avaient terminé avec les meubles et entreprenaient de décrocher tous les tapis ornant les murs.

L'action montrait à quel point ils étaient différents. Plus encore que dans leur aspect physique, dans la façon dont ils se déplaçaient, maniaient les objets. Raoul était brusque et direct, employant souvent la force. Yvon de Margeau était prudent et réfléchi. Raoul remuait tout le temps, la tête un peu tassée entre ses larges épaules. L'autre se tenait droit, regardait les objets de loin. Il avait relevé ses manches, dénudant des avant-bras lisses, mettant en valeur ses mains fines. Soudain Erica comprit ce qui distinguait Yvon de Margeau : l'air soigné, choyé d'un aristocrate du XIXe siècle. Il émanait de lui une impression d'élégante autorité.

Brusquement, elle ne put supporter davantage de rester assise. Elle se leva, se rapprocha de l'épaisse tenture. Elle avait envie d'un peu d'air frais, mais elle hésitait à regarder dans la boutique. Enfin, elle se décida à écarter le rideau. Et elle se mit à crier.

A cinquante centimètres d'elle un visage la regardait. Un craquement de poteries brisées. L'inconnu, sans doute aussi effrayé que la jeune femme, venait de lâcher son butin.

Raoul réagit immédiatement et se précipita, suivi par Yvon de Margeau. Le voleur, trébuchant sur les débris, tenta d'atteindre la sortie. Mais Raoul, bondissant comme un chat, d'un coup de karaté entre les épaules, envoya l'intrus au sol. Ce n'était qu'un gamin d'une douzaine d'années.

Yvon de Margeau lui jeta un coup d'œil et se tourna vers Erica.

— Vous sentez-vous bien ? demanda-t-il avec douceur.

Elle secoua la tête, cramponnée à la tenture.
— Je n'ai pas l'habitude de ce genre d'aventure.
— Regardez ce garçon, dit-il. Je veux être sûr qu'il ne s'agit pas d'un des trois hommes que vous avez vus.

Elle repoussa doucement le bras dont il lui entourait les épaules.
— Je vais bien, dit-elle, consciente d'avoir eu une réaction excessive parce qu'elle avait dû étouffer sa première terreur.

Elle respira à fond, s'avança, regarda l'enfant qui tremblait.
— Non, dit-elle simplement.

Margeau s'adressa alors d'un ton sec, en arabe, à l'intrus qui réagit en sautant sur ses pieds et en se ruant vers la rue dans un tintement de perles.
— La pauvreté dans ce quartier transforme les gens en vautours. Ils sentent quand quelque chose va mal.
— Je veux partir, déclara Erica le plus calmement possible. Je ne sais pas où aller, mais je ne veux pas rester ici. Et je persiste à penser qu'il faudrait prévenir la police.
— On peut la prévenir, mais sans que vous y soyez mêlée, répondit-il d'un ton paternel, en lui posant la main sur l'épaule. C'est à vous de prendre une décision. Mais croyez-moi, je sais de quoi je parle. Les prisons égyptiennes valent les prisons turques.

Erica leva les yeux vers le regard calme de son vis-à-vis avant de les baisser sur ses mains qui tremblaient encore. Avec ce qu'elle avait vu du désordre incroyable et de la pauvreté régnant au Caire, cela semblait plausible.
— Je veux retourner à mon hôtel.
— Je comprends. Mais permettez-nous de vous raccompagner. Juste le temps de prendre les papiers que nous avons trouvés.

Les deux hommes disparurent derrière l'épais rideau.

Erica, à la vue du mélange de verre cassé et de

sang déjà sec, dut lutter contre la nausée, mais elle retrouva assez vite ce qu'elle cherchait, à savoir le scarabée qu'Abdul Hamdi lui avait donné. Elle le glissa dans sa poche et, du bout du pied, écarta doucement les débris, par terre. Les deux vases authentiques y figuraient. Avoir duré six mille ans pour finir en pièces dans cette boutique minable par la faute d'un voleur de douze ans ! Son regard accrocha à nouveau la flaque de sang et elle ferma les yeux pour lutter contre ses larmes. Elle chercha à se remémorer le visage de l'assassin. Il avait les traits acérés d'un Bédouin, la peau couleur de bronze poli. Mais elle ne pouvait se rappeler son visage. Elle ouvrit les yeux, regarda autour d'elle. La colère peu à peu faisait place à l'envie de pleurer. Elle voulait prévenir la police de façon qu'on attrape le meurtrier d'Abdul Hamdi. Mais les arguments d'Yvon de Margeau se tenaient. D'autre part, si elle n'était pas en mesure de reconnaître l'assassin si elle le revoyait, inutile de courir le risque d'être inquiétée.

Elle se pencha pour ramasser l'un des débris de poterie. Imprégnée qu'elle était de tout ce qui touchait à l'Égypte ancienne, elle revit immédiatement la statue de Séthi Ier. Il fallait absolument la retrouver. Jamais elle ne se serait doutée que des objets de cette valeur étaient vendus au marché noir.

Elle se rapprocha du rideau et le repoussa. Les deux hommes étaient occupés à rouler les tapis de sol. Yvon de Margeau la vit et lui fit signe qu'ils n'en avaient plus pour longtemps. Elle les regarda travailler. Yvon de Margeau, c'était évident, cherchait à agir contre le marché noir. Les Français avaient beaucoup contribué à réduire le pillage des trésors égyptiens. Si le fait qu'elle n'aille pas à la police pouvait aider à retrouver la statue, c'était peut-être ce qu'elle avait de mieux à faire.

Laissant à Raoul le soin de remettre les tapis en place, Yvon sortit de la boutique avec Erica et traversa le Khan el Khalili avec elle. Cette fois-ci, per-

55

sonne ne songea à l'importuner. Comme s'il cherchait à lui faire oublier les événements dont elle venait d'être témoin, il ne cessa de parler, du bazar et du Caire. L'histoire de la ville lui était visiblement familière. Il avait ôté sa cravate et ouvert le col de sa chemise.

— Que diriez-vous d'une tête de Néfertiti en bronze ? proposa-t-il, lui tendant un de ces hideux souvenirs pour touristes qu'il avait saisi sur un étal au passage.

— Oh ! s'écria Erica, horrifiée, revoyant soudain la scène où elle avait été molestée.

— Mais il faut absolument que vous en ayez une, insista-t-il en se mettant à marchander en arabe.

Erica tenta de s'interposer, mais il acheta l'objet et le lui donna cérémonieusement.

— ... Un souvenir d'Égypte ! Malheureusement, je crois que c'est fabriqué en Tchécoslovaquie.

Elle accepta le cadeau en souriant. Le charme du Caire commençait à poindre à travers la chaleur, la crasse, la pauvreté et elle se détendit un peu.

La ruelle étroite qu'ils longeaient déboucha soudain sur la place ensoleillée d'El-Azhar. Dans une cacophonie d'avertisseurs, le flot d'automobiles s'était immobilisé. Yvon, du doigt, indiqua sur la droite un bâtiment surmonté de cinq minarets en forme de bulbe. Il lui en fit faire le tour. A leur gauche, à peine visible dans la densité du trafic et la foule d'un marché à ciel ouvert, se trouvait le portail de la célèbre mosquée El-Azhar. Avec son double arceau richement décoré, Erica voyait dans ce portail son premier exemple d'architecture médiévale musulmane. A dire vrai, elle ne savait pas grand-chose de l'Islam et cet édifice avait, pour elle, une valeur exotique particulière. Sentant son intérêt, son compagnon lui fit remarquer les divers minarets et leurs particularités. Il y ajouta un aperçu de l'histoire de la mosquée et ce que chaque sultan y avait apporté.

Erica fit un effort pour suivre ce monologue, en vain. La place juste devant l'édifice servait de marché et les gens s'y écrasaient. D'autre part, elle revoyait sans cesse l'horrible spectacle de l'assassinat du malheureux Hamdi. Yvon de Margeau lui posa une question et elle ne répondit pas. Il dut répéter :

— Voici ma voiture. Puis-je vous conduire à votre hôtel ?

Il s'agissait d'une Fiat construite en Égypte, relativement neuve. Elle était pourtant déjà cabossée et éraflée de toutes parts.

— Ce n'est pas une Citroën, mais elle marche.

Erica fut interdite. Elle ne s'attendait pas à ce qu'il ait une voiture. Un taxi aurait mieux fait son affaire. Cet homme ne lui était pas antipathique, mais c'était un inconnu dans un pays étranger. Son regard trahit ses pensées.

— Comprenez-moi, je vous en prie, dit-il. Vous avez été victime de circonstances malheureuses. Je suis content d'avoir été là, quoique je regrette de ne pas être arrivé vingt minutes plus tôt. Je ne désire que vous aider. La vie au Caire n'est pas facile et, après ce que vous venez de subir, vous ne pourriez pas tenir le coup. A cette heure-ci vous n'aurez pas de taxi. Il n'y en a pas assez. Laissez-moi vous raccompagner à votre hôtel.

— Et Raoul ?

Il ouvrit la portière, côté passager. Au lieu d'insister auprès d'Erica il rejoignit un Arabe coiffé d'un turban qui avait dû garder la voiture, échangea quelques mots avec lui et laissa tomber quelques pièces dans sa main tendue. Puis il ouvrit la portière du côté du chauffeur, se mit au volant, se pencha et sourit à Erica. Le soleil déclinant donnait une douceur particulière à son regard bleu.

— Ne vous tracassez pas au sujet de Raoul. Il peut se débrouiller tout seul. C'est vous qui m'inquiétez. Si vous n'avez pas peur de vous promener au Caire toute seule, il n'y a pas de raison pour que cela vous ennuie que je vous raccompagne à votre hôtel. Sinon, dites-moi où vous êtes descendue. Je vous retrouverai dans le hall. Je n'ai pas renoncé à la statue de Séthi Ier et vous êtes peut-être en mesure de m'aider.

Il s'activa avec sa ceinture de sécurité. Erica jeta un coup d'œil autour d'elle, poussa un soupir et monta dans la voiture.

— Le Hilton, dit-elle.

Le trajet ne fut pas de tout repos. Yvon de Margeau avait commencé par enfiler une paire de gants de peau souple, lissant chaque doigt avec soin. Quand il se décida à démarrer il le fit avec rage et la petite voiture bondit dans un hurlement de pneus. Mais le trafic était d'une telle densité qu'il dut freiner brutalement presque aussitôt et Erica faillit passer à travers le pare-brise. Il en fut ainsi tout le long de la route, l'accélérateur ou le frein enfoncés tour à tour et la jeune femme projetée en avant ou plaquée à son siège. Chaque fois, elle croyait l'accident venu, zigzaguant ainsi parmi les autos, les charrettes, les camions, allant parfois jusqu'à frôler les maisons. Animaux et êtres humains fuyaient devant eux. Le volant agrippé à deux mains il conduisait comme s'il devait gagner une course. Mais qu'une voiture parvienne à le dépasser, peu lui importait. Il attendait la prochaine trouée et fonçait.

Ils se dirigeaient vers le sud-ouest, quittant le centre et son grouillement, passant les vestiges des remparts de la vieille ville et la magnifique citadelle de Saladin. Les dômes et les minarets de la mosquée de Méhémet Ali jaillissaient de la citadelle, proclamant la puissance de l'Islam. Ils atteignirent le Nil au niveau de l'extrémité nord de l'île de Rôdah. Obliquant vers la droite, ils remontèrent la large avenue qui court le long de la rive du magnifique fleuve. L'eau d'un bleu étincelant réfléchissant le soleil déclinant offrait un contraste rafraîchissant avec la chaleur et la misère de la ville basse. Lorsque Erica avait vu le Nil pour la première fois, la veille, elle avait été impressionnée par son histoire et le fait que ses eaux venaient de l'Afrique équatoriale. Aujourd'hui, elle comprenait que Le Caire et toute l'Égypte habitée ne pouvaient exister sans ce fleuve.

La poussière omniprésente et la chaleur intense proclamaient la puissance et la dureté du désert qui touchait presque à la ville, la menaçant sans cesse.

Margeau s'arrêta juste devant le Hilton. Laissant ses clefs sur le tableau de bord, il réussit à battre de vitesse le portier enturbanné et arriva le premier pour aider Erica à descendre de voiture. Elle ne put s'empêcher de sourire. Venant d'Amérique, elle avait peu l'habitude de voir un homme si manifestement viril se préoccuper de détails de courtoisie. C'était là une particularité européenne qu'Erica, malgré son épuisement, trouva pleine de charme.

— Je vous attends pendant que vous montez vous rafraîchir dans votre chambre si vous le voulez, avant que nous parlions, proposa-t-il comme ils pénétraient dans le hall bourdonnant des nouveaux arrivés des vols de l'après-midi.

— Je crois qu'avant tout j'ai besoin de boire quelque chose, dit-elle sans une seconde d'hésitation.

L'air conditionné du bar donnait l'impression de pénétrer dans une piscine d'eau fraîche. Ils choisirent un angle pour s'installer. Lorsqu'ils furent servis, Erica porta un instant son verre à sa joue pour jouir de sa fraîcheur.

A regarder son compagnon qui buvait calmement, elle admira la rapidité avec laquelle il s'adaptait aux événements. Il était aussi à l'aise au Hilton qu'il l'avait été au fond du Khan el Khalili. La même confiance en soi, le même sang-froid. A voir ses vêtements de plus près, elle se rendit compte qu'ils étaient admirablement coupés. Elle réprima un sourire en songeant à la façon dont s'habillait Richard. Mais jamais il ne s'était préoccupé d'élégance et la comparaison n'était pas équitable.

Elle but une gorgée et commença à se détendre. Elle en prit une autre, respira à fond avant d'avaler.

— Seigneur, quelle aventure ! dit-elle.

La tête entre les mains, elle se massa les tempes. Il ne dit rien. Puis elle releva la tête, se redressa.

— ... Qu'avez-vous l'intention de faire au sujet de la statue de Séthi Ier ?

— Je vais essayer de la retrouver. Il faut que j'y parvienne avant qu'elle quitte l'Égypte. Abdul Hamdi vous a-t-il dit où elle allait ? Un détail quelconque ?

— Seulement qu'elle était dans son magasin pour quelques heures avant de poursuivre son voyage. Rien d'autre.

— Il y a un an environ, une statue similaire est apparue et...

— Qu'entendez-vous par similaire ? demanda Erica très intéressée.

— Une statue dorée de Séthi Ier.

— L'avez-vous vue, personnellement ?

— Non. Si cela avait été le cas, elle ne serait pas à Houston aujourd'hui. Elle a été achetée par un gros pétrolier, par l'intermédiaire d'une banque en Suisse. J'ai tenté de retrouver la piste, mais les banques suisses ne sont pas très coopératives. Je n'ai rien trouvé.

— Savez-vous si la statue de Houston avait des hiéroglyphes gravés à la base ?

Il secoua la tête tout en allumant une cigarette.

— Je n'en ai pas la moindre idée. Pourquoi ?

— Parce que celle que j'ai vue en portait. Et ce qui a attiré mon attention c'est qu'il y avait le nom de deux pharaons : Séthi Ier et Toutânkhamon.

Les lèvres serrées, il la regarda d'un air interrogateur en rejetant la fumée de sa cigarette par les narines.

— Les hiéroglyphes sont ma spécialité, dit-elle d'un air de défi.

— Impossible de trouver ces deux noms sur la même statue, répliqua-t-il.

— C'est effectivement curieux, mais je suis sûre de ne pas m'être trompée. Malheureusement, je n'ai pas eu le temps de traduire le reste. Ma première idée a été que la statue était un faux.

— Oh ! non. Hamdi n'aurait pas été tué pour une copie. Vous n'avez pas pu confondre le nom de Toutânkhamon avec un autre ?

— Absolument pas.

Elle trouva un stylo dans son sac, dessina le nom sur sa serviette en papier et la lui tendit d'un air de défi.

— ... Voilà ce qui était sculpté à la base de la statue que j'ai vue.

Il regarda le dessin en tirant sur sa cigarette, songeur, sans rien dire.

— Pourquoi a-t-on tué ce vieil homme ? dit-elle enfin. Je ne peux arriver à comprendre. S'ils voulaient la statue ils n'avaient qu'à la prendre. Hamdi était tout seul.

— Je l'ignore, admit Yvon de Margeau. Peut-être est-ce une suite de la malédiction des pharaons, ajouta-t-il avec un sourire. Il y a un an environ, j'ai remonté la piste d'antiquités égyptiennes jusqu'à un intermédiaire à Beyrouth qui les obtenait de pèlerins allant à La Mecque. A peine m'étais-je mis en contact avec lui qu'il était tué. Je me demande si je ne suis pas responsable de tout ça.

— Vous croyez qu'il a été tué pour les mêmes raisons qu'Abdul Hamdi ?

— Non. En fait, il s'est trouvé pris dans une fusillade entre chrétiens et musulmans. Mais j'étais en route pour le voir quand c'est arrivé.

— C'est une tragédie tellement stupide, dit Erica songeant avec tristesse à Hamdi.

— Oui, en effet. Mais ne perdez pas de vue qu'Hamdi n'était pas un spectateur innocent, il savait parfaitement ce qu'il faisait. Cette statue n'a pas de prix et, au sein de toute cette misère, l'argent peut déplacer des montagnes. C'est la raison pour laquelle ce serait une erreur de votre part d'aller trouver la police. Il est très difficile de trouver quelqu'un à qui faire confiance et quand des sommes pareilles sont en jeu les policiers eux-mêmes oublient leur rôle.

— Je ne sais pas quoi faire. Mais quels sont vos projets ?

Aspirant une bouffée de sa cigarette, il laissa son regard errer autour de lui.

— Espérons que le courrier de Hamdi me donnera quelques indices. Ce n'est pas grand-chose, mais c'est toujours ça. Il faut que je découvre qui l'a tué. J'aurais peut-être besoin de vous pour identifier le personnage, ajouta-t-il en se tournant vers la jeune femme. Le feriez-vous ?

— Évidemment, si je le peux. Je ne les ai pas très bien vus mais si je peux être utile...

Brusquement, elle se rendit compte de la banalité de sa réponse. Mais il ne parut pas le remarquer et, doucement, il lui prit le poignet.

— Merci beaucoup, dit-il avec chaleur. Il faut que je parte, à présent. Je suis au Méridien, suite 800. L'hôtel se trouve sur l'île de Rôdah. (Il s'interrompit, mais sans lâcher le poignet d'Erica, avant d'ajouter :) Je serais très heureux si vous acceptiez de dîner avec moi ce soir. Cette journée a dû vous donner une horrible impression du Caire et je voudrais vous en montrer un autre aspect.

Cette invitation inattendue la flatta. Yvon de Margeau était remarquablement séduisant et n'importe quelle femme aurait été heureuse de dîner avec lui. Il s'intéressait évidemment à la statue, mais sa propre réaction la gêna, aussi répondit-elle :

— Je vous remercie, mais je suis épuisée. Je ne suis pas encore habituée au décalage horaire et j'ai mal dormi hier. Un autre soir, peut-être.

— Nous pouvons dîner de bonne heure. Je vous ramènerai ici à 10 heures. Après votre expérience d'aujourd'hui, je ne pense pas qu'il soit bon que vous restiez seule dans votre chambre d'hôtel.

Un coup d'œil à sa montre apprit à Erica qu'il n'était pas encore 6 heures. 10 heures, ce n'était pas tard et il lui faudrait bien dîner.

— Si cela ne vous ennuie réellement pas de me ramener à 10 heures, j'accepte avec plaisir.

Il accentua légèrement sa pression sur son poignet avant de le libérer.

— *Entendu*, dit-il en faisant signe au barman.

Boston, 11 heures

Richard Harvey contempla la masse imposante de l'abdomen d'Henrietta Olson. On avait écarté les draps de façon à n'exposer que la région de la vésicule biliaire. Le reste de son corps était couvert et sa pudeur n'avait pas à souffrir.

— Montrez-moi exactement l'endroit qui vous fait souffrir, madame Olson, demanda Richard.

Une main sortit de sous le drap, un index pointé juste sous la cage thoracique, à droite.

— Et là aussi, docteur, expliqua la malade en roulant sur le côté droit et indiquant son dos. Juste là, ajouta-t-elle en vrillant son doigt au niveau du rein de Richard.

Il jeta un coup d'œil à la pendule. Il avait encore trois malades à voir avant le déjeuner. Bien qu'il aimât son travail et qu'installé depuis trois ans il pût se vanter d'avoir déjà une forte belle clientèle, certaines journées lui paraissaient très longues. Les problèmes relatifs au tabac et à l'obésité concernaient quatre-vingt-dix pour cent des cas dont il avait à s'occuper et cela le changeait terriblement de l'atmosphère de ses années d'internat. A présent, pour ajouter à cela, il y avait sa situation avec Erica. Impossible de se concentrer sur la vésicule biliaire d'Henrietta Olson.

On frappa et Sally Murinsky, la secrétaire, passa la tête à la porte.

— Docteur, vous avez votre communication.

Le visage de Richard s'éclaira. Il avait demandé à Sally d'appeler Janice Baron, la mère d'Erica.

— Excusez-moi, madame Olson. J'en ai pour une minute et je reviens, dit-il en faisant signe à son infirmière de rester avec la malade.

Il ferma la porte de son bureau, décrocha le récepteur et appuya sur le bouton.

— Allô, Janice.

— Richard, Erica n'a pas encore écrit.

— Merci ! Je ne le sais que trop. Je vous appelle pour vous dire que je deviens fou. Je veux savoir ce que vous pensez que je doive faire.

— Je ne pense pas que vous ayez beaucoup de choix. Il faut tout simplement attendre qu'elle revienne.

— Pourquoi est-elle partie, à votre avis ?

— Je n'en ai pas la moindre idée. Je n'ai jamais compris cet intérêt qu'elle a toujours manifesté pour l'Égypte. Si son père avait vécu, il aurait pu lui faire entendre raison.

— Je suis content qu'elle s'intéresse à quelque chose, mais de là à tout faire passer au second plan.

— Tout à fait d'accord.

— Et que diriez-vous si j'allais en Égypte ?

Il y eut un silence et il crut que la communication avait été coupée.

— Janice !

— En Égypte ! Mais Richard, vous ne pouvez pas laisser votre cabinet comme ça.

— Ce sera difficile, mais pas impossible, si nécessaire. Je me ferai remplacer.

— Bon... ce n'est peut-être pas une mauvaise idée. Pourtant, Erica a toujours eu des idées bien à elle. Avez-vous parlé d'aller la rejoindre ?

— Non. Jamais. Je crois qu'elle a simplement pensé que je ne pouvais pas partir.

— Cela lui démontrerait peut-être que vous vous intéressez à elle.

— Que je m'intéresse à elle ! Mon Dieu, elle sait parfaitement que j'ai déjà effectué un versement pour cette maison, à Newton.

— Ce n'est peut-être pas exactement ce à quoi pensait Erica. A mon vis, vous avez lanterné beaucoup trop longtemps et le fait d'aller en Égypte n'est peut-être pas une mauvaise idée.

— Je ne sais pas encore ce que je vais faire, mais merci, Janice.

Il raccrocha et regarda sur son bloc la liste des malades pour l'après-midi. La journée allait être longue.

Le Caire, 21 h 10

Erica se recula pendant que les deux serveurs attentifs enlevaient les assiettes. Yvon avait été si autoritaire et coupant avec eux qu'elle s'était sentie un peu embarrassée. Mais il était visible qu'il était habitué à des serviteurs efficients qui comprenaient dès le premier mot. Ils avaient fait un dîner aux chandelles, de plats locaux très épicés qu'Yvon avait commandés avec beaucoup d'autorité. Le restaurant portait un nom romantique et incongru, *le Casino de Monte Bello*, et se trouvait au sommet des collines de Mukattam. De sa place, Erica pouvait voir, à l'est, les montagnes qui traversent la péninsule arabe jusqu'à la Chine. Au nord, les bras du delta du Nil s'écartant à la recherche de la Méditerranée et, au sud, le fleuve débouchant du cœur de l'Afrique tel un reptile plat et luisant. Mais c'était l'ouest qui, de loin, offrait le plus beau panorama, avec les minarets et les dômes du Caire émergeant de la brume. Les étoiles commençaient à ponctuer le ciel et les lumières de la ville à s'allumer. Tout avait une saveur exotique, sensuelle et mystérieuse, qui faisait oublier les événements sordides de la journée.

— Le Caire possède un charme amer extrêmement puissant, dit Yvon. (L'extrémité incandescente de sa cigarette mit soudain en relief les traits de son visage resté dans l'ombre.) La cité a une histoire tellement incroyable ! La corruption, les brutalités, la violence perpétuelle y atteignent de telles proportions qu'elles défient la compréhension.

— Est-ce que cela a beaucoup changé ? demanda Erica qui pensait à Abdul Hamdi.

— Moins qu'on ne le croit, répondit Yvon.

Elle but une gorgée de vin.

— Vous m'avez convaincue de ne pas aller à la police. Je ne sais réellement pas si je pourrais identifier les assassins et la dernière chose que je veuille c'est bien de me trouver engluée dans une intrigue à l'orientale.

— C'est la meilleure des solutions, croyez-moi.

— Mais cela me tracasse quand même. Assister à un meurtre et ne pas réagir ! Vous croyez réellement que le fait que je me taise vous aidera dans votre croisade contre le marché noir ?

— Absolument. Que les autorités entendent parler de cette statue avant que j'aie réussi à la localiser et toutes mes chances de trouver la filière tombent à l'eau.

Il posa sa main sur la sienne d'un geste rassurant.

— Tout en cherchant cette statue, chercherez-vous qui a tué Abdul Hamdi ?

— Bien sûr. Mais ne vous méprenez pas. Je n'ai qu'un but : contrôler le marché noir et retrouver Séthi. Je ne me fais aucune illusion quant à mes chances d'influer sur les moralités, ici. Mais si je trouve les assassins, je préviendrai les autorités. Cela apaise-t-il votre conscience ?

— Oui.

Juste à leurs pieds, la lumière jaillit, illuminant la citadelle. Fascinée par le château, Erica songeait aux croisades.

— Cet après-midi, vous m'avez dit une chose qui m'a surprise, dit-elle en se tournant vers son compagnon. Vous avez parlé de la « malédiction des pharaons ». Vous ne croyez tout de même pas à de pareilles sottises ?

Il sourit, mais attendit qu'on leur ait servi un café à l'arôme puissant avant de répondre.

— Pour être franc, je ne rejette pas cette idée par principe. Les anciens Égyptiens faisaient d'énormes efforts pour conserver leurs morts. Ils étaient renommés pour l'intérêt qu'ils vouaient aux sciences occultes et ils connaissaient les poisons en experts. *Alors*... (Il but une gorgée de café.) Beaucoup de gens ayant eu affaire avec les trésors des tombes des pharaons sont morts de façon mystérieuse. C'est indiscutable.

— Les savants, quant à eux, émettent des doutes.

— Bien sûr, la presse a très vite fait d'exagérer certaines histoires. Mais force est de constater qu'il y a eu des décès étranges après l'ouverture de la tombe de Toutânkhamon. A commencer par celui de lord Carnarvon lui-même. Cela a un rapport. Lequel, je l'ignore. Si j'ai parlé de cette malédiction, c'est que deux commerçants, deux pistes sérieuses pour moi, ont été tués juste avant que je puisse les rencontrer. Coïncidence ? Probablement.

Leur dîner terminé, ils gagnèrent à pied les ruines d'une fort belle mosquée. Ils ne parlèrent pas. Yvon aida Erica à enjamber des pierres éboulées et ils se retrouvèrent à l'intérieur des murs d'un édifice majestueux autrefois mais dont la voûte céleste remplaçait le toit à présent. Pour Erica, le charme magique de l'Égypte résidait dans le passé et là, dans l'obscurité de ces ruines médiévales, elle le sentait.

En revenant vers sa voiture, Yvon lui passa un bras autour des épaules, mais il continua de parler de la mosquée, d'une voix égale, et la déposa devant le Hilton juste un peu avant 10 heures, comme convenu. Cependant, comme l'ascenseur la hissait vers son étage, Erica dut s'avouer qu'elle n'était pas insensible au charme d'Yvon de Margeau.

Arrivée devant sa chambre, elle en ouvrit la porte, alluma la lumière, et laissa tomber son sac sur le porte-valises. Elle referma la porte, mit le verrou. L'air conditionné soufflait à plein. Préférant ne pas dormir dans une pièce rafraîchie artificiellement, elle se dirigea vers le thermostat proche du balcon pour l'arrêter.

Soudain, elle s'arrêta net et étouffa un cri. Un homme était assis dans le fauteuil, immobile. Il avait des traits purement bédouins, mais il était habillé à l'européenne, costume de soie grise, chemise blanche, cravate noire. Sa totale immobilité et ses yeux perçants paralysaient la jeune femme. Quoique parfois Erica eût songé à la façon dont elle réagirait si elle était jamais menacée de viol, elle ne bougea pas. Elle était incapable de proférer un son et ses bras pendaient comme paralysés.

— Je m'appelle Ahmed Khazzan, dit enfin l'inconnu d'une voix grave et chaude. Je suis directeur général du Département des Antiquités de la République arabe d'Égypte. Je vous prie d'excuser cette intrusion, mais elle s'imposait. (Il plongea la main dans sa poche, en tira un portefeuille qu'il tendit, ouvert.) Voici mes papiers.

Erica pâlit. Elle avait voulu aller trouver la police.

Elle savait qu'elle aurait dû le faire. A présent elle était dans de beaux draps. Pourquoi avait-elle écouté Yvon de Margeau ? Paralysée par le regard hypnotique de l'intrus, elle ne pouvait toujours pas parler.

— Je suis désolé, mais il faut que vous m'accompagniez, mademoiselle Baron.

Il se leva, s'approcha d'elle. Jamais elle n'avait vu d'yeux aussi perçants. Dans un visage aussi beau que celui d'Omar Sharif, ils la terrifiaient.

Elle bredouilla quelque chose d'inintelligible et parvint à détourner le regard. Son front s'était emperlé de sueur froide. Ses aisselles étaient moites. N'ayant jamais et nulle part eu affaire avec les autorités elle était totalement désemparée. Machinalement, elle enfila un gilet et saisit son sac.

Ahmed Khazzan ouvrit la porte sans dire un mot et sans changer d'expression. Des images d'horribles geôles puantes défilèrent devant ses yeux quand elle traversa le hall de l'hôtel à côté de lui. Brusquement, Boston lui parut très loin.

Son compagnon fit un geste à l'entrée du Hilton et une conduite intérieure noire s'approcha. Il en ouvrit la portière arrière et fit signe à Erica de monter. Elle obéit sans protester. Peut-être lui pardonnerait-on de ne pas avoir signalé le meurtre d'Abdul Hamdi si elle se montrait soumise. La voiture démarra. Khazzan garda un silence oppressant et intimidant, fixant de temps à autre Erica de ses yeux implacables.

Devait-elle demander qu'on l'autorise à appeler son ambassade, son consulat et, dans ce cas, que dirait-elle ? Elle regarda par la vitre et constata que la ville était encore très animée, bien que le vaste fleuve ressemblât à un lac d'encre stagnante.

— Où m'emmenez-vous ? demanda Erica, d'une voix qui résonna étrangement à ses propres oreilles.

Son voisin ne répondit pas immédiatement et elle allait lui répéter sa question lorsqu'il dit :

— A mon bureau au ministère des Travaux Publics. Ce n'est pas loin.

Effectivement la voiture ne tarda pas à s'arrêter dans un demi-cercle de ciment, en retrait de la rue, face à un vaste bâtiment à la façade ornée de pilastres. Un veilleur de nuit ouvrit une porte massive pendant qu'ils gravissaient le perron.

Alors commença un trajet interminable dans des couloirs au sol de marbre sale où résonnait le bruit de leurs pas. Ils atteignirent enfin leur but. Khazzan ouvrit une porte fermée à clef et précéda la jeune femme, traversant une pièce bourrée de tables métalliques et de machines à écrire hors d'âge. Entrant dans un bureau spacieux, il indiqua un siège à Erica. Il faisait face à une table de travail en acajou où étaient disposés avec soin des crayons bien taillés et un sous-main vert et neuf. Khazzan ôta sa veste sans dire un mot.

Erica se sentait comme un animal pris au piège. Elle s'était attendue à être amenée dans une pièce pleine de gens soupçonneux qui l'auraient soumise aux tracasseries administratives habituelles. Elle avait prévu des ennuis du fait que la réception de l'hôtel avait conservé son passeport. Mais cette pièce vide était encore plus effrayante. Qui saurait où elle était ? Elle songea à sa mère et à Richard et se demanda si elle pourrait faire un appel à longue distance.

Nerveuse, elle regarda autour d'elle. C'était spartiate et très soigné. Des photos encadrées de divers monuments ornaient les murs, de même qu'une affiche moderne du masque funéraire de Toutânkhamon. Deux grandes cartes recouvraient le mur de droite. L'une d'Égypte, hérissée de punaises à tête rouge, l'autre de la nécropole de Thèbes dont les tombes étaient indiquées par des croix de Malte.

Se mordant la lèvre pour lutter contre son anxiété, Erica reporta son regard sur l'homme. A sa grande surprise, elle le vit s'activer auprès d'un réchaud électrique.

— Voulez-vous du thé ? proposa-t-il en se retournant.

— Non, merci.

Peu à peu son cerveau recommençait à fonctionner et elle se demanda si elle n'avait pas tiré des conclusions un peu hâtives. Dieu merci, elle ne s'était pas confessée avant de savoir ce que cet Arabe avait à dire.

Il se versa une tasse de thé et la porta sur son bureau. Lentement, il fit fondre les deux morceaux de sucre qu'il y avait ajoutés et posa de nouveau son regard inquiétant sur la jeune fille. Elle baissa vivement les paupières et parla sans le regarder.

— J'aimerais savoir pourquoi on m'a fait venir dans ce bureau.

Il ne répondit pas. Elle leva les yeux pour s'assurer qu'il l'avait entendue et, quand leurs regards se croisèrent, sa voix claqua comme un coup de feu.

— Je veux savoir ce que vous faites en Égypte ! cria-t-il.

Cette colère soudaine la prit par surprise.

— Je suis venue... je... je suis égyptologue, bredouilla-t-elle.

— Et vous êtes juive, n'est-ce pas !

Elle comprit qu'il cherchait à la désemparer, mais elle n'était pas certaine d'être assez forte pour résister à ses attaques.

— Oui, répondit-elle simplement.

— Je veux savoir la raison de votre venue en Égypte ! dit-il, élevant la voix de nouveau.

— Je suis venue...

— Je veux connaître le but de votre voyage et pour qui vous travaillez !

— Je ne travaille pour personne et je n'ai aucun but particulier.

— Et vous espérez que je vais vous croire ? demanda-t-il. Allons donc, Erica Baron.

Il sourit et sa peau brune fit ressortir la blancheur de ses dents.

— Évidemment j'avais une raison de venir, répondit Erica haletante. Mais rien de particulier.

Elle avait un peu hésité en songeant à ses problèmes avec Richard.

— Vous n'êtes absolument pas convaincante. Mais pas du tout.

— Navrée. Je suis égyptologue. J'ai étudié l'Égypte ancienne pendant huit ans. Je travaille dans un musée, au département d'égyptologie. J'ai toujours désiré venir ici. Je devais le faire il y a quelques années déjà, mais la mort de mon père m'en a empêchée. Je n'ai pu mettre mes projets à exécution que cette année. Je me suis arrangée pour exécuter quelques travaux pendant mon séjour, mais je suis surtout en vacances.
— Quel genre de travaux ?
— Je me propose de faire quelques traductions sur place de hiéroglyphes du Nouvel Empire en Haute-Égypte.
— Vous n'êtes pas venue pour acheter des antiquités ?
— Seigneur, non !
— Depuis combien de temps connaissez-vous Yvon-Julien de Margeau ?

Il se pencha, rivant ses yeux sur ceux de la jeune fille.

— Je l'ai rencontré aujourd'hui pour la première fois, bredouilla-t-elle.
— Où cela ?

Son pouls s'accéléra et la sueur perla sur son front. Était-il au courant du meurtre ? Une minute plus tôt, elle aurait dit non. A présent, elle ne savait plus.

— Dans le bazar, répondit-elle en retenant sa respiration.
— Savez-vous que M. de Margeau achète les trésors nationaux de l'Égypte ?

Son soulagement fut tel qu'elle craignit qu'il s'en rende compte. De toute évidence, il ne savait rien du meurtre.

— Non, répondit-elle. Je l'ignorais.
— Avez-vous une idée du mal que nous avons à mettre un terme au marché noir des antiquités ?

Il se leva pour aller se planter devant la carte d'Égypte.

— Oui, je m'imagine, répondit-elle, confondue par le manque de cohésion de cet entretien.

Elle ignorait encore la raison de sa présence dans ce bureau.

— La situation est lamentable. Prenez par exemple le vol des dix bas-reliefs gravés de hiéroglyphes du temple de Denderah, en 1974. (Il posa le doigt sur la punaise rouge indiquant l'emplacement du temple.)... La pauvreté est notre pire ennemie. Chacune de ces punaises marque l'emplacement d'un vol important. Si je disposais d'adjoints en nombre suffisant et si j'avais de l'argent pour verser des salaires convenables aux gardes, alors je pourrais agir.

Il parlait davantage pour lui que pour Erica et lorsqu'il se retourna, il fut presque surpris de la voir dans son bureau.

— ... Que fait M. de Margeau en Égypte ? demanda-t-il, sa colère revenue.

— Je l'ignore, répondit-elle pensant à la statue de Séthi Ier et à Abdul Hamdi. (Si elle mentionnait la statue, il lui faudrait parler du meurtre.)

— Combien de temps reste-t-il ?

— Je n'en ai pas la moindre idée. Je n'ai fait sa connaissance qu'aujourd'hui.

— Mais vous avez dîné avec lui ce soir.

— En effet, répliqua-t-elle d'un ton de défi.

Ahmed Khazzan revint à son bureau. Là, il se pencha et plongea le regard menaçant de ses yeux noirs dans les yeux gris-vert de la jeune femme. Elle fit un effort pour le soutenir, mais sans grand succès. Elle se sentait un peu plus rassurée, l'autre visiblement s'intéressait davantage à Yvon qu'à elle. Mais elle avait encore peur. D'autre part, elle avait menti. Elle savait qu'Yvon de Margeau était là pour la statue.

— Qu'avez-vous appris concernant M. de Margeau, pendant le dîner ?

— Que c'est un homme charmant.

Du plat de la main l'autre frappa le dessus de son bureau, renversant quelques-uns de ses crayons si bien taillés et faisant sursauter Erica.

— Sa personnalité ne m'intéresse pas. Je veux savoir pourquoi il est en Égypte.

— Pourquoi ne pas le lui demander ? Je n'ai fait que dîner avec lui.
— Et vous dînez souvent avec des hommes que vous venez tout juste de rencontrer ?
Elle le regarda, surprise par sa question, mais après tout les surprises n'avaient fait que se succéder. Elle le savait, c'était absurde, mais il avait eu l'air déçu.
— Je dîne très rarement avec des inconnus, répondit-elle d'un ton de défi, mais je me suis sentie tout de suite à l'aise avec Yvon de Margeau et je l'ai trouvé charmant.
Ahmed Khazzan alla prendre sa veste et l'enfila. Puis il vida sa tasse de thé.
— Pour votre bien, je vous conseille de garder cette conversation pour vous. Je vais vous reconduire à votre hôtel.
A le voir ramasser ses crayons tombés par terre, Erica se sentit soudain coupable. Cet homme désirait sincèrement mettre un terme au marché noir et elle ne lui fournissait pas les renseignements dont elle disposait. En même temps, sa façon de faire l'effrayait. Yvon l'avait bien mise en garde, il n'agissait pas comme un fonctionnaire américain. Elle décida de le laisser la ramener à son hôtel sans rien dire. Après tout, elle pourrait toujours le joindre, si elle en éprouvait le besoin.

Le Caire, 23 h 15

Yvon-Julien de Margeau avait enfilé une robe de chambre de soie rouge, signée Christian Dior. Nouée négligemment à la taille, elle exposait une partie de son torse. Les fenêtres à coulisse étaient toutes ouvertes, laissant pénétrer dans la chambre la brise fraîche du désert. On avait placé une table sur le vaste balcon et, de l'endroit où il était assis, Yvon pouvait voir, au nord, au-delà du Nil, en direction du delta. L'île de Guézira se devinait à l'horizon, avec sa tour d'observation de forme phallique. Sur la rive droite, il pouvait voir le Hilton et ses pensées revinrent à Erica. Elle était très différente de toutes les femmes qu'il avait connues. L'intérêt passionné qu'elle vouait à l'égyptologie le choquait et l'attirait en même temps, et la façon dont elle avait parlé de son métier le stupéfiait. Il haussa les épaules, préférant y songer dans un contexte qui lui était beaucoup plus familier. Elle n'était pas, de loin, la fille la plus jolie à laquelle il ait eu affaire, cependant il émanait d'elle une sensualité puissante.

Au milieu de la table, il avait placé sa serviette pleine des nombreux papiers que Raoul et lui avaient trouvés chez Abdul Hamdi. Raoul, étendu sur le divan, étudiait des lettres déjà parcourues par son compagnon.

— Ça alors ! s'exclama Yvon. Stephanos Markoulis. Hamdi correspondait avec Markoulis ! Le type de l'agence de voyages d'Athènes.

— C'est peut-être ce que nous cherchons. Tu crois qu'il y a du danger de ce côté-là ?

Yvon poursuivit sa lecture. Au bout de quelques minutes il leva les yeux.

— Je ne sais pas. Il dit seulement être intéressé et aimerait aboutir à un compromis. Mais il ne précise pas ce qui l'intéresse.

— Il ne peut parler que de la statue de Séthi Ier.

— Possible, mais mon intuition me dit que non. Tel que je connais Markoulis, il se serait montré plus direct s'il n'avait pensé qu'à la statue. Il y a autre chose. Hamdi a dû le menacer.

— Il n'était pas fou.

— Pire que ça. Il est mort.

— Markoulis correspondait également avec notre contact qui a été tué à Beyrouth, fit remarquer Raoul.

Yvon se redressa. Il avait oublié ce détail.

— Je crois que c'est par Markoulis qu'il nous faut commencer. Demande si on peut téléphoner à Athènes.

Raoul abandonna son canapé et appela le standard de l'hôtel.

— Les relations téléphoniques sont d'une remarquable facilité ce soir, d'après le standardiste, dit-il. Nous ne devrions pas avoir de mal à obtenir notre numéro. Pour l'Égypte c'est un miracle.

— Bon, fit Yvon en refermant sa serviette. Hamdi correspondait avec tous les musées importants de la planète, mais nous ne tenons pas encore Markoulis. Notre seul espoir c'est encore Erica Baron.

— Je ne vois pas en quoi elle peut nous être utile.

— J'ai une idée. Erica a vu le visage des trois hommes qui ont participé au meurtre.

— Peut-être, mais je doute qu'elle les reconnaisse.

— Ça n'a pas d'importance si les assassins pensent qu'elle le pourrait.

— Je ne te comprends pas.

— Y a-t-il un moyen de faire savoir aux bas-fonds du Caire qu'Erica a assisté au meurtre et se trouve en mesure d'identifier les tueurs ?

— Ah ! je vois, fit Raoul dont le visage s'éclaira soudain. Tu veux te servir d'Erica Baron comme appât pour que les assassins se démasquent.

— Exactement. La police ne pourra rien faire. Le département des Antiquités ne bougera pas, à moins qu'il ait entendu parler de la statue, et Ahmed Khazzan ne se mêlera donc pas de l'histoire. C'est le seul fonctionnaire qui pourrait nous mettre des bâtons dans les roues.

— Mais il y a un problème et de taille, fit remarquer Raoul, très sérieux.

— Quoi donc ?

— C'est extrêmement dangereux. C'est presque signer la condamnation à mort de Mlle Baron. Ils la tueront sans hésiter.

— Quelqu'un peut-il la protéger ? demanda Yvon, se remémorant la taille fine d'Erica, sa chaleur.

— Sans doute, à condition d'employer le type qu'il faut.

— Tu penses à Khalifa ?

— Oui.

— Il est cinglé.

— Peut-être, mais c'est le meilleur. Si tu veux

protéger la fille et prendre les tueurs il te faut Khalifa. Mais il est cher. Très cher.

— Ça m'est égal. Il me faut cette statue. C'est certainement le pivot dont j'ai besoin. D'ailleurs, il n'y a pas d'autre moyen. J'ai étudié tous les papiers de Hamdi. Malheureusement, il n'y a presque rien concernant le marché noir.

— Tu croyais vraiment trouver quelque chose ?

— C'était peut-être beaucoup demander, je l'admets. Mais d'après la lettre qu'il m'avait envoyée, je pensais que c'était possible. Va voir Khalifa. Je veux qu'il suive Erica Baron dès demain matin. Je vais d'ailleurs passer quelque temps avec elle, moi-même. Je suis sûr qu'elle ne m'a pas tout dit.

Raoul se contenta de le regarder avec un sourire railleur.

— ... O.K., tu me connais trop bien ! Il y a quelque chose que je trouve très séduisant en elle.

Athènes, 23 h 45

Passant la main par-dessus son épaule, Stephanos Markoulis éteignit la lampe. La pièce baigna dans la douce lumière bleue de la lune passant par la porte-fenêtre.

— Athènes est une ville tellement romantique, dit Deborah Graham en se dégageant de l'étreinte de Stephanos.

On voyait ses yeux briller dans la pénombre. Elle était un peu grise et le devait peut-être à l'atmosphère mais aussi à la bouteille vide de vin de Demestica. D'un coup de tête coquet, elle rejeta en arrière ses longs cheveux blonds. Sa blouse était déboutonnée et la blancheur de ses seins contrastait avec son hâle.

— Je suis tout à fait d'accord avec vous, dit Markoulis, tendant sa grosse main pour lui caresser les seins. C'est pourquoi j'ai choisi d'y vivre. Athènes est une ville pour les amants.

Il avait entendu cette expression de la bouche

d'une autre fille, une autre nuit, et avait décidé de l'employer pour son compte. Sa chemise était également ouverte. Sa large poitrine était couverte de poils noirs qui servaient d'écrin à sa collection de chaînes d'or et de médailles.

Il avait hâte de mettre Deborah dans son lit. Les jeunes Australiennes, il l'avait constaté, ne faisaient aucune difficulté et se révélaient des partenaires de choix. Beaucoup de gens lui avaient dit que, chez elles, elles agissaient de façon très différente, mais peu lui importait. Il préférait attribuer sa chance à l'atmosphère romantique et surtout à sa façon de faire.

— Merci de m'avoir invitée chez vous, dit Deborah, sincère.

— Le plaisir est pour moi, fit-il en souriant.

— Cela vous ennuierait-il que j'aille quelques secondes sur votre balcon ?

— Pas du tout, répondit-il, maudissant cette perte de temps.

Il suivit des yeux l'ondulation de ses fesses sous les jeans délavés. Quel âge pouvait-elle avoir ? Dix-neuf ans ?

— Ne vous perdez pas là-bas ! cria-t-il.

— Stephanos, ce balcon a deux mètres de large !

Il se demanda soudain si elle se laisserait faire. Impatienté, il alluma une cigarette, en souffla la fumée avec force vers le plafond.

— Stephanos, venez ici pour m'expliquer ce que je vois !

Bon sang ! Il se leva à contrecœur et la rejoignit. Elle était penchée jusqu'à mi-corps et, du doigt, indiquait quelque chose.

— Est-ce que c'est la place de la Constitution ?

— En effet.

— Et ça, demanda-t-elle en indiquant la direction opposée, c'est un angle du Parthénon ?

— Exactement.

— Oh, Stephanos, c'est merveilleux.

Elle se tourna vers lui, lui passa les bras autour du cou. Dès le premier instant où il l'avait abordée, elle l'avait trouvé très excitant. De profondes rides d'expression lui donnaient du caractère et sa barbe abondante ajoutait à son aspect viril.

Elle restait un peu inquiète d'avoir accepté de venir chez un inconnu mais elle se trouvait à Athènes, pas à Sidney ! Et sa peur ne faisait que donner du piment à l'aventure.

— Qu'est-ce que vous faites dans la vie, Stephanos ? demanda-t-elle pour faire durer le plaisir.

— C'est important ?

— Je vous demande ça par curiosité. Mais vous n'êtes pas forcé de me répondre.

— Je suis propriétaire d'une agence de voyages et je fais un peu de contrebande. Mais je passe le plus clair de mon temps à poursuivre les femmes.

— Oh ! Stephanos, soyez sérieux.

— Je le suis. J'ai une agence de voyages qui marche bien, mais je fais passer en fraude des pièces détachées de machines en Égypte d'où je fais sortir des antiquités. Mais je chasse surtout les femmes, je ne m'en fatigue jamais.

Elle regarda ses yeux noirs. A sa propre surprise cet aveu ajoutait au plaisir interdit de l'aventure. Elle se pressa contre lui.

Stephanos ne perdit pas une seconde et, satisfait, la prit dans ses bras et la ramena à l'intérieur, directement dans la chambre à coucher. Elle se laissa déshabiller sans opposer la moindre résistance.

Se débarrassant de son pantalon, le Grec se pencha vers elle et l'embrassa doucement sur la bouche. Elle tendit les bras, voulant qu'il la prenne.

Et, brusquement, la sonnerie du téléphone déchira le silence.

Stephanos fit de la lumière pour consulter la pendule. Il était près de minuit. Quelque chose clochait.

— Répondez ! ordonna-t-il en indiquant l'appareil, à côté du lit.

Deborah le regarda avec surprise, mais obéit. Elle dit : « hello ! » et voulut passer le récepteur à son compagnon en lui expliquant qu'il s'agissait d'un appel international. Il lui fit signe de garder le combiné et de demander qui appelait. Elle obtempéra.

— Cela vient du Caire. Un M. Yvon-Julien de Margeau, dit-elle, la paume sur l'appareil.

Il le lui arracha littéralement des mains. Deborah se recula, cherchant à couvrir sa nudité. A voir l'expression de froid calcul qui venait effacer celle d'amabilité galante, elle comprit qu'elle avait commis une erreur. Elle tenta de récupérer ses vêtements, mais il était assis sur ses jeans.

— Vous n'allez tout de même pas chercher à me faire croire que vous vouliez un petit entretien amical en pleine nuit ! dit-il sans cacher son irritation.

— En effet, Stephanos, répondit Yvon avec calme. Je voulais vous parler d'Abdul Hamdi. Vous le connaissez ?

— Bien sûr que je le connais ce salaud. Et alors ?

— Avez-vous traité des affaires avec lui ?

— Ça frise l'indiscrétion ça, et pour mener à quoi ?

— On a assassiné Hamdi aujourd'hui.

— Quel dommage ! Et en quoi ça me concerne-t-il ?

Deborah tentait toujours de récupérer son pantalon. Avec précaution, elle lui posa une main dans le dos et tira avec l'autre. Il enregistra le geste sans en comprendre la raison. Sans se retourner, il lui expédia un revers qui la renversa de l'autre côté du lit.

— Savez-vous qui a pu tuer Hamdi ? demanda Yvon.

— Il y a des tas de gens qui souhaitaient sa mort. A commencer par moi.

— A-t-il tenté de vous faire chanter ?

— Écoutez-moi, je n'ai pas envie de répondre à vos questions. Qu'est-ce que j'ai à voir là-dedans ?

— Je suis tout disposé à vous fournir des renseignements. Je sais quelque chose que vous aimeriez bien connaître.

— Quoi par exemple ?

— Hamdi avait une statue de Séthi Ier comme celle de Houston.

Le visage de Markoulis vira à l'écarlate.

— Bon Dieu ! s'écria-t-il bondissant sur ses pieds et oubliant qu'il était tout nu.

Deborah en profita aussitôt pour récupérer son pantalon et, habillée, elle se recroquevilla de l'autre côté du lit, le dos au mur.

— ... Comment l'a-t-il eue ?
— Aucune idée.
— En a-t-on parlé dans les milieux officiels ?
— Non. Je suis arrivé sur les lieux immédiatement après le meurtre. J'ai pris tous les papiers et la correspondance de Hamdi, y compris votre dernière lettre.
— Qu'allez-vous en faire ?
— Rien, pour le moment.
— Avez-vous trouvé quelque chose concernant le marché noir en général ? Se réservait-il de faire des révélations ?
— Hum ! Alors, c'est bien ça, il vous a fait chanter, dit Yvon, triomphant. La réponse est : non. L'avez-vous tué, Stephanos ?
— Si je l'avais fait, croyez-vous vraiment que je vous le dirais ?
— En tout cas nous avons une bonne piste. Un témoin sûr a assisté au meurtre.
— Et ce témoin serait en mesure d'identifier les assassins ?
— Indiscutablement. Comme ça se trouve c'est *une* témoin. Charmante et, comme par hasard, égyptologue. Elle s'appelle Erica Baron et elle est descendue au Hilton.

Stephanos Markoulis coupa la communication et forma aussitôt un autre numéro. D'un doigt impatient, il pianotait sur l'appareil en attendant que son correspondant décroche.

— Evangelos, fais ta valise. Nous partons pour Le Caire demain matin, ordonna-t-il, et il raccrocha sans attendre de réponse. Merde ! cria-t-il et, à ce moment, il aperçut Deborah.

L'espace d'une seconde, il fut stupéfait. Il l'avait oubliée.

— Fous le camp ! hurla-t-il.

Deborah ne demanda pas son reste. La liberté en Grèce semblait aussi dangereuse et imprévisible qu'on le lui avait dit chez elle.

Le Caire, minuit

Émergeant du bar enfumé, Erica cligna des yeux sous la lumière crue du hall du Hilton. L'expérience vécue avec Ahmed Khazzan et l'atmosphère de l'immense bâtisse administrative l'avaient tellement énervée qu'elle avait décidé de prendre un verre avant de monter se coucher. Elle voulait se détendre, mais elle n'avait pas pu boire en paix. Un groupe d'architectes américains avait décidé qu'elle était l'antidote rêvé pour une soirée ennuyeuse. Aucun n'avait voulu croire qu'elle préférait être seule. Alors, elle avait vidé son verre et avait quitté le bar.

Arrivée dans le hall, elle avait senti les effets du whisky et s'était immobilisée un instant pour retrouver son équilibre. Malheureusement, l'alcool n'avait en rien atténué son anxiété, au contraire. Elle en arrivait à se demander si on la suivait. Installé sur l'un des canapés, un Européen la regardait par-dessus les verres de ses lunettes. Un Arabe barbu drapé dans une vaste robe blanche, debout à côté d'une vitrine de joaillerie, la regardait lui aussi, fixement, de ses yeux de jais. Un Noir gigantesque, ressemblant à Idi Amin Dada, lui souriait.

Erica secoua la tête. La fatigue lui jouait des tours. A Boston, si elle s'était promenée seule, à minuit, on l'aurait également dévisagée. Elle respira à fond et se dirigea vers l'ascenseur.

En arrivant devant sa porte, son pouls s'accéléra, au souvenir du choc éprouvé à la vue de Khazzan. Elle ouvrit et, doucement, fit de la lumière. Le fauteuil était vide. Elle passa dans la salle de bains. Elle était vide, elle aussi. En fermant sa porte à clef, elle remarqua une enveloppe, par terre. Elle était de la réception de l'hôtel. M. Yvon-Julien de Margeau avait téléphoné et demandé qu'elle rappelle, quelle que soit l'heure. Urgent, précisait le message.

Sur son balcon, à respirer l'air frais de la nuit, Erica commença à se détendre. Le merveilleux panorama y était pour beaucoup. Jamais encore elle n'avait été dans le désert et elle était stupéfaite de voir autant d'étoiles à l'horizon que directement au-dessus de sa tête. Juste devant elle, le large ruban noir du Nil s'étendait comme le sol humide d'une grande route. Au loin, elle apercevait, illuminé, le Sphinx mystérieux, gardien silencieux des énigmes du passé. Juste à côté de lui les pyramides se détachaient contre le ciel. Leur forme évoquait plutôt une œuvre futuriste qu'un monument de l'Antiquité. A sa gauche, la jeune femme pouvait voir l'île de Rôdah qui ressemblait à un transatlantique égaré sur le Nil. A son extrémité la plus proche brillaient les lumières du Méridien et ses pensées revinrent à Yvon de Margeau. Elle relut son message, se demandant s'il pouvait être au courant de la visite de Khazzan. Elle se demanda également si elle devait lui en faire part au cas où il l'ignorait. Mais elle n'avait nulle envie de se compromettre aux yeux des autorités, et parler de la visite d'Ahmed Khazzan, c'était le faire. S'il y avait un contentieux entre les deux hommes, qu'ils se débrouillent. Yvon de Margeau était de taille à se défendre.

Elle s'assit au bord de son lit pour demander le Méridien et la suite 800. Le récepteur retenu entre son épaule et sa tête, elle ôta sa blouse. L'air frais sur sa peau lui fit du bien. Il fallut près d'un quart d'heure pour établir la communication.

— Allô !

C'était la voix de Raoul.

— Allô ! Ici, Erica Baron. Puis-je parler à M. de Margeau ?

— Un instant, s'il vous plaît.

Erica en profita pour enlever ses chaussures. La poussière du Caire en avait tracé le contour sur ses pieds.

— Bonsoir ! dit Yvon avec chaleur.
— Bonsoir. J'ai reçu un message disant de vous rappeler de toute urgence.
— Eh bien, je voulais vous parler, mais cela n'avait rien d'urgent. J'ai passé une soirée merveilleuse et je désirais vous en remercier.
— Vous êtes vraiment trop aimable, répondit-elle, prise de court.
— En fait, ce soir, j'ai trouvé que vous étiez très jolie et je désire vous revoir le plus tôt possible.
— Vraiment ?
— Parfaitement. Cela me ferait grand plaisir de prendre le petit déjeuner avec vous demain matin.
— Je vous remercie, dit-elle.

Elle l'avait trouvé très agréable, mais elle n'avait pas l'intention de passer ses vacances à flirter. Elle était venue pour voir de près ce qu'elle avait passé des années à étudier et elle n'entendait pas être distraite de ses projets. En outre et surtout, elle ne savait pas encore ce qu'elle devait faire en ce qui concernait la fabuleuse statue de Séthi Ier.

Yvon l'interrompit dans ses réflexions.
— Raoul peut venir vous chercher quand vous voudrez, dit-il.
— Je vous remercie, mais je suis épuisée. Je ne veux pas me lever à une heure fixe.
— Je comprends. Appelez-moi quand vous serez réveillée.
— Je vous le répète, j'ai passé une soirée très agréable surtout après cet après-midi. Mais j'ai besoin d'être seule. Je veux faire un peu de tourisme.
— Je serais enchanté de vous montrer une autre partie du Caire, dit-il, opiniâtre.

Elle ne voulait pas passer la journée avec lui. L'intérêt qu'elle portait l'Égypte n'était pas de ceux que l'on partage.
— Et si nous dînions de nouveau ensemble ? C'est ce que je préférerais.
— Le dîner aurait été inclu dans la journée. Mais je comprends. Parfait. Disons 9 heures.

Après un amical au revoir, elle raccrocha. L'insistance d'Yvon la surprenait. Elle ne s'était pas sentie en beauté ce soir-là. Elle s'examina dans le miroir de la salle de bains et se demanda ce qu'il fallait réellement aux hommes. Soudain, elle se sentit très seule. Elle songea à la vie qu'elle avait abandonné volontairement à Boston. Partir pour l'Égypte n'était pas nécessairement la solution à ses problèmes. Brusquement, laissant l'eau de sa douche couler, elle retourna dans sa chambre et demanda le numéro de Richard Harvey et fut extrêmement déçue de s'entendre dire qu'il y avait au moins deux heures d'attente. Elle raccrocha et, fixant sans le voir le téléphone muet, elle sentit sa gorge se serrer. Elle ravala ses larmes. Elle était trop épuisée pour penser à quoi que ce soit avant d'avoir dormi.

Le Caire, minuit trente

Ahmed Khazzan regardait le reflet des lumières dans l'eau. Sa voiture traversait le pont du 26-Juillet menant à l'île de Guézira. Son chauffeur klaxonnait sans discontinuer, mais il n'y prenait même pas garde. Au Caire, les automobilistes accordaient la même valeur aux coups d'avertisseur qu'aux coups de volant.

La voiture freina enfin devant une maison du quartier de Zamalek et Khazzan mit pied à terre.

— Je serai prêt à 8 heures, dit-il.

Le chauffeur enregistra le renseignement d'un signe de tête, opéra un demi-tour en épingle à cheveux et la voiture disparut.

Khazzan entra chez lui d'un pas lourd. Il préférait de beaucoup à son appartement du Caire sa petite maison au bord du Nil, à Louxor, où il avait vu le jour. Il s'y rendait chaque fois qu'il le pouvait. Mais la charge de directeur du Département des Antiquités le retenait en ville beaucoup trop à son goût. Il avait, plus que n'importe qui, conscience de l'énorme machine administrative créée en Égypte. Pour encourager les études, chaque universitaire diplômé était assuré d'un emploi au gouvernement. Moralité, il y avait beaucoup trop de gens n'ayant rien à faire, l'insécurité primait et beaucoup passaient leur temps à intriguer pour assurer leur situation. Sans les subsides venus d'Arabie Saoudite, tout s'écroulerait du jour au lendemain.

Songer à cela déprimait Khazzan qui avait tout sacrifié pour atteindre le poste qu'il occupait. Il s'était donné pour but de contrôler le Département des Antiquités et là il lui fallait se mesurer avec le manque total d'efficacité de son service. De plus, jusque-là, ses tentatives de réorganisation s'étaient heurtées à une opposition farouche.

Il s'assit, tira quelques dossiers de sa serviette. *Modification du système de sécurité de la nécropole de Louxor, y compris la Vallée des Rois, Chambre forte souterraine à l'épreuve des bombes destinée aux trésors de Toutânkhamon.* Il ouvrit le premier, qui l'intéressait particulièrement, car il venait de réorganiser le service de sécurité.

Il lui fallut lire deux fois le premier paragraphe avant de se rendre compte qu'il pensait à autre chose. Sans cesse revenait devant ses yeux le visage délicatement ciselé d'Erica Baron. Il avait été frappé par sa beauté quand il l'avait vue pour la première fois, dans sa chambre. Il avait projeté de la désarçonner pour pouvoir mieux l'interroger et c'était lui qui l'avait été. Elle lui rappelait, par sa façon d'être, une femme dont il était tombé amoureux pendant les trois années qu'il avait passées à Harvard. C'était son premier et unique amour et le rappel lui en était douloureux. Et de savoir que jamais il ne la reverrait avait été une terrible épreuve qui l'avait beaucoup marqué. Depuis, il avait évité toute aventure sentimentale, de façon à atteindre le but que sa famille lui avait fixé.

La tête appuyée contre le mur, il se laissa aller à évoquer le visage de Pamela Nelson. Après quatorze ans, il le revoyait nettement. Il revécut ces merveilleux instants du réveil, le dimanche matin. Il adorait la regarder dormir et se souvenait de la façon dont il lui caressait délicatement le front et les joues jusqu'à ce qu'elle ouvre les yeux en lui souriant.

Il se leva et se dirigea vers la cuisine. Il s'affaira à faire du thé, s'efforçant d'échapper aux souvenirs qu'Erica avait fait revivre. Il lui semblait n'être parti que la veille pour l'Amérique. Ses parents l'avaient accompagné à l'aéroport, le submergeant de recommandations et d'encouragements, inconscients de la peur de leur fils. La perspective d'aller en Amérique avait été une aventure extraordinaire pour ce jeune homme de la Haute-Égypte. Mais Boston s'était révélée terriblement ennuyeuse. Jusqu'au jour où il avait rencontré Pamela. Alors, tout était devenu enchanteur. Réchauffé, réconforté par la présence de la jeune fille, il avait passé brillamment ses examens.

Rapportant son thé dans le salon, il reprit place sur son canapé très inconfortable. La boisson chaude lui fit du bien. Il commençait à comprendre pourquoi Erica Baron lui rappelait Pamela. Il avait senti en elle l'intelligence, la générosité sous lesquelles Pamela cachait sa forte sensualité. C'était de la femme cachée qu'il était tombé amoureux. Fermant les yeux, il évoqua le corps nu de Pamela.

Brusquement, il ouvrit les paupières et le sourire d'un portrait officiel de Sadate effaça tous ses souvenirs amoureux. Le présent s'imposa de nouveau et Ahmed Khazzan poussa un soupir. Puis il se moqua de lui-même. Cette façon de rêver ne lui ressemblait pas. Ses responsabilités dans ses fonctions et au sein de sa famille ne laissaient pas de place à la sentimentalité. Il lui avait fallu se battre pour être où il était et, à présent, il touchait presque au but final.

Il reprit son dossier et tenta de l'étudier, en vain. Il ne cessait de songer à Erica Baron. Il revoyait la façon dont s'était déroulé l'interrogatoire. Sa façon de répondre n'était pas un aveu de faiblesse, mais une preuve de sensibilité. Elle ne savait rien d'important, il en était convaincu.

Brusquement, il se souvint de la réflexion de son assistant, précisant qu'Yvon de Margeau l'avait emmenée dîner dans un endroit très romantique.

Il se leva et se mit à marcher de long en large, furieux sans savoir pourquoi. Que faisait Margeau en Égypte ? Se proposait-il d'acheter d'autres antiquités ? Au cours de ses visites précédentes, il n'avait pas été en mesure de le faire surveiller de façon adéquate. A présent, il y aurait peut-être un moyen. Si Erica le revoyait, il pourrait se servir d'elle pour savoir ce qu'il faisait.

Il décrocha le téléphone, appela son adjoint direct, Zaki Riad, et lui ordonna de faire suivre la jeune femme vingt-quatre heures sur vingt-quatre, à commencer dès le lendemain matin. Que l'homme désigné à la filature lui fasse directement son rapport.

— Je veux savoir où elle va, qui elle rencontre. Tout.

Le Caire, 2 h 45

Un bruit discordant fit sursauter Erica. Elle mit quelques secondes à se souvenir de l'endroit où elle était. Elle entendait de l'eau couler et elle était vêtue de son seul slip. Le bruit discordant reprit et elle comprit qu'elle était dans une chambre d'hôtel et que le téléphone sonnait. L'eau qui coulait était celle de la douche qu'elle n'avait pas arrêtée. Elle s'était endormie sur le dessus de lit, laissant toutes les lumières allumées.

C'est l'esprit encore brumeux qu'elle décrocha l'appareil. L'opérateur la prévint qu'elle était en communication avec l'Amérique. Mais après quelques gazouillis, la ligne resta muette. « Allô ! Allô ! » cria la jeune femme. En vain. Alors, elle raccrocha en haussant les épaules et passa dans la salle de bains pour tourner les robinets. Un coup d'œil dans le miroir lui renvoya une image affreuse. Elle avait les yeux rouges et gonflés et un bouton sur le menton.

La sonnerie du téléphone retentit à nouveau et elle se précipita.

— Je suis heureux que tu aies appelé, ma chérie. Comment s'est passé ton voyage ? dit Richard, à l'autre bout.
— Terrible.
— Terrible ? répéta-t-il immédiatement inquiet. Qu'est-ce qui ne va pas ? Tu es malade ?
— Non, non. Ce n'est tout simplement pas ce à quoi je m'attendais.

Sans doute, le connaissant comme elle le connaissait, avait-elle eu tort de l'appeler. Mais puisque c'était fait, elle lui parla de la statue et du meurtre, d'Yvon de Margeau et d'Ahmed Khazzan.

— Mon Dieu ! s'écria-t-il visiblement épouvanté. Erica, je veux que tu reviennes immédiatement. Prends le premier vol ! Erica, tu m'entends ?

Cet ordre eut un effet instantané. Elle n'avait pas d'ordres à recevoir de lui, si bien intentionné soit-il.
— Je ne suis pas prête à partir.
— Erica, tu as démontré ce que tu voulais. Inutile d'insister, surtout si tu es en danger.
— Je ne suis pas en danger. Et qu'est-ce que j'ai démontré ?
— Ton indépendance. Inutile, je te dis, de continuer ce petit jeu.
— Richard, tu ne comprends pas. Je ne joue à aucun jeu. Si je suis ici, c'est parce que j'ai désiré y venir depuis toujours.
— Eh bien, j'estime que c'est de la folie.
— Tu passes ton temps à oublier que je suis une femme, et que j'ai consacré huit ans à des études qui me passionnent. C'est très important pour moi !
— Plus important que nos relations ? insista Richard d'un ton où se mêlaient la colère et la peine.
— Aussi important que la médecine pour toi. Quoi qu'il en soit, je ne rentre pas à Boston. Pas encore.
— Alors c'est moi qui viens en Égypte, annonça-t-il magnanime.
— Non.
— Non ?
— Parfaitement : non. Mais si tu veux faire quel-

que chose pour moi, téléphone à mon patron, le Dr Herbert Lowery et demande-lui de m'appeler le plus tôt possible.

— Tu ne veux vraiment pas que je te rejoigne ?
— Vraiment pas.

Lorsque la sonnerie du téléphone retentit à nouveau un peu après 4 heures Erica ne sursauta pas. Cependant, craignant que ce fût Richard qui la rappelait, elle attendit un peu avant de décrocher, le temps de préparer ce qu'elle voulait lui dire. Mais il s'agissait du Dr Lowery.

— Erica, vous allez bien ?
— Très bien, merci.
— Richard m'a téléphoné il y a une heure environ. Il semblait extrêmement ému. Il m'a dit que vous désiriez que je vous appelle.
— En effet. Je vais vous expliquer. J'ai à vous parler de quelque chose d'extraordinaire et l'on ma dit qu'il est plus facile d'appeler Le Caire que du Caire. Richard vous a-t-il parlé de ma première journée ici ?
— Non. Il m'a dit que vous aviez eu des ennuis, c'est tout.
— Le mot est faible !

Elle fit un bref récit des événements et décrivit avec le plus grand soin la statue de Séthi Ier.

— Incroyable, commenta Lowery. Justement, j'ai vu celle de Houston. L'homme qui l'a achetée a une fortune indécente. Il nous a fait venir, Leonard et moi, pour l'authentifier. Nous sommes tombés d'accord. C'est la plus belle sculpture jamais trouvée en Égypte. Sans doute venait-elle d'Abydos ou de Louxor. Elle est remarquablement conservée pour avoir été sous terre pendant trois mille ans. Mais celle que vous me décrivez semble être son double.
— Celle de Houston a-t-elle des hiéroglyphes sculptés à la base ?
— Oui. Quelques-uns sous forme d'exhortation religieuse et d'autres, plus bas, assez étranges.
— Exactement comme celle que j'ai vue !

— La traduction n'en a pas été facile et signifiait à peu près : « Que la paix éternelle soit sur Séthi Ier qui gouverna après Toutânkhamon. »

— Fantastique ! Celle que j'ai vue avait également les noms de Séthi Ier et de Toutânkhamon. J'en suis certaine, mais c'est presque invraisemblable.

— En effet. Il n'y a aucune raison pour que le nom de Toutânkhamon y figure. Cela nous a même fait douter de l'authenticité de la statue. Mais il n'y a aucun doute. Avez-vous remarqué sous quel nom on désignait Séthi Ier ?

— Il me semble qu'il s'agissait de celui qui l'associe au dieu Osiris... Attendez, j'ai un moyen de m'en assurer.

Elle venait de se souvenir du scarabée, cadeau d'Abdul Hamdi.

Elle se précipita pour fouiller dans la poche du pantalon qu'elle avait laissé tomber sur un siège. Le petit animal s'y trouvait.

— ... Oui, c'est cela, Osiris. Le même figure sur un scarabée remarquablement imité. Pouvez-vous quand même m'avoir une photo des hiéroglyphes de la statue de Houston et me la faire parvenir, professeur ?

— Certainement. Le propriétaire, Jeffrey Rice, apprendra avec intérêt qu'il existe une statue semblable à la sienne et cela le rendra coopératif.

Erica raccrocha et, tout son enthousiasme revenu, se prépara à reprendre son sommeil interrompu.

DEUXIÈME JOUR

Le Caire, 7 h 55

Le Caire se réveille tôt. Venues des villages voisins, les voitures à ânes entrent en ville avant l'aube. On entend d'abord le bruit des roues de bois, le grincement des harnais, les clochettes des moutons et des chèvres trottant vers se marchés. Le soleil levé, les véhicules à essence se joignent au flot. Les boulangeries s'éveillent et l'air embaume de l'odeur délicieuse du pain frais. A 7 heures, les taxis se répandent comme un nuage d'insectes et le concert de klaxons commence. Les gens apparaissent dans les rues et la température monte.

Ayant laissé entrouverte la porte de son balcon, Erica fut très vite assaillie par les bruits de la circulation sur le pont El Tahrir et sur le large boulevard qui longe le fleuve, la corniche du Nil. Elle se sentait beaucoup mieux qu'elle ne l'avait craint. Un coup d'œil à sa montre lui apprit cependant qu'elle avait fort peu dormi. Il n'était même pas 8 heures.

Elle s'assit dans son lit. Le scarabée était resté sur la table, à côté du téléphone. Elle le prit et le tâta comme pour s'assurer qu'il existait réellement. Les événements de la veille lui faisaient un peu l'effet d'être du domaine du rêve.

Elle commanda son petit déjeuner qu'elle prit sur son balcon et prépara ses projets pour la journée.

Elle décida de visiter le Musée égyptien, de voir quelques-uns des souvenirs de l'Ancien Empire et, ensuite, de partir pour Saqqarah, la nécropole de Memphis, capitale de l'Ancien Empire. Elle éviterait de se précipiter vers les pyramides de Guizeh, comme le font la plupart des touristes.

Tout en buvant son café, Erica feuilleta son guide Nagel cherchant les pages consacrées à Guizeh ; il y avait beaucoup trop à voir en une seule journée et elle entendait préparer son itinéraire avec soin. Soudain, elle se souvint de l'ouvrage donné par Abdul Hamdi et qui se trouvait au fond de son sac. Elle le prit, l'ouvrit avec précaution, la couverture en étant à demi détachée, et lut le nom et l'adresse inscrits sur la première page : Nasif Malmud, 180 Shari El Tahrir. Cela lui rappela les dernières paroles, ironie du sort, prononcées par l'antiquaire : « Je voyage beaucoup et je ne serai peut-être pas au Caire au moment de votre départ. » Elle hocha la tête.

Dans le ciel clair, un faucon évoluait. Brusquement, il se laissa tomber comme une pierre sur un rat qui traversait une ruelle.

Neuf étages plus bas, Khalifa Khalil, installé dans sa Fiat de fabrication égyptienne, appuya sur l'allume-cigares. Il attendit patiemment qu'il ressorte, alluma sa cigarette et aspira la fumée avec délice. Grand, musclé, il avait un gros nez crochu et donnait l'impression de toujours ricaner. Il se déplaçait avec une agilité et une souplesse étonnantes. Ses puissantes jumelles lui permettaient de voir parfaitement Erica dont il admira les jambes tout à loisir. Très jolies, pensa-t-il, se félicitant de s'être vu assigner un travail aussi agréable. Erica tendit les jambes et il sourit, ce qui le transforma de façon étonnante. En effet, l'une de ses incisives avait été cassée de telle sorte que beaucoup de gens, à le voir toujours habillé et cravaté de noir, trouvaient qu'il ressemblait à un vampire.

Khalifa ignorait ce qu'était le chômage dans un Moyen-Orient agité. Né à Damas et élevé dans un orphelinat, il avait suivi un entraînement de commando en Iraq, mais n'avait pu continuer car il était incapable d'un travail en équipe. Il était également totalement dépourvu de conscience. Tueur par essence, seul l'argent mettait un frein à ses instincts. L'idée d'être payé autant pour servir de nourrice à une jolie touriste américaine que pour participer à un coup de main contre les Kurdes en Turquie lui semblait hautement comique.

Les balcons voisins de celui d'Erica n'offraient rien de suspect. Le Français lui avait donné des ordres simples. Il avait à protéger la jeune femme contre une tentative de meurtre éventuelle et à en arrêter les auteurs. Lentement, il étudia les gens qui déambulaient le long du Nil. Il ne serait pas facile d'intervenir contre un coup de feu tiré à longue distance par une arme puissante. Rien de suspect, à première vue. D'instinct, il posa la main sur le pistolet Stechkin, dans son étui, sous son bras gauche. Il y tenait beaucoup. Il l'avait pris sur un agent du K.G.B. qu'il avait abattu en Syrie.

Revenant à Erica, il se demanda qui pouvait vouloir tuer une fille aussi fraîche et en vint à douter que l'intérêt que lui portait Yvon de Margeau fût purement « commercial ».

Soudain, elle se leva, rassembla ses affaires et disparut dans la chambre. Khalifa abaissa ses jumelles. Devant l'hôtel, où régnait l'activité matinale habituelle, une rangée de taxis attendait.

Gamal Ibrahim lutta avec son journal. Le *El Ahram*, s'efforçant d'en replier la première page. Il était installé sur la banquette arrière du taxi qu'il avait loué pour la journée et qui attendait dans l'allée menant au Hilton, du côté opposé à l'entrée. Le portier avait commencé par protester, puis avait cédé en voyant la carte du Département des Antiquités. Sur le siège, à côté de Gamal Ibrahim, un double de la photo du passeport d'Erica Baron. Chaque fois qu'une femme émergeait de l'hôtel, il comparait son visage à celui de la photo.

En prévision de la chaleur qui régnerait à Saqqarah, Erica mit une légère blouse de coton beige à manches courtes et un pantalon, de coton également et d'une nuance un peu plus soutenue. Elle glissa dans son sac son Polaroïd, sa lampe électrique et le guide donné par l'antiquaire assassiné. Il avait raison, cet ouvrage était plus complet que le sien.

On lui rendit son passeport à la réception et on lui présenta également le guide qu'on lui avait assigné pour la journée, Anouar Selim. Son premier mouvement avait été de refuser, mais elle avait cédé en songeant à tous les importuns qui l'avaient ennuyée, la veille. Il portait un insigne avec le numéro 113, preuve qu'il était guide officiel.

— J'ai préparé un itinéraire merveilleux, annonça-t-il, tout sourire. Nous commencerons par visiter la Grande Pyramide pour profiter de la fraîcheur du matin. Et puis...

Erica ne le laissa pas poursuivre.

— Merci, dit-elle en se reculant. (Selim avait une denture dans un état épouvantable et son haleine seule aurait fait stopper net un rhinocéros en pleine charge.) J'ai déjà décidé de mon emploi du temps. Je veux d'abord aller faire une courte visite au Musée égyptien avant de me rendre à Saqqarah.

— Mais il fera très chaud à Saqqarah, à midi, protesta Selim.

— Je n'en doute pas, reconnut Erica, s'efforçant d'abréger le dialogue. Mais c'est l'itinéraire que j'ai envie de suivre.

Sans cesser de sourire cependant, Selim ouvrit la porte du taxi cabossé qu'on avait retenu pour la jeune femme. Le chauffeur, très jeune, avait une barbe de trois jours.

Khalifa posa ses jumelles par terre et laissa au taxi d'Erica le temps de s'engager dans la rue avant de mettre le contact tout en se demandant s'il pourrait tirer quelques renseignements du guide et du chauffeur. Comme il démarrait, il remarqua un autre taxi partant immédiatement derrière celui d'Erica. Les deux voitures tournèrent à droite au croisement.

Gamal Ibrahim avait reconnu Erica dès qu'elle était apparue. Vivement, il avait noté le numéro du guide dans la marge de son journal avant de dire à son chauffeur de suivre le taxi de la jeune femme.

Quand ils atteignirent le Musée égyptien, Selim aida Erica à descendre de voiture et le chauffeur s'éloigna pour attendre à l'ombre d'un sycomore. Gamal Ibrahim fit arrêter le sien sous un arbre voisin lui permettant de le surveiller. Puis, il ouvrit son journal et reprit sa lecture.

Khalifa, quant à lui, se gara plus loin et, à pied, passa devant le taxi de Gamal pour voir s'il reconnaissait son occupant. Non. A ses yeux, sa façon d'agir était suspecte, mais, obéissant aux ordres, il pénétra dans le musée derrière Erica et son guide.

Erica était entrée dans le musée si célèbre avec enthousiasme, mais ses connaissances et son intérêt eux-mêmes ne pouvaient effacer l'atmosphère oppressante. Les objets sans prix semblaient aussi déplacés dans les pièces poussiéreuses que dans le musée de Boston. Les statues mystérieuses, les visages de pierre évoquaient la mort et non l'immortalité. Les gardiens avaient des uniformes blancs et des bérets noirs rappelant l'ère coloniale. Des hommes de peine, armés de balais de paille, transportaient la poussière d'une pièce dans l'autre, sans jamais l'enlever. Les seuls employés vraiment actifs étaient les ouvriers qui, juchés sur de petits échafaudages retenus par des cordes, remettaient du plâtre ou faisaient de petits travaux de menuiserie à l'aide d'outils semblables à ceux que l'on peut voir sur les anciens bas-reliefs égyptiens.

Erica fit un effort pour oublier le décor et se concentrer sur les pièces les plus renommées. Dans la chambre 32, elle fut étonnée de l'expression de vie sereine rendue par les statues de Rahotep, frère de Khoufou, et de Néfret, sa femme. Erica se satisfaisait de les contempler, mais son guide de se sentit obligé de la faire bénéficier de sa science. Doucement, elle le pria de se contenter de répondre seulement à ses questions car elle savait déjà à quoi s'en tenir sur la plupart des objets exposés.

Comme la jeune femme faisait le tour de la statue de Rahotep, son cerveau enregistra la silhouette d'un homme en noir avec une dent comme un croc. Elle se retourna. Il n'y avait plus rien. Mais l'homme était apparu et avait disparu si vite qu'elle en conserva une impression désagréable. Les événements de la veille la rendaient méfiante.

Faisant signe à Selim, elle sortit de la salle. La longue galerie qui courait à l'angle ouest du bâtiment était vide. Mais comme elle regardait au-delà d'une double arcade vers l'angle nord-ouest, Erica vit à nouveau une silhouette sombre et fuyante.

Avec Selim s'efforçant d'attirer son attention sur divers objets exposés tout en la suivant, Erica descendit vivement la longue galerie jusqu'à l'intersection d'une galerie similaire, dans la partie nord du musée. Exaspéré par ce comportement, Selim la suivit.

Elle s'arrêta brusquement, juste un peu avant l'intersection. Selim l'imita, regardant autour de lui pour voir ce qui avait pu attirer son attention. Elle était à côté de Senmout, architecte de la reine Hatshepsout. Mais, au lieu de le regarder, elle cherchait, discrètement, à voir ce qui se passait dans l'autre galerie.

— Si vous avez envie de voir quelque chose de particulier, aventura Selim. Je vous en prie...

D'un geste brusque, elle lui fit signe de se taire, puis elle tourna à l'angle de la galerie. Elle ne vit rien et se sentit un peu idiote.

Selim luttait visiblement pour conserver son calme.

— Mademoiselle, je connais très bien ce musée. Il vous suffit de me demander ce qui vous intéresse.

Elle eut pitié de lui.

— Y a-t-il ici des représentations de Séthi Ier ? demanda-t-elle, afin qu'il se sente utile.

Il se posa l'index sur le nez pour réfléchir. Puis, sans répondre, il indiqua le plafond et fit signe à la jeune fille de le suivre. Il la précéda jusqu'au palier 47 du premier étage et s'immobilisa à côté d'un bloc de quartzite gravé de façon merveilleuse et étiqueté 388-1.

— Le couvercle du sarcophage de Séthi Ier, annonça-t-il avec fierté.

Erica regarda le morceau de pierre, le comparant mentalement à la fabuleuse statue qu'elle avait vue la veille. Incomparable. Le vrai sarcophage, elle le savait, avait pris la route de Londres et s'y trouvait dans un petit musée. Le marché noir, indiscutablement, faisait un tort terrible au Musée égyptien.

Selim attendit qu'Erica relève les yeux. Puis, la prenant par la main, il l'attira jusqu'à la porte d'une autre salle où il lui fit comprendre qu'elle aurait à payer cinquante autres piastres au gardien afin que celui-ci les autorise à entrer dans la pièce. Là, Selim navigua entre les longs coffres vitrés, avant de s'arrêter devant l'un d'eux, à côté du mur.

— La momie de Séthi Ier, dit-il, très satisfait.

A voir ce visage desséché, Erica éprouva un haut-le-cœur. Il ressemblait à ce que les maquilleurs de cinéma s'efforcent d'obtenir pour les films d'horreur. Les oreilles étaient en dents de scie et la tête ne tenait plus au torse. Ces tristes restes ne proclamaient en rien l'immortalité, mais bien la présence permanente de la mort.

A voir, tout autour d'elle, les autres momies royales que contenait la salle, Erica songea qu'au lieu de faire revivre l'Égypte ancienne, ces corps pétrifiés mettaient l'accent sur le temps écoulé. Elle reporta son attention sur Séthi Ier. Il ne ressemblait en rien à la belle statue vue la veille, même par la forme de son menton qui, ici, était beaucoup plus large ; ou de son nez, crochu ici et qu'elle avait vu très droit. Cela lui donna la chair de poule. Elle réprima un frisson et, faisant signe à Selim de la suivre, elle sortit, impatiente de quitter ce musée poussiéreux.

Le taxi d'Erica l'emmena dans la campagne égyptienne, laissant le tohu-bohu du Caire derrière lui. Ils suivaient la rive droite du Nil. Selim avait tenté de poursuivre la conversation en racontant à la jeune femme ce que Ramsès II avait dit à Moïse, mais il avait fini par se taire. Erica, ne voulant pas le blesser, l'avait questionné au sujet de sa famille, mais il n'avait pas envie d'en parler. Ils roulaient donc sans rien dire et elle admirait le paysage, le contraste entre les eaux très bleues du fleuve et le vert des champs bien irrigués. C'était l'époque de la récolte des dattes et ils dépassaient des ânes chargés de branches festonnées de fruits rouges. Passée la ville industrielle d'Héloun qui se trouve à l'est du Nil, la route se divisa. Le taxi obliqua vers la droite non sans avoir klaxonné vigoureusement bien que la chaussée fût libre.

Gamal Ibrahim n'était qu'à cinq ou six voitures derrière.

Khalifa suivait, à deux cents mètres, la radio ouverte à pleine puissance. Il avait acquis la certitude à présent qu'Erica était filée, mais de façon très particulière. Le taxi était beaucoup trop près. A l'entrée du musée, il avait bien examiné son occupant qui avait l'air d'un universitaire. Mais Khalifa avait eu affaire à des étudiants terroristes et il était payé pour savoir que leur aspect innocent cachait souvent une audace incroyable.

Le taxi d'Erica pénétra dans une plantation de palmiers plantés très serrés et une ombre fraîche remplaça la lumière solaire éblouissante. Ils s'arrêtèrent dans un petit village aux constructions de brique. D'un côté, s'érigeait une mosquée miniature. De l'autre, un enclos où se dressaient un sphinx d'albâtre de quatre-vingts tonnes, quantité de sculptures brisées et une imposante statue de pierre de Ramsès II, renversée. Au bord de la clairière on avait installé une petite buvette baptisée « Le café du Sphinx ».

— La célèbre ville de Memphis, annonça Selim d'un ton solennel.

— Vous voulez dire Mennofer, rectifia Erica en

regardant les maigres vestiges. Memphis étant le nom grec et Mennofer le nom égyptien ancien. Venez, je vous offre à boire, ajouta-t-elle, voyant qu'elle l'avait vexé.

Tout en gagnant la buvette, elle songeait qu'il était heureux qu'elle se fût préparée à trouver les restes pitoyables de ce qui avait été la puissante capitale de l'Égypte ancienne. Quelle déception, autrement. Une bande de gamins dépenaillés s'approchèrent avec leur collection de souvenirs à vendre. Selim et le chauffeur de taxi eurent vite fait de les disperser. Ils s'assirent et commandèrent café et limonade.

La sueur coulant sur son visage, Gamal émergea de son taxi, son journal à la main. Après avoir hésité, il en était arrivé à la conclusion qu'il avait besoin de boire quelque chose. Évitant de regarder dans la direction d'Erica, il s'assit et, son café servi, disparut derrière son journal.

Khalifa ne perdit pas de vue le torse grassouillet de Gamal, mais relâcha la pression des doigts de sa main droite. Il s'était arrêté à une cinquantaine de mètres de la clairière et, passant sur la banquette arrière, il s'y était tassé, le canon de son fusil à lunette posé sur le rebord de la vitre, côté chauffeur. Dès l'instant où Gamal avait émergé de sa voiture, il l'avait tenu en joue. Qu'il ait ébauché un mouvement soudain vers Erica et il lui aurait tiré dans le derrière. Ça ne l'aurait pas tué, mais ça aurait considérablement gêné ses mouvements.

Les nuages de mouches empêchaient Erica de boire tranquillement. Elle avait beau agiter la main, elles revenaient toujours, se posaient même sur son visage, sa bouche. Elle se leva, dit aux deux hommes de ne pas se presser et s'aventura dans la clairière. Avant de remonter dans le taxi, elle s'arrêta pour admirer le sphinx d'albâtre, se demandant ce qu'il pourrait révéler s'il pouvait parler.

Ils reprirent la route et traversèrent la palmeraie. Les champs cultivés réapparurent, ainsi que les canaux d'irrigation envahis par les algues et les plantes aquatiques. Brusquement, le profil familier de la pyramide à degrés du pharaon Djeser se détacha au-dessus d'une rangée de palmiers. Erica sentit les battements de son cœur s'accélérer. Elle allait visiter l'édifice le plus ancien construit de la main de l'homme et, pour les égyptologues, le site le plus important d'Égypte. Ici, le fameux architecte Imhotep avait construit un escalier céleste de six gigantesques gradins s'élevant à près de 60 mètres, inaugurant l'ère des pyramides.

Erica se faisait l'effet d'un enfant impatient d'aller au cirque. Elle maudit le retard provoqué par la traversée d'un village sur une route creusée de nids-de-poules ; puis le passage d'un pont enjambant un canal. Là, les terres cultivées cessaient pour laisser la place, sans transition, au désert libyen. Brusquement, ce ne fut plus que rochers, sable et chaleur suffocante.

Quand le taxi s'arrêta, à l'ombre d'un gros car de tourisme, Erica fut la première à mettre pied à terre. Selim dut se mettre à courir pour rester à son niveau. Le chauffeur ouvrit les quatre portières pour créer un courant d'air et attendit.

Le comportement de Gamal étonnait de plus en plus Khalifa. L'homme et son journal avaient été se mettre à l'ombre du mur d'enceinte de la pyramide, sans chercher à suivre la jeune femme à l'intérieur. Khalifa attendit quelques minutes. Peut-être s'agissait-il d'une ruse. Puis, il décida de s'attacher aux pas d'Erica. Il ôta sa veste dont il se servit pour dissimuler son pistolet qu'il tenait de la main droite.

Pendant l'heure qui suivit, Erica se saoula de ruines. C'était là l'Égypte dont elle avait rêvé. Ses études lui permettaient de voir dans les débris de la nécropole la prodigieuse réussite qu'elle avait été cinq mille ans auparavant. Elle ne pourrait pas tout voir en une journée, elle le savait, et se sentait ravie de faire des découvertes comme celle d'une frise de cobras dont elle n'avait jamais rien lu.

Selim avait fini par comprendre quel était son rôle et se contentait, la plupart du temps, de rester à l'ombre. Il fut cependant très satisfait, vers midi, lorsque Erica lui dit qu'elle était prête à repartir.

— Il y a un petit café-restaurant là-bas, dit Selim plein d'espoir.

— J'ai grande envie de voir quelques-unes des tombes des nobles, répliqua Erica beaucoup trop excitée pour s'arrêter.

— Le restaurant est tout à côté du mastaba de Ti et du serapeum, expliqua Selim.

Les yeux d'Erica se mirent à briller. Le serapeum était l'un des monuments les plus curieux de l'ancienne Égypte. Les corps momifiés des taureaux Apis avaient été enterrés dans les catacombes avec la pompe réservée aux souverains. Ce serapeum avait été creusé à la main, à même le roc, au prix d'énormes efforts. Si Erica comprenait que l'on peine pour construire les tombes destinées à des humains, elle ne le comprenait pas pour des taureaux et restait convaincue qu'un mystère était encore à découvrir.

— Entendu pour le serapeum, dit-elle en souriant.

Un peu trop gros, Gamal supportait mal la chaleur. Il s'aventurait rarement à l'extérieur à midi, même au Caire. Saqqarah à cette heure lui était une torture. Il réfléchissait au moyen de survivre, pendant que son chauffeur suivait le taxi d'Erica qui se garait devant le restaurant. Gamal se souvint alors qu'enfant, venu avec ses parents, il était descendu dans un souterrain où il avait eu très peur, mais où régnait une délicieuse fraîcheur.

— N'est-ce pas le serapeum ? demanda-t-il en touchant l'épaule de son chauffeur.

— Juste là, répondit celui-ci en indiquant le début d'une tranchée qui servait de rampe d'accès.

Gamal jeta un coup d'œil à Erica qui était descendue de voiture et examinait la rangée de sphinx précédant la rampe. Il trouva aussitôt le moyen de se rafraîchir. D'autre part, ce serait amusant de revoir le serapeum après si longtemps.

Khalifa, fort mal à l'aise, passa la main dans ses cheveux gras. Gamal n'était pas un amateur. Il était beaucoup trop nonchalant. S'il avait été certain de ce qu'il se proposait de faire, il aurait tiré et l'aurait amené, vivant, à Yvon de Margeau. Mais il lui fallait attendre que l'autre agisse. La situation était plus compliquée et plus dangereuse qu'il se l'était imaginée. Il adapta le silencieux à son automatique et s'apprêtait à descendre de voiture lorsqu'il vit Gamal emprunter une tranchée menant à l'ouverture du souterrain. Un coup d'œil à sa carte lui indiqua qu'il s'agissait du serapeum. A voir Erica qui, tout heureuse, photographiait un sphinx, il comprit qu'il n'y avait qu'une raison pour que Gamal pénètre le premier dans le serapeum. Il attendrait dans l'une des galeries voûtées, ou l'un des couloirs étroits, et frapperait quand on s'y attendrait le moins. Ce serapeum était l'endroit rêvé pour un assassinat.

Malgré sa longue expérience, Khalifa hésita quant à la méthode à suivre. Il pouvait, lui aussi, précéder Erica Baron et chercher à trouver la cachette de Gamal, mais ce serait trop risqué. Il décida d'entrer avec elle et de tirer le premier.

Erica descendit la rampe. Elle n'aimait ni les caves ni les endroits clos. Avant même de pénétrer dans le serapeum, elle en sentit la fraîcheur humide et ses cuisses se couvrirent de chair de poule. Elle fit un effort pour poursuivre son chemin. Un Arabe en guenilles, au visage en lame de couteau, perçut le droit d'entrée. Il émanait de ce serapeum une atmosphère inquiétante.

Dans la semi-obscurité de la première galerie, elle comprit, par sa propre expérience, l'influence mystérieuse exercée par la culture de l'Égypte ancienne sur tous les hommes à travers les âges. Les couloirs sombres semblaient mener aux enfers, évoquaient la puissance des forces occultes. Derrière Selim, elle descendit un corridor interminable aux murs rugueux, chichement éclairé par quelques ampoules électriques à faible voltage. Dans les zones d'ombre, entre chaque ampoule, on y voyait à peine. De temps à autre, des touristes émergeaient de l'obscurité. Les murs faisaient écho, renvoyant leurs voix. Des galeries coupaient le couloir central à angle droit, chacune d'elles contenant un gigantesque sarcophage couvert de hiéroglyphes. Ces galeries, souvent, n'étaient pas éclairées. Très vite, Erica en eut assez, mais Selim insista. Les plus beaux sarcophages se trouvaient à l'autre bout, expliqua-t-il, et l'on avait construit une plate-forme à degrés, permettant de bien voir les inscriptions, même à l'intérieur. A contrecœur, elle le suivit et, finalement, ils atteignirent la galerie en question. Selim s'écarta pour laisser passer la jeune femme qui tendit la main pour agripper la rampe et monter sur la plate-forme.

Khalifa, à quelques pas, avait les nerfs à vif. Il avait relâché le cran de sûreté de son pistolet et il s'en était fallu d'un cheveu qu'il n'abatte des touristes émergeant de l'obscurité.

En voyant Gamal, il agit par réflexe. Erica gravissait la petite échelle posée contre le sarcophage de granit poli. Gamal se trouvait sur la plate-forme et regardait Erica monter. Malheureusement pour Khalifa, elle se trouvait exactement entre lui et Gamal, l'empêchant de tirer vite et avec précision. Affolé, il se rua en avant, écartant Selim, et repoussa Erica qui tomba à genoux aux pieds d'un Gamal stupéfait.

Le pistolet cracha, Gamal ébaucha un geste des deux mains. Son visage aux traits encore enfantins exprima la douleur et l'incompréhension et, atteint en plein cœur, il s'écroula sur Erica. D'un bond Khalifa avait sauté par-dessus la rampe tout en tirant son couteau de sa ceinture. Selim poussa un hurlement et s'enfuit. Les touristes, sur la plate-forme, n'avaient pas encore compris ce qui s'était passé. Khalifa, déjà, avait traversé le corridor, et, d'un coup de couteau, avait coupé les fils électriques, plongeant tout le serapeum dans l'obscurité.

Le Caire, 12 h 30

Stephanos Markoulis commanda d'autres scotches pour lui-même et Evangelos Papparis. Les deux hommes, en chemise à col ouvert, attendaient dans un angle du hall du Méridien. Stephanos était de fort mauvaise humeur et Evangelos, connaissant son patron, avait la sagesse de se taire.

— Ce salaud de Français, s'exclama Stephanos en consultant sa montre. Il déclare qu'il descend tout de suite et ça fait vingt minutes !

Evangelos haussa les épaules. Inutile d'offrir un commentaire, cela ne ferait qu'ajouter à la colère de Stephanos. Mais il se baissa pour ajuster le petit pistolet fixé à sa jambe droite. Evangelos était un individu tout en muscles, aux traits disproportionnés, aux sourcils énormes qui le faisaient ressembler à l'homme de Néanderthal, à ceci près qu'il était chauve.

Yvon de Margeau apparut sur le seuil, sa serviette à la main. Il avait un blazer bleu marine et une cravate de soie. Raoul le suivait.

— Ces types pleins de fric ont toujours l'air d'aller à un match de polo, dit Stephanos sarcastique.

Il leva le bras pour attirer l'attention. Evangelos repoussa légèrement la table pour pouvoir se servir facilement de sa main droite. Yvon les vit et les rejoignit. Il serra la main de Stephanos et présenta Raoul.

— Comment s'est passé le voyage ? demanda-t-il.

— Très mal. Où sont les papiers du vieux ?

— Vous allez droit au but, au moins, constata Yvon avec un sourire. Peut-être est-ce mieux ainsi. En tout cas, je veux savoir si vous avez tué Abdul Hamdi.

— Et si je l'avais tué, vous pensez que je serais venu dans cet enfer ?

Il détestait les gens comme Yvon de Margeau qui n'avaient jamais travaillé de leur vie.

Le silence pouvant être utile avec un individu comme Markoulis, Yvon prit son temps pour ouvrir un paquet de cigarettes. Il en offrit à la ronde, seul Evangelos en accepta une. Il tendit la main pour la prendre, mais Yvon s'amusa à la tenir hors de sa portée de façon à voir dans sa totalité le tatouage ornant son avant-bras puissant et velu. Il représentait une danseuse du ventre entourée du mot Hawaï. Lui laissant prendre sa cigarette, il lui demanda.

— Vous allez souvent à Hawaï ?
— J'ai travaillé sur des cargos quand j'étais gosse.

Il alluma sa cigarette à la bougie posée sur la table et se radossa à son siège.

Yvon se tourna vers Stephanos qui ne cachait pas son impatience. Lentement, avec précaution, Yvon alluma sa cigarette en se servant d'un briquet en or.

— Non, dit-il. Non, je ne crois pas que vous seriez venu au Caire si vous aviez tué Hamdi, à moins que vous soyez embêté, que quelque chose ne tourne pas rond. Pour vous dire la vérité, je ne sais que croire. Vous êtes venu vraiment vite. C'est un peu suspect. D'autre part, j'ai appris que les assassins de Hamdi n'étaient pas du Caire.

— Alors, si je comprends bien, fit Stephanos exaspéré, apprenant que les assassins n'étaient pas du Caire, vous en déduisez qu'ils viennent d'Athènes ! C'est ça votre raisonnement ? Comment pouvez-vous travailler pour ce type ? ajouta-t-il en se tournant vers Raoul et en se frappant le front de l'index.

Les yeux noirs de Raoul ne cillèrent même pas. Les mains posées sur les genoux, il était prêt à agir en une fraction de seconde.

— Navré de vous décevoir, mais il faut que vous cherchiez ailleurs l'assassin d'Hamdi, continua le Grec. Ce n'est pas moi.

— Dommage. Cela aurait résolu beaucoup de problèmes. Avez-vous idée de qui peut l'avoir tué ?

— Pas la moindre. Mais j'ai l'impression qu'Hamdi s'est fait pas mal d'ennemis. Et si vous me montriez un peu ses papiers ?

Yvon mit sa serviette sur la table et posa son doigt sur la fermeture.

— Une autre question. Savez-vous où se trouve la statue de Séthi Ier ?

— Malheureusement non, répondit Stephanos qui regardait le porte-documents avec avidité.

— Je veux cette statue, déclara Yvon.
— Si j'en entends parler, je vous le ferai savoir.

— Vous ne m'avez même pas laissé une chance de voir celle de Houston.

Levant les yeux, Stephanos ne put cacher sa surprise.

— Qu'est-ce qui vous fait croire que j'ai été mêlé à cette affaire ?

— Disons que je le sais, c'est tout.

— Vous l'avez appris par les papiers de Hamdi ? demanda l'autre, furieux.

En guise de réponse, Yvon ouvrit le fermoir de sa serviette et versa son contenu sur la table. Puis, il se renversa en arrière et but sans se presser. Stephanos, quant à lui, fouillait vivement dans la correspondance amassée. Il trouva sa lettre à Abdul Hamdi et la mit de côté.

— C'est tout ? demanda-t-il.
— C'est tout ce que nous avons trouvé.
— Vous avez fouillé partout ?

Yvon jeta un coup d'œil à Raoul qui, avec un signe de tête affirmatif, répondit :

— A fond.

— Il devait y avoir autre chose, dit Stephanos. Je ne peux pas imaginer que ce vieux salaud bluffait. Il réclamait cinq mille dollars en espèces, sinon il transmettait les papiers aux autorités, précisa-t-il en reportant son attention sur les papiers, plus méthodiquement.

— Que pensez-vous qu'il soit arrivé à cette statue de Séthi Ier ?

— Je ne sais, répondit le Grec tout en examinant une lettre provenant de Los Angeles. Mais je suis persuadé qu'elle se trouve toujours en Égypte.

Un silence pénible s'établit. Stephanos lisait. Raoul et Evangelos se lançaient des regards meurtriers par-dessus leurs verres. Yvon regardait par la fenêtre. Lui aussi pensait que la statue était encore en Égypte. D'où il était assis, il voyait la piscine et, au-delà, le Nil, au centre duquel la fontaine propulsait une puissante colonne d'eau qui cascadait, agrémentée d'une multitude de petits arcs-en-ciel. Yvon pensa à Erica Baron, espérant que Khalifa fût aussi bon que l'assurait Raoul. Si Stephanos Markoulis avait tué Hamdi et tentait quelque chose contre Erica, Khalifa gagnerait son argent.

— Et cette Américaine ? dit soudain le Grec comme s'il avait deviné. Je veux la voir.

— Elle est descendue au Hilton. Mais cette affaire l'a rendue nerveuse. Alors traitez-la avec douceur. C'est le seul lien que j'aie avec la statue de Séthi Ier.

— Pour l'instant, la statue ne m'intéresse pas, répliqua Stephanos en repoussant les papiers. Mais je veux lui parler et je vous promets que je serai le tact en personne. Dites-moi, que savez-vous de cet Abdul Hamdi ?

— Pas grand-chose. Il était originaire de Louxor. Il est arrivé au Caire il y a quelques mois pour ouvrir une boutique d'antiquités. Il a un fils qui en possède une à Louxor.

— Vous êtes allé le voir ?

— Non, répondit Yvon en se levant. (Il en avait assez du Grec.) N'oubliez pas de me prévenir si vous apprenez quelque chose au sujet de cette statue. Je peux me l'offrir.

Avec un léger sourire, il s'éloigna. Raoul se leva à son tour et le suivit.

— Tu le crois ? lui demanda-t-il quand ils furent sortis de la pièce.

— Je ne sais pas quoi penser. Le croire, c'est une chose, lui faire confiance c'est en une autre. C'est l'opportuniste type. Préviens Khalifa d'être extrêmement prudent quand Stephanos rencontrera Erica. S'il cherche à lui faire du mal, qu'il l'abatte.

Le village de Saqqarah, 13 h 48

Il n'y avait qu'une mouche dans la pièce, mais elle passait sans cesse d'une fenêtre à l'autre et elle faisait un bruit insupportable dans le silence, surtout quand elle heurtait la vitre. Erica regarda autour d'elle. Les murs et le plafond étaient passés à la chaux. Pour toute décoration, une affiche représentant un Anouar el-Sadate souriant. La porte, simple panneau de bois, était fermée.

Erica était assise sur une chaise au dossier très droit. Au-dessus de sa tête, une ampoule électrique au bout d'un fil noir effiloché. A côté de la porte, une table métallique et une chaise semblable à celle qu'elle occupait. Erica était dans un état lamentable. Son pantalon était déchiré et son genou dénudé écorché. Une grosse tache de sang séché couvrait le dos de sa blouse.

Elle tendit la main pour se rendre compte si elle tremblait moins. Difficile à dire. A un moment, elle avait pensé qu'elle allait vomir, mais la nausée avait passé. A présent, elle avait des étourdissements par vagues. Mais, en fermant les yeux, paupières serrées, elle les chassait. Elle subissait indiscutablement le contrecoup d'un choc, mais elle se sentait capable de penser plus clairement. Elle savait, par exemple, qu'on l'avait emmenée au poste de police du village de Saqqarah.

Elle se frotta les mains, notant qu'elles devenaient moites quand elle se remémorait les événements, dans le serapeum. Lorsque Gamal était tombé sur elle, elle avait cru que la plate-forme s'était effondrée. Elle avait fait de terribles efforts pour se libérer, mais elle n'y était pas parvenue, faute de place. D'autre part, l'obscurité était telle qu'elle n'était même pas certaine d'avoir les yeux ouverts. Ensuite, elle avait senti un liquide chaud, épais, lui couler dans le dos. Ce n'était que plus tard qu'elle avait découvert qu'il s'agissait du sang de l'homme mourant sur elle.

Elle se secoua à nouveau, le cœur au bord des lèvres, et leva les yeux car la porte s'ouvrait. L'homme qui, plus tôt, avait pris une demi-heure pour emplir des formulaires à l'aide d'un crayon cassé, apparut. Il parlait un mauvais anglais. Il fit signe à Erica de le suivre. Le vieux pistolet qu'il portait à la ceinture ne la rassura pas. Visiblement, on la considérait beaucoup plus en suspecte qu'en victime. Dès l'instant où les « autorités » étaient arrivées, cela avait été le pandémonium. Des policiers en étaient presque venus aux mains parce qu'ils n'étaient pas d'accord sur certain point. On lui avait pris son passeport et on l'avait emmenée à Saqqarah dans une fourgonnette fermée où régnait une chaleur infernale. A plusieurs reprises, elle avait demandé à téléphoner à son consul, sans résultat.

Elle suivit l'homme au vieux pistolet à travers le misérable poste de police jusqu'à la rue. La voiture qui l'avait amenée depuis le serapeum attendait, moteur ronflant. Erica tenta de réclamer son passeport. Au lieu de lui répondre, l'homme la poussa à l'intérieur. La porte fut fermée, verrouillée.

Anouar Selim était déjà tassé sur la banquette de bois. Erica ne l'avait plus revu depuis la catastrophe. Elle fut tellement heureuse de le voir qu'elle faillit se jeter à son cou, le suppliant de lui dire que tout allait bien se terminer. Mais il lui lança un regard noir et détourna la tête.

— Je savais que vous cherchiez des histoires, dit-il sans la regarder.

— Des histoires, moi ?

Elle remarqua alors qu'on lui avait passé des menottes et elle eut un mouvement de recul.

Le véhicule démarra, les déséquilibrant. Erica sentait la transpiration couler le long de son dos.

— Depuis ce matin vous avez eu un comportement anormal. Surtout dans le musée, dit Selim. Vous prépariez quelque chose. Et je le leur dirai.

— Moi... commença-t-elle.

Mais elle ne poursuivit pas. La peur lui brouillait les idées. Elle aurait dû raconter le meurtre de Hamdi.

Selim la regarda et cracha par terre.

Le Caire, 15 h 10

En descendant de la fourgonnette, Erica reconnut l'angle de la place El Tahrir. Elle n'était donc pas loin du Hilton. Si seulement elle pouvait aller dans sa chambre, donner quelques coups de téléphone, trouver quelqu'un qui l'aide. Voir Selim menottes aux poignets n'avait fait qu'accroître son anxiété et elle se demandait si elle était arrêtée.

On les fit entrer sans ménagement dans l'hôtel de police qui était déjà bondé. Là, on les sépara. On prit les empreintes digitales d'Erica et on la photographia avant de la conduire dans une pièce dépourvue de fenêtre.

Son accompagnateur adressa un salut militaire à un homme occupé à lire un dossier devant une table de bois nu. Sans lever la tête, d'un signe de la main, il congédia le fonctionnaire qui s'en fut, refermant doucement la porte derrière lui. Erica, debout, attendit. Seul le bruissement des pages tournées rompait le silence. L'homme, dont le crâne chauve brillait sous la lumière fluorescente, avait des lèvres minces qu'il remuait en lisant. Il portait un uniforme blanc impeccable. Une courroie de cuir noir, passée sous son épaulette gauche, était attachée à une ceinture, également de cuir noir, qui supportait un pistolet automatique dans son étui. L'homme tourna la dernière page et Erica aperçut un passeport américain agrafé au dossier.

— Asseyez-vous, s'il vous plaît, mademoiselle, invita le policier toujours sans lever les yeux et d'une voix impersonnelle.

Il avait une moustache fine comme un trait de pinceau, sous un nez très long et recourbé du bout.

Vivement, Erica prit place sur la chaise face à la table. Elle aperçut sous celle-ci son sac qu'elle craignait avoir perdu.

Le policier posa le dossier et prit le passeport. Il l'ouvrit et, à plusieurs reprises, compara la photo et le modèle. Puis, il le reposa.

— Je suis le lieutenant Iskander, dit-il en appliquant ses deux mains sur le dessus de la table. Que s'est-il passé dans le serapeum ?

— Je ne sais pas, bredouilla la jeune femme. Je montais une sorte d'escalier pour voir le sarcophage quand on m'a poussée par-derrière. J'ai perdu l'équilibre. Puis quelqu'un est tombé sur moi et les lumières se sont éteintes.

— Avez-vous vu qui vous a renversée ?
— Non. Tout s'est passé si vite.
— On a tiré sur la victime. Vous avez entendu des coups de feu ?
— Non, pas exactement. J'ai entendu des bruits sourds, comme un tapis que l'on bat, mais pas des coups de feu.

Le lieutenant Iskander hocha la tête et fit une inscription dans son dossier.

— Ensuite, que s'est-il passé ?
— Je ne pouvais pas me dégager de l'homme qui était tombé sur moi. Quelqu'un a crié, je crois, mais je n'en suis pas certaine. Je me souviens que l'on a apporté des bougies. On m'a aidée à me relever et quelqu'un a dit que l'homme était mort.
— C'est tout ?
— Les gardiens sont arrivés, puis la police.
— Avez-vous regardé l'homme qui a été tué ?
— A peine. Je n'osais pas.
— L'aviez-vous déjà vu ?
— Non.

Iskander se baissa, ramassa le sac d'Erica, le poussa vers elle.

— Regardez s'il vous manque quelque chose.

Elle l'ouvrit, inspecta le contenu. Appareil photo, guide, portefeuille... Elle compta son argent, feuilleta son carnet de chèques de voyage.

— Tout semble y être.
— Alors, vous n'avez pas été volée ?
— Non, je ne crois pas.
— Vous êtes égyptologue, n'est-ce pas ?
— Oui.
— Serez-vous surprise d'apprendre que l'homme qui a été tué travaillait pour le Département des Antiquités ?

S'arrachant au regard froid de Iskander, Erica baissa les yeux sur ses mains et remarqua que, depuis le début de l'entretien, elle se tordait les doigts. Elle les immobilisa et réfléchit. Tout en éprouvant le besoin de répondre très vite aux questions du policier, elle comprenait que celle qu'il venait de poser avait une importance particulière. Et soudain elle pensa à Ahmed Khazzan. Il avait dit être le directeur du Département des Antiquités. Peut-être pourrait-il l'aider.

— Je ne sais pas quoi vous dire, dit-elle enfin. Qu'il ait travaillé pour ce département ne me surprend pas plus que le reste. Il aurait pu être n'importe qui. Je ne le connaissais pas.

— Pourquoi visitiez-vous le serapeum ?

Erica, se rappelant la réflexion de Selim dans la voiture, fit une réponse prudente.

— Le guide que j'avais engagé pour la journée m'avait suggéré cette visite.

Iskander ajouta une nouvelle note à son dossier.

— Puis-je vous poser une question ? risqua la jeune femme.

— Certainement.

— Connaissez-vous M. Ahmed Khazzan ?

— Bien sûr. Et vous, vous le connaissez ?

— Oui, et j'aimerais beaucoup pouvoir lui parler.

Iskander décrocha son téléphone, forma un numéro.

Le Caire, 16 h 05

Des corridors interminables où des gens s'entassaient. Des hommes habillés avec élégance ou enveloppés de galabias crasseuses faisant la queue devant les portes ou sortant des bureaux. Certains dormaient à même le sol et il fallait les enjamber pour pouvoir passer. L'air été épaissi par la fumée des cigarettes, l'odeur de l'ail et de la graisse de mouton.

Erica reconnut les tables serrées les unes contre les autres et les machines à écrire hors d'âge qu'elle avait vues la veille. Mais, à présent, des fonctionnaires s'y activaient. Après une courte attente, on fit passer la jeune femme dans le bureau du directeur.

Il était climatisé et la fraîcheur lui fut un soulagement.

Ahmed Khazzan, debout derrière son bureau, regardait par la fenêtre. Il se retourna à l'arrivée d'Erica.

Elle était prête à raconter ses problèmes, à lui demander de l'aider. Mais quelque chose dans son expression la retint. Il avait les traits tirés, les yeux voilés et les cheveux en désordre comme s'il s'était frotté le crâne à plusieurs reprises.

— Vous sentez-vous bien ? demanda Erica, sincèrement émue.

— Oui, répondit-il d'une voix étouffée. Jamais je ne m'étais imaginé ce que ce serait que de diriger ce département.

Il se laissa tomber dans son fauteuil et ferma les yeux.

La première fois, Erica avait déjà pensé avoir affaire à un homme sensible. Cette fois-ci, elle réfréna l'envie de faire le tour de son bureau pour le réconforter.

Il ouvrit les yeux.

— Excusez-moi. Asseyez-vous, je vous en prie. (Elle obéit.) On m'a raconté ce qui s'était passé au serapeum, mais j'aimerais entendre l'histoire de votre bouche.

Elle commença par le début. Désireuse de tout raconter elle parla même de l'homme qui l'avait rendue nerveuse, au musée.

Il l'écouta attentivement, sans l'interrompre.

— L'homme que l'on a tué s'appelait Gamal Ibrahim, expliqua-t-il quand elle eut fini. Il travaillait ici. C'était un garçon très bien.

Ses yeux s'emplirent de larmes. Voir un homme visiblement fort faire preuve d'une telle émotion, peu courante chez les Américains qu'elle connaissait, lui fit oublier ses propres ennuis et mieux apprécier la puissance de son charme.

— Vous n'aviez pas vu Gamal au cours de la matinée ? demanda-t-il après avoir retrouvé son sang-froid.

— Je ne crois pas. Peut-être à la buvette, à Memphis, mais je n'en suis pas sûre.

Il passa ses doigts dans son épaisse chevelure.

— Dites-moi. Gamal était déjà sur la plate-forme dans le serapeum quand vous vous êtes engagée dans l'escalier ?

— En effet.

— C'est étrange.

— Pourquoi ?

Il eut l'air un peu embarrassé.

— Je réfléchissais, fit-il, évasif. Tout cela est incompréhensible.

— C'est tout à fait mon avis. Et je tiens à vous assurer que je ne suis pour rien dans cette affaire. Absolument pour rien. Et je pense que l'on devrait me laisser appeler mon ambassade.

— Vous pouvez le faire. Mais, franchement, je n'en vois pas la nécessité.

— Je peux avoir besoin d'aide.

— Mademoiselle, je suis navré de tous les inconvénients que vous avez eu à subir aujourd'hui. Mais tout cela nous regarde. Vous pourrez appeler qui bon vous semblera quand vous serez rentrée à votre hôtel.

— On ne me retient pas ? demanda-t-elle incrédule.

— Bien sûr que non.

— Ça, c'est une bonne nouvelle. Mais j'ai autre chose à vous dire. J'aurais dû le faire hier soir, mais j'avais peur. Toujours est-il que... Je viens de passer deux journées terribles. Je ne saurais dire quelle fut la plus mauvaise. Hier après-midi, j'ai, tout à fait par hasard, été témoin d'un autre meurtre, aussi incroyable que cela paraisse — elle ne put réprimer un frisson — j'ai vu un vieil homme, du nom d'Abdul Hamdi, tué par trois hommes, et...

Khazzan renversa son siège en se levant.

— Vous avez vu leurs visages ? demanda-t-il visiblement stupéfait.

— Deux d'entre eux, oui. Le troisième, non.

— Pourriez-vous identifier ceux que vous avez vus ?

— Peut-être. Je n'en suis pas certaine. Mais je voulais vous faire des excuses pour ne pas vous l'avoir dit, hier. J'avais vraiment très peur.

— Je comprends. Ne vous tracassez pas. Je m'occuperai de cela. Mais on vous posera sûrement d'autres questions.

— D'autres questions... répéta-t-elle, désespérée. Pour être franche je souhaite quitter l'Égypte le plus tôt possible. Ce voyage ne ressemble en rien à ce que j'en attendais.

— Je suis navré, mademoiselle, répondit Ahmed Khazzan, retrouvant l'expression qu'il avait eue la veille. Mais étant donné les circonstances vous ne serez pas autorisée à quitter le pays tant que ces affaires ne seront pas réglées ou que nous ne serons pas certains que vous ne pouvez plus nous aider. Vous êtes libre de circuler comme bon vous semble. Faites-moi seulement savoir si vous projetez de quitter Le Caire. Vous pouvez, je vous le répète, confier vos problèmes à votre ambassade. Mais souvenez-vous qu'elle ne peut se mêler de nos propres affaires.

— Enfin, dit Erica avec un pâle sourire, cela vaut mieux que d'être mise en prison. Dans combien de temps croyez-vous que l'on m'autorisera à partir ?

— Difficile à dire. Une semaine peut-être. Efforcez-vous de considérer tout cela comme des hasards malheureux et faites en sorte de profiter quand même de votre séjour. (Il joua avec ses crayons avant d'ajouter :) En tant que représentant du gouvernement, j'aimerais vous inviter à dîner ce soir et vous démontrer que l'Égypte peut être très agréable.

— Je vous remercie, répondit-elle sincèrement touchée, mais malheureusement je suis déjà invitée par M. de Margeau.

— Oh, je vois, dit-il en détournant les yeux. Bon, acceptez mes excuses de la part de notre gouvernement. Je vais vous faire reconduire à votre hôtel et je me permettrai de prendre de vos nouvelles.

Il se leva et ils se serrèrent la main, par-dessus son bureau. Il avait une poignée de main ferme, très agréable. Erica quitta la pièce, surprise que la conversation se soit terminée si brusquement et stupéfaite d'être libre.

A peine fut-elle sortie qu'Ahmed fit appeler Zaki Riad, le sous-directeur. Bien qu'il eût quinze ans d'ancienneté dans le service, l'ascension météorique d'Ahmed l'avait laissé à la traîne. Intelligent, d'esprit vif, il était cependant l'opposé, physiquement, d'Ahmed Khazzan. Obèse, ses traits étaient envahis par la graisse et ses cheveux aussi noirs et frisés qu'une toison d'astrakan.

Ahmed, planté devant l'immense carte d'Égypte, se tourna lorsque son adjoint s'assit.

— Que pensez-vous de tout cela, Zaki ?
— Pas la moindre idée, répondit l'autre, épongeant son front moite malgré l'air conditionné et tirant beaucoup de joie de l'embarras d'Ahmed.
— Je ne peux pas arriver à comprendre pourquoi on a tué Gamal ! Mon Dieu, si jeune... et père de famille. (Il se frappa la paume du poing.) Croyez-vous que sa mort ait un lien avec le fait qu'il suivait Erica Baron ?
— Je ne vois pas pourquoi. Mais c'est possible, répondit le sous-directeur, bien décidé à ajouter du sel sur la blessure.

Il se mit une pipe éteinte entre les dents sans se préoccuper des cendres dont il se saupoudra la poitrine.

Se cachant les yeux d'une main, Ahmed se massa le crâne de l'autre avant de la faire descendre doucement jusqu'à sa moustache qu'il entreprit de caresser.

— Et tout cela ne tient pas debout, dit-il. Je me demande s'il ne se passe pas quelque chose à Saqqarah, ajouta-t-il en se tournant vers la carte. On y a peut-être trouvé et pillé de nouvelles tombes. (Il retourna s'asseoir derrière son bureau.) On m'a prévenu de l'arrivée de Stephanos Markoulis au Caire. Vous le savez, il ne vient pas souvent ici. Dites-moi donc, que dit la police au sujet d'Abdul Hamdi ?
— Très peu de chose. Sans doute l'a-t-on volé ?

On a découvert qu'il avait changé de train de vie. Il a laissé son magasin d'antiquités de Louxor pour venir s'installer au Caire et il était en mesure d'acheter des pièces plus rares. Il devait avoir de l'argent. Alors on l'a volé.

— A-t-on idée d'où venait cet argent ?

— Non. Mais il y a quelqu'un qui serait en mesure de répondre. Le vieux avait installé son fils dans sa boutique de Louxor.

— La police l'a-t-elle interrogé ?

— Pas que je sache. Ce serait trop logique ! D'ailleurs l'affaire ne l'intéresse pas.

— Moi, si. Réservez-moi une place pour l'avion de Louxor de ce soir. Je ferai une visite demain matin au fils d'Abdul Hamdi. Renforcez également la garde de la nécropole de Saqqarah.

— Êtes-vous sûr que c'est le bon moment de quitter Le Caire ? Comme vous l'avez dit vous-même, avec Stephanos Markoulis ici, tout peut arriver.

— Peut-être, Zaki, mais j'ai besoin de partir un jour ou deux. Je n'y peux rien, mais je me sens totalement responsable du sort de ce pauvre Gamal. Être chez moi, à Louxor, me fera du bien.

— Et cette Américaine, cette Erica Baron ? demanda Zaki en allumant sa pipe à l'aide d'un briquet en acier.

— C'est une fille bien. Elle était effrayée, mais elle s'était ressaisie au moment où elle m'a quitté. Je me demande comment je réagirais si j'avais été témoin de deux meurtres en vingt-quatre heures, surtout si j'avais reçu l'une des victimes sur le dos.

Zaki, songeur, tira quelques bouffées avant de répondre.

— Mais, Ahmed, lorsque je vous ai parlé de Mlle Baron, je ne vous demandais pas des nouvelles de sa santé. Je voulais savoir si vous teniez à ce qu'on la fasse suivre.

— Non ! répondit Ahmed d'un ton rageur. Pas ce soir. Elle sort avec Margeau.

A peine eut-il parlé qu'il le regretta.

— Ça ne vous ressemble pas, Ahmed, constata Zaki en examinant son directeur.

Il le connaissait depuis de longues années et, jamais, il n'avait manifesté d'intérêt pour les femmes. Maintenant, brusquement, il semblait être devenu jaloux. Constater qu'il pouvait avoir ses faiblesses le ravit. Il en était arrivé à haïr sa perfection.

— Il vaut peut-être mieux, en effet, que vous alliez passer quelques jours à Louxor. Je veillerai à ce que tout se passe bien pendant votre absence.

Le Caire, 17 h 35

Quand la voiture la déposa devant le Hilton, Erica ne pouvait pas encore arriver à croire qu'on l'avait relâchée. Elle ouvrit la portière avant même que le véhicule fût arrêté et remercia le chauffeur comme s'il était à l'origine de sa libération. Se retrouver à l'hôtel, c'était un peu comme revenir à la maison.

Une extrême animation régnait à nouveau dans le hall, les vols internationaux ayant libéré leur flot de passagers. La plupart attendaient, perchés sur leurs bagages, que les employés de la réception s'occupent d'eux.

Erica, son pantalon déchiré et souillé, sa blouse couverte de sang séché, avait tristement conscience du spectacle qu'elle offrait. Elle aurait beaucoup donné pour pouvoir gagner discrètement sa chambre. Malheureusement, il lui fallait passer sous le grand lustre, traverser tout le hall.

L'un des employés de la réception l'aperçut et agita un stylo dans sa direction. Erica accéléra le pas, atteignit l'ascenseur. Elle appuya sur le bouton. La porte s'ouvrit, elle entra, demanda le neuvième étage au garçon qui acquiesça d'un signe de tête. Lentement, la porte commença à se refermer. Mais avant que les deux panneaux se soient rejoints, une main se glissa entre eux, forçant le garçon d'ascenseur à les rouvrir. Erica recula, le dos à la cloison, retenant sa respiration.

— Hello ! salua un homme de haute taille, coiffé d'un chapeau à large bord et chaussé de bottes de cow-boy. Êtes-vous Erica Baron ?

La jeune femme ouvrit la bouche, mais il n'en sortit aucun son.

— Je m'appelle Jeffrey John Rice, de Houston. Vous êtes Erica Baron ? insista l'homme, maintenant toujours la porte.

Comme un enfant coupable, Erica fit « oui » de la tête.

— Ravi de faire votre connaissance, déclara Rice, la main tendue.

Erica leva la sienne, comme un automate. Jeffrey Rice s'en empara et la secoua longuement.

— ... Enchanté ! Venez que je vous présente à ma femme.

Il ne lui avait pas lâché la main et il la tira littéralement hors de l'ascenseur. Elle sortit en trébuchant, récupérant son sac dont la bretelle avait glissé.

— Cela fait des heures que nous vous attendons, expliqua Rice en l'entraînant vers le bar.

Après deux ou trois pas hésitants, elle réussit à libérer sa main et s'immobilisa.

— Monsieur Rice, je serais ravie de faire la connaissance de votre femme, mais à un autre moment. J'ai passé une journée très dure.

— Vous avez l'air assez mal en point, mais on va boire un verre.

De nouveau, il lui saisit le poignet.

— Monsieur Rice ! protesta-t-elle d'un ton sec.

— Allons, allons. Nous avons traversé la moitié de la planète pour vous voir.

Elle le regarda. Son visage hâlé était impeccablement rasé.

— Qu'entendez-vous par là ?

— Exactement ce que j'ai dit. Ma femme et moi sommes venus de Houston pour vous voir. Nous avons volé toute la nuit. Heureusement, j'ai mon propre avion. Le moins que vous puissiez faire est de prendre un verre avec nous.

Brusquement, elle se souvint de ce que lui avait dit le Dr Lowery, la nuit précédente. Ce Jeffrey Rice était le propriétaire de la statue de Séthi Ier.

— Vous venez de Houston ?
— Exactement. On a débarqué il y a quelques heures. Venez que je vous présente à Priscilla.

Priscilla arborait un décolleté vertigineux et un diamant qui rivalisait d'éclat avec l'énorme lustre de cristal. Elle avait un accent du Sud encore plus prononcé que celui de son mari.

La voix puissante et l'autorité de Jeffrey Rice ajoutées à de généreux pourboires rendaient les serveurs attentifs et rapides. Sous la lumière tamisée du bar, Erica se sentit moins gênée. Son hôte commanda du bourbon sec pour sa femme et lui-même et une vodka tonic pour Erica qui se détendit et rit même à entendre le récit de leur passage à la douane. Elle accepta un second verre.

— Bon, ce n'est pas tout ça, parlons affaires, dit Rice en baissant le ton. Il paraît que vous avez vu une statue du pharaon Séthi Ier ?

Son comportement avait changé du tout au tout. Sous son allure bon enfant, ce devait être un redoutable homme d'affaires.

— ... Le Dr Lowery m'a dit que vous vouliez des photos de ma statue, en particulier des hiéroglyphes de la base. Je les ai ici. (Il tira une enveloppe de sa poche.) Je me ferai une joie de vous les donner si vous me dites où vous avez vu cette statue dont parle Lowery. Vous comprenez, je me proposais de donner la mienne à ma ville, mais le cadeau perdra énormément de sa valeur s'il en circule des tas. En d'autres termes, je veux absolument acheter celle que vous avez vue. Je suis prêt à donner dix mille dollars à celui qui peut me dire où je peux la trouver. Y compris vous.

Erica posa son verre. Connaissant à présent la pauvreté du Caire, elle savait l'effet que produirait une telle offre dans les bas-fonds de la ville. La mort d'Abdul Hamdi étant en relation directe avec la statue, cette offre de dix mille dollars pour un simple renseignement pourrait provoquer d'innombrables autres morts brutales. Cela donnait le frisson.

Rapidement, elle raconta ce qui lui était arrivé

chez Abdul Hamdi. Rice l'écouta sans perdre un mot, notant le nom d'Hamdi.

— Savez-vous si quelqu'un d'autre a vu la statue ? demanda-t-il en rejetant en arrière son chapeau d'un coup de doigt.

— Je l'ignore.

— Quelqu'un d'autre savait-il qu'Abdul Hamdi avait cette statue ?

— Oui. M. Yvon de Margeau. Il est au Méridien. Il m'a laissé entendre qu'Hamdi correspondait avec des acheteurs éventuels un peu partout dans le monde. Beaucoup de gens devaient donc savoir qu'il l'avait.

— Ça m'a tout l'air d'être plus marrant qu'on ne s'y attendait, déclara Rice en se penchant pour tapoter la main fine de sa femme, par-dessus la table. (Il se tourna vers Erica et lui tendit l'enveloppe.) Avez-vous une idée de l'endroit où cette statue peut être ?

Elle secoua la tête.

— Pas la moindre, répondit-elle en prenant l'enveloppe de photos.

En dépit du manque de lumière, elle ne put attendre pour les regarder.

— Ça c'est de la statue, hein ? commenta Rice, comme s'il parlait de son premier-né. Tous les trucs de Toutânkhamon font camelote à côté.

Il avait raison. La statue était de toute beauté. Elle était la réplique exacte de celle qu'elle avait vue. Quoique, à y regarder de plus près, elle constata que celle-ci tenait le fouet incrusté de joyaux de la main droite. Or, celle d'Hamdi le tenait de la main gauche. Elles étaient conçues pour se faire face. Les photos, prises sous tous les angles, étaient remarquables. Soudain, Erica sentit son cœur battre plus vite en trouvant celles où, en gros plan, figuraient les hiéroglyphes. Il ne faisait pas assez clair pour distinguer nettement tous les symboles, mais elle repéra les deux cartouches royaux et y retrouva les noms de Séthi Ier et de Toutânkhamon. Stupéfiant.

— Mademoiselle, voulez-vous nous faire le plaisir de dîner avec nous, ce soir ?

Priscilla Rice appuya d'un chaleureux sourire l'invitation faite par son mari.

— Je vous remercie, répondit Erica en replaçant les photos dans l'enveloppe. Malheureusement, ma soirée est déjà retenue. Un autre soir, peut-être, si vous restez en Égypte.

— Bien sûr. A moins que vous veniez avec vos amis, ce soir.

Elle refusa, après quelques secondes de réflexion. Jeffrey Rice et Yvon de Margeau ne s'entendraient absolument pas. Elle était sur le point de se retirer quand une idée lui vint à l'esprit.

— Monsieur Rice, comment avez-vous acheté votre statue ? demanda-t-elle d'une voix un peu hésitante.

— Avec de l'argent, ma chère ! répondit Jeffrey Rice, appuyant sa réponse d'un rire sonore et giflant le dessus de la table du plat de la main.

Erica eut un pâle sourire et attendit qu'il en dise davantage.

— J'en ai entendu parler par un ami antiquaire à New York. Il m'a prévenu que l'on allait vendre discrètement une sculpture égyptienne. Une pièce unique.

— Discrètement ?

— Oui, sans publicité. Ça arrive tout le temps.

— Était-ce en Egypte ?

— Non, à Zurich.

— En Suisse ? fit Erica incrédule. Pourquoi ?

Il haussa les épaules.

— Dans ce genre d'enchères on ne pose pas de questions.

— Savez-vous comment elle était arrivée à Zurich ?

— Non. Je vous l'ai dit, on ne pose pas de questions. L'affaire était arrangée par l'une des grandes banques de là-bas et on n'y est pas bavard. Tout ce qu'ils veulent, c'est de l'argent.

Il sourit, se leva et s'offrit pour accompagner Erica jusqu'à l'ascenseur. Lui non plus ne voulait pas en dire davantage.

Elle avait la tête qui tournait et ce n'était pas dû seulement à l'alcool. En attendant l'ascenseur avec elle, Jeffrey Rice lui avait négligemment laissé entendre que la statue de Séthi Ier n'était pas le premier objet d'art égyptien qu'il avait acheté à Zurich. Il y avait fait l'acquisition de plusieurs statues en or et d'un merveilleux pectoral, le tout datant vraisemblablement de la même époque.

Posant l'enveloppe contenant les photos sur la commode, Erica s'avoua qu'il lui fallait revoir toute sa conception du marché noir. Vendre de façon illicite quelque pièce ancienne trouvée dans le sable, c'était une chose, mais que la transaction finale ait lieu dans la salle de conférences lambrissée d'une banque internationale, c'était ahurissant.

Erica ôta sa blouse, regarda la tache de sang et, dégoûtée, la jeta. Son pantalon rejoignit la blouse dans la corbeille. En enlevant son soutien-gorge, elle constata que l'élastique était taché lui aussi. Mais elle ne pouvait pas se permettre de le jeter. Elle aurait du mal à le remplacer. Elle ouvrit le tiroir de la commode pour compter combien elle en avait apporté. Mais elle s'immobilisa. Elle avait toujours eu un faible pour la belle lingerie et elle en prenait grand soin. Quand elle avait défait ses valises, elle avait pris le temps de tout ranger dans un ordre précis. Or, quelqu'un avait touché à ses affaires !

Elle se redressa et regarda autour d'elle. Le lit était fait. La femme de chambre aurait-elle déplacé son linge ? C'était possible. Vivement elle ouvrit le second tiroir. Elle trouva ses boucles d'oreilles de diamant, dernier cadeau de son père, son billet d'avion, son carnet de chèques. Elle poussa un soupir de soulagement et passa dans la salle de bains. Elle y prit sa trousse à maquillage dans laquelle elle remettait les différents objets au fur et à mesure qu'elle s'en était servie. Son désodorisant aurait dû être au fond et il se trouvait sur le dessus, à côté du tube de pilules anticonceptionnelles qu'elle prenait chaque soir. Quelqu'un avait fouillé chez elle ! Impossible de signaler l'incident à la direction puisque rien ne lui avait été pris...

123

Retournant dans la chambre, elle poussa le verrou, les mains tremblantes.

Les pyramides dressaient leur masse contre un ciel ensanglanté par le couchant. Erica aurait beaucoup donné pour se sentir plus heureuse d'être là, à les voir.

Le Caire, 22 heures

Le dîner avec Yvon se révéla être un intermède doucement romantique. Erica se surprit elle-même. Malgré sa journée harassante et le sentiment de culpabilité qu'elle éprouvait depuis son coup de téléphone à Richard, elle jouit pleinement de sa soirée. Yvon était venu la prendre à l'hôtel et l'avait emmenée, au sud, jusqu'à El Méadi. La tension nerveuse de la jeune femme avait disparu comme les étoiles émergeaient et que l'air frais du soir remplaçait la chaleur du jour.

La salle à manger du restaurant donnait sur le Nil. De l'autre côté du fleuve on voyait les pyramides illuminées.

Ils dînèrent de poissons et d'énormes crevettes grillés en plein air, arrosés d'un vin blanc qu'Yvon jugea horrible, mais qui plut à Erica qui apprécia sa saveur un peu sucrée et son goût fruité.

Elle regardait boire son compagnon, admirant sa chemise de soie bleue qui ajoutait, chose curieuse, à sa virilité.

Elle-même avait consacré beaucoup de temps à sa toilette et le résultat en valait la peine. Des peignes d'écaille retenaient sur les côtés ses cheveux fraîchement lavés et laissés libres sur ses épaules. Elle avait choisi une robe de jersey chocolat, décolletée, appuyée à la taille. Elle se savait en beauté et sentait avec plaisir la caresse de la brise sur sa nuque.

La conversation, commencée d'un ton léger, passa vite aux deux meurtres. Yvon ignorait encore qui étaient les assassins d'Abdul Hamdi, il savait seulement qu'ils n'étaient pas du Caire. Et puis Erica lui raconta la terrible aventure dans le serapeum et ce qui s'en était suivi avec la police.

— Je déplore que vous ne m'ayez pas laissé vous accompagner, aujourd'hui, dit Yvon quand Erica eut terminé son histoire et, doucement, il posa sa main sur la sienne.

— Moi aussi, avoua-t-elle en regardant leurs doigts qui s'effleuraient.

— J'ai une confession à vous faire. Lorsque je vous ai vue pour la première fois, seule la statue de Séthi Ier m'intéressait. Mais, à présent, je vous trouve un charme irrésistible.

— Je ne vous connais pas assez pour savoir quand vous plaisantez, répondit Erica, émue comme une adolescente.

— Je ne plaisante pas, Erica. Vous ne ressemblez à aucune des femmes que j'ai connues.

Elle regarda en direction du fleuve. Quelque chose remuait sur la rive et elle distingua des pêcheurs s'activant à bord d'un bateau. Ils semblaient nus et leur peau luisait comme de l'onyx poli dans l'obscurité. Ses yeux suivant cette scène, elle songea à la déclaration d'Yvon. C'était un tel cliché que c'en était gênant. Cependant, il se pouvait que ce fût la vérité, parce qu'Yvon lui-même était différent de tous les hommes qu'elle avait connus.

— Je trouve fascinant, continua-t-il, que vous soyez égyptologue, parce que — et c'est un compliment — vous avez en vous cette sensualité des femmes d'Europe de l'Est que j'adore. D'autre part vous avez capté un peu du mystère de l'Égypte.

— Je crois être au contraire très américaine.

— Mais les Américains sont d'origines très diverses. Les vôtres sont visibles et très séduisantes.

Erica ne savait quoi dire. Elle ne voulait surtout pas se laisser prendre au piège d'une romance qui la rendrait vulnérable.

Yvon parut se rendre compte de son malaise et changea de conversation.

— Erica, vous serait-il possible d'identifier l'assassin du serapeum ? Avez-vous vu son visage ?

125

— Non. J'ai eu l'impression que le ciel me tombait dessus. Je n'ai vu personne.

— Seigneur, quelle horrible aventure ! C'est inimaginable. Mais vous savez que les assassinats de fonctionnaires sont monnaie courante au Moyen-Orient. Enfin, vous n'avez pas été blessée. Ce sera dur, je sais, mais essayez de ne plus y penser. Deux meurtres en deux jours. J'ignore comme je réagirais.

— Sans doute était-ce une coïncidence, dit Erica, mais il y a un détail qui me tracasse. Le pauvre homme que l'on a tué n'était pas un fonctionnaire parmi d'autres. Il travaillait pour le Département des Antiquités. Les deux victimes s'occupaient donc de pièces anciennes, chacune à un bout de la chaîne.

Le serveur apporta le café et le dessert, de la semoule chemisée de sucre et saupoudrée de noisettes et de raisins.

— Ce qui m'étonne, remarqua Yvon, c'est que vous n'ayez pas été retenue par la police.

— Vous vous trompez. J'ai été retenue je ne sais combien de temps et je ne suis pas autorisée à quitter le pays.

Elle goûta au dessert et décida qu'il ne valait pas l'excédent de calories qu'il représentait.

— Ce n'est rien. Vous avez de la chance de ne pas être en prison. Je parierais que votre guide y est resté.

— Sans doute est-ce à Ahmed Khazzan que je dois d'être libre.

Yvon s'arrêta net de manger.

— Vous connaissez Ahmed Khazzan ?

— Je ne sais pas comment définir nos relations. Quand vous m'avez quittée, hier soir, il m'attendait dans ma chambre.

Yvon en lâcha sa fourchette.

— Quoi ?

— Cela vous surprend ? Eh bien, imaginez l'effet que cela m'a fait. J'ai cru que l'on venait m'arrêter pour ne pas avoir parlé du meurtre de Hamdi. Il m'a emmenée jusqu'à son bureau et m'a questionnée pendant une heure.

— C'est incroyable ! Il était déjà au courant du meurtre de Hamdi ?

— Je ne sais pas. Au début, je l'ai cru. Pourquoi d'autre m'aurait-il fait venir ? Mais il n'en a pas soufflé mot et j'ai eu peur d'en parler.

— Alors, que voulait-il ?

— Surtout parler de vous.

— De moi ! s'écria Yvon en se frappant le torse de l'index. Je n'ai jamais rencontré Ahmed Khazzan et cela fait des années que je viens en Égypte. Que vous a-t-il demandé à mon sujet ?

— Il voulait savoir ce que vous faisiez dans le pays.

— Et que lui avez-vous dit ?

— Que je l'ignorais.

— Vous n'avez pas parlé de la statue de Séthi Ier ?

— Non. J'avais peur qu'en en parlant j'en vienne à parler du meurtre de Hamdi.

— Et lui, vous en a-t-il parlé ?

— Non.

— Erica, vous êtes fantastique.

Brusquement, il se pencha par-dessus la table, prit le visage d'Erica entre ses mains et l'embrassa sur les deux joues.

La soudaineté de ce geste la stupéfia et elle se sentit rougir. Pour se donner une contenance, elle but une gorgée de café.

— Je ne crois pas qu'Ahmed Khazzan ait cru un seul mot de ce que je lui ai dit.

— Qu'est-ce qui vous fait penser ça ? demanda Yvon, revenu à son dessert.

— En rentrant dans ma chambre d'hôtel cet après-midi, j'ai constaté que l'on avait fouillé dans mes affaires. On ne m'a rien dérobé et je me demande ce que l'on cherchait. Mais Ahmed Khazzan s'étant introduit dans ma chambre hier soir, un autre fonctionnaire a dû le faire aujourd'hui.

— Votre porte est-elle munie d'un verrou de sûreté ?

— Oui.

— Mettez-le.

Il mastiqua lentement une cuillerée de dessert avant de reprendre :

— ... Erica, lorsque vous étiez chez Hamdi, vous a-t-il donné des lettres, des papiers ?

— Non. Il m'a donné un scarabée — une copie remarquable — et m'a convaincue d'employer son Baedeker de 1929 plutôt que mon Nagel.

— Où sont ces objets ?

— Ici.

Elle ouvrit son sac et en sortit le Baedeker sans sa couverture. Celle-ci s'étant détachée, elle l'avait laissée dans sa chambre. Le scarabée était dans son porte-monnaie.

Yvon prit celui-ci, le rapprocha de la bougie.

— Vous êtes sûre qu'il est faux ?

— C'est à s'y méprendre, n'est-ce pas ? Je l'ai cru vrai, moi aussi, mais Hamdi m'a assuré que c'était l'œuvre de son fils.

Il posa le scarabée avec précaution et s'empara du guide dont il examina chaque page avant de le repousser vers Erica.

— Voyez-vous un inconvénient à ce que je fasse authentifier cela ? demanda-t-il en indiquant le scarabée.

— Dater au carbone ?

— Oui. Il me paraît bon et il porte le cartouche de Séthi Ier. Je pense que c'est de l'os.

— En ce qui concerne le matériau, vous avez raison. Hamdi m'a confié que son fils se sert des ossements des vieilles momies trouvées dans les catacombes. Le test sera donc positif. Mais pour que la sculpture acquière une belle patine, elle aussi, on fait avaler ces scarabées aux dindons.

Yvon se mit à rire.

— L'industrie des antiquités égyptienne est pleine de ressources. Quand même, j'aimerais faire examiner cet objet.

— Comme vous voulez, mais rendez-le-moi. (Erica prit une dernière gorgée de café et eut la bouche pleine de marc.) Yvon, pourquoi Ahmed Khazzan s'intéresse-t-il tellement à vos affaires ?

— Je l'inquiète, je crois. Mais pourquoi vous parler et non à moi, je me le demande. Il voit en moi un dangereux collectionneur. Il n'ignore pas que j'ai fait des achats importants tout en m'efforçant de démêler l'écheveau du marché noir. Ahmed Khazzan est le fonctionnaire type. Il refuse mon aide par crainte de perdre sa place. En outre, il y a cette haine indestructible des Français et des Anglais. Or, je suis français et un petit peu anglais.
— Un peu anglais ? s'étonna Erica.
— Je ne l'avoue pas souvent. Le château de Valois, la résidence familiale, est situé à côté de Rambouillet, entre Paris et Chartres. Mon père est le marquis de Margeau mais ma mère appartient à la branche anglaise des Harcourt.
— Tout ça c'est loin de Toledo, Ohio, remarqua Erica doucement.
— Pardon ?
— Je dis que c'est compliqué, expliqua-t-elle en souriant.

En quittant le restaurant, il lui passa le bras autour de la taille. L'air s'était considérablement rafraîchi et la lune brillait entre les branches des eucalyptus au bord de la route.

— Quel genre d'objets d'art anciens avez-vous achetés ici ? demanda-t-elle comme ils se rapprochaient de la voiture.
— Quelques pièces merveilleuses que j'aimerais vous montrer un jour. J'ai un faible pour plusieurs petites statues en or, notamment une de Nekhbet et une autre d'Isis.
— Et de Séthi ?

Yvon ouvrit la portière pour sa passagère.

— La plupart de mes objets datent du Nouvel Empire, et certains pourraient être de l'époque de Séthi Ier.

Erica entra dans la voiture et Yvon lui recommanda d'accrocher sa ceinture.

— Tout le monde trouve que je conduis trop vite. J'aime ça. Je suppose que vous en savez autant que moi au sujet de Séthi Ier. C'est bizarre. On sait parfaitement à quelle époque sa tombe a été pillée. Les prêtres restés fidèles, au cours de la XXe dynastie, ont réussi à sauver sa momie et ils ont laissé un rapport très précis.

— J'ai vu cette momie, ce matin.

— Quelle ironie, n'est-ce pas ? Elle nous est parvenue pratiquement intacte. C'était l'une des momies provenant des tombes royales trouvées et exploitées par la famille Rasul à la fin du XIXe siècle.

Yvon se tourna et se pencha sur le dossier de son siège pour faire reculer sa voiture.

— ... Ces Rasul ont profité de leur trouvaille pendant dix ans avant de se faire prendre. Une histoire stupéfiante. Quelques personnes pensent qu'il reste encore à découvrir des objets ayant appartenu à Séthi Ier. Quand on visite son énorme tombeau, à Louxor, on voit les endroits où l'on continue de forer des tunnels dans l'espoir de découvrir une chambre secrète. Il suffit de voir apparaître sur le marché quelques pièces originales pour faire renaître l'intérêt. Leur apparition n'a rien de surprenant. On l'a vraisemblablement enterré avec une quantité incroyable d'objets. Tout cela a dû être volé, enterré à nouveau, puis déterré et ainsi de suite au cours des ans. Il doit donc y en avoir encore sous terre. Rares sont ceux qui savent combien il y a de paysans qui creusent dans le seul but de trouver des antiquités, à Louxor. Toutes les nuits, ils fouillent le sable du désert et il leur arrive de trouver quelque chose de spectaculaire.

— Comme la statue de Séthi ? dit Erica en regardant le profil d'Yvon.

Il sourit et elle vit ses dents, très blanches, trancher sur sa peau hâlée.

— Exactement. Mais vous imaginez-vous ce que devait être sa tombe avant le pillage ? Ça devait être prodigieux. Les trésors de Toutânkhamon qui nous font béer d'admiration aujourd'hui devaient être insignifiants comparés à ceux de Séthi Ier.

Il avait raison. Séthi Ier avait été un grand pharaon à la tête d'un vaste empire, alors que Toutânkhamon n'avait vraisemblablement jamais eu de pouvoir réel durant son court règne.

Yvon ne put éviter un nid-de-poule et la carrosserie de la voiture vibra.

— Merde !

Plus ils approchaient du Caire, plus la chaussée se délabrait et il dut ralentir. Des morceaux de carton retenus par des bâtons servaient d'abris aux immigrants arrivés tout récemment. Puis le carton cédait la place à des panneaux de tôle ondulée, des pans d'étoffe et des bidons. Ensuite, venaient les cloisons de boue séchée et, enfin, la ville proprement dite, mais l'impression de pauvreté persistait.

— Accepteriez-vous de venir prendre un verre chez moi ? demanda Yvon.

Erica lui lança un coup d'œil. Il y avait de grandes chances pour que son invitation fût moins innocente qu'il y paraissait. Mais elle se sentait très attirée par lui et, après une journée comme celle qu'elle venait de vivre, l'idée d'avoir quelqu'un auprès de soi était très séduisante. Cependant l'attrait physique ne suffisait pas et Yvon était presque trop beau pour être vrai. Elle n'était pas de taille. C'en était trop, trop tôt.

— Je vous remercie, dit-elle avec chaleur, mais non. Peut-être pourrez-vous prendre un dernier verre au Hilton.

— Mais bien sûr.

Un instant, elle se sentit déçue de ne pas le voir insister. Peut-être était-elle victime de son imagination.

Arrivés à l'hôtel, ils décidèrent qu'une promenade à pied vaudrait mieux que le bar enfumé. Main dans la main, ils traversèrent le boulevard de la Corniche et se dirigèrent vers le pont El Tahrir.

Yvon avait pris Erica par la taille et elle avait posé sa main sur la sienne. Elle se sentait un peu gênée. Il y avait longtemps que seul Richard l'approchait.

— Un Grec, du nom de Stephanos Markoulis, est arrivé au Caire aujourd'hui, dit Yvon en s'arrêtant devant la balustrade. Je crois qu'il cherchera à vous voir.

Erica, qui regardait le reflet des lumières dans l'eau, leva vers lui des yeux surpris.

— Stephanos Markoulis vend des antiquités égyptiennes à Athènes. Il vient rarement en Égypte. J'ignore la raison de sa venue, mais j'aimerais la connaître. Officiellement, il est ici à cause du meurtre d'Abdul Hamdi. Mais il peut y être pour la statue de Séthi.

— Et il veut me voir au sujet du meurtre ?

— Oui, répondit Yvon, sans la regarder. J'ignore jusqu'à quel point il y est mêlé, mais il l'est.

— Yvon, je ne veux plus entendre parler de cette affaire. Franchement, tout cela m'effraie. Je vous ai dit tout ce que je savais.

— Je comprends, dit-il, rassurant, mais malheureusement vous êtes tout ce que j'ai.

— Qu'entendez-vous par là ?

Il se tourna vers elle.

— Vous êtes le seul lien avec la statue. Stephanos Markoulis a été pour quelque chose dans la vente de la première statue à l'homme de Houston. Je crains qu'il soit mêlé à ce qui touche à la seconde. Vous savez l'importance que j'attache à mettre un terme à ce trafic.

— L'homme de Houston qui a acheté la première statue de Séthi est également arrivé aujourd'hui. Il m'attendait dans le hall. Il s'appelle Jeffrey Rice, annonça Erica en se retournant.

Elle vit sa bouche se serrer.

— ... Il m'a annoncé, continua-t-elle, qu'il offrait dix mille dollars à qui pourrait seulement lui dire où se trouve la seconde statue afin qu'il l'achète.

— Seigneur, mais ça va transformer Le Caire en cirque. Quand je pense que je m'inquiétais de savoir si Khazzan et son service finiraient par entendre parler de cette statue. Écoutez, Erica, avec tout ça, je n'ai pas une minute à perdre. Je comprends votre envie de ne pas être mêlée à ces affaires, mais je vous en prie, faites-moi la faveur de voir Stephanos Markoulis. Il faut que je sache ce qu'il mijote et vous pouvez m'aider. Avec l'autre qui offre tout cet argent, on peut être pratiquement sûr que la statue est encore à vendre. Et si je n'agis pas rapidement, elle va disparaître chez quelque collectionneur. Je vous demande seulement de voir Markoulis et de me répéter ce qu'il aura dit. Tout.

Il avait l'air suppliant. Elle sentait à quel point il était sérieux et savait qu'il fallait agir pour empêcher que disparaisse cette merveilleuse statue.

— Vous êtes sûr que ce sera sans danger ?

— Évidemment. Fixez-lui rendez-vous dans un endroit public, vous n'aurez pas à vous inquiéter.

— Entendu, mais vous me devrez un autre dîner.

— D'accord, répondit-il en l'embrassant, sur les lèvres cette fois.

En remontant dans sa chambre, Erica se sentit mieux qu'elle ne l'avait été depuis longtemps. Yvon avait éveillé en elle un désir qu'elle n'avait plus éprouvé depuis des mois, l'aspect physique de ses relations avec Richard n'étant pas très satisfaisant depuis quelque temps. En outre, Yvon avait démontré qu'il était disposé à attendre pour satisfaire son propre désir et elle en éprouva une sorte de bien-être.

Elle introduisit vivement sa clef dans sa serrure, ouvrit la porte en grand. Tout semblait en ordre. Elle alluma, passa dans la chambre. Elle était vide. La salle de bains également.

Alors, avec un soupir de soulagement, elle repoussa sa porte qui claqua. Elle se débarrassa de ses chaussures, ferma le climatiseur et ouvrit la porte donnant sur le balcon. On avait éteint les projecteurs illuminant le Sphinx et les pyramides. Revenue dans sa chambre, elle enleva sa robe et l'accrocha. Au loin, on entendait le grondement du trafic sur la corniche du Nil, malgré l'heure tardive. Autrement l'hôtel était plongé dans le plus grand silence. Elle était occupé à se démaquiller les yeux quand elle entendit un bruit contre sa porte. Elle s'immobilisa, le regard fixé sur son reflet dans le miroir. Elle était vêtue de son soutien-gorge et de son slip et avait un œil démaquillé. Elle retint sa respiration, l'oreille tendue. De nouveau, un bruit métallique étouffé. Quelqu'un mettait une clef dans sa serrure. Et elle n'avait pas poussé le verrou. Elle se sentit paralysée, incapable de bondir pour le mettre. Un cliquetis encore une fois.

Et la poignée, lentement, se mit à tourner. Erica jeta un coup d'œil à la fermeture de la porte de la salle de bains. Un simple bouton sur un mince panneau de bois. Comme un animal terrifié, elle regarda autour d'elle, cherchant par où fuir. Le balcon ! Pourrait-elle passer sur la terrasse voisine ? Non. Impossible. Alors, elle se souvint du téléphone. Elle se précipita vers l'appareil, décrocha. La sonnerie retentit, lointaine. Répondez ! supplia-t-elle en silence. Répondez !

A la porte des cliquetis avaient changé. La clef était en place, tournée. Le vantail repoussé laissa passer la lumière crue du couloir. Erica tomba à genoux. Jetant le téléphone sur la couverture, elle s'aplatit par terre et se faufila sous le lit. Le téléphone grésillait toujours. Il la dénonçait, indiquant qu'elle se cachait ! Un homme pénétra dans la chambre, ferma doucement la porte derrière lui. Terrifiée, elle vit ses pieds s'approcher du lit et disparaître. Elle entendit que l'on raccrochait le téléphone, au-dessus d'elle. Et l'intrus s'écarta du lit pour, apparemment, aller visiter la salle de bains.

Inondée de sueur froide, elle vit les pieds s'approcher de l'armoire. Il la cherchait ! La porte du meuble ouverte et refermée, l'homme revint au milieu de la pièce et s'immobilisa un instant avant de se rapprocher pas à pas.

Brusquement, le couvre-lit fut arraché et Erica se trouva face à face avec l'intrus.

— Erica, que diable fais-tu sous le lit ?
— Richard ! s'écria-t-elle, et elle éclata en sanglots.

Il la tira de sa cachette, l'épousseta.

— Allons, fit-il en souriant, que fais-tu sous ce lit ?

— Oh, Richard ! (Elle se jeta à son cou.) Je suis tellement heureuse que ce soit toi. Tu ne peux pas savoir.

Elle se colla contre lui, le serrant très fort.

— Je devrais te surprendre plus souvent, constata-t-il tout heureux.

Ils restèrent enlacés le temps qu'Erica reprenne ses esprits et sèche ses larmes.

— C'est vraiment toi ? dit-elle enfin en levant les yeux vers lui. Je n'arrive pas à le croire. Je rêve ?

— Non, tu ne rêves pas. C'est moi. Peut-être un peu crevé, mais ici, avec toi, en Égypte.

— Tu as l'air un peu fatigué. (Erica lui repoussa les cheveux sur le front.) Tu te sens bien ?

— Oui. Ça va. Juste fatigué. On nous a fait attendre près de quatre heures à Rome. Il manquait je ne sais quoi. Mais ça valait la peine. Tu as une mine splendide. Depuis quand te maquilles-tu un seul œil ?

Elle sourit et lui donna une bourrade affectueuse.

— J'aurais été mieux si tu m'avais prévenue. Comment as-tu pu te libérer ?

Les mains appuyées contre sa poitrine, elle se renversa en arrière, retenue par ses deux bras.

— J'ai remplacé un camarade qui avait perdu son père il y a quelques mois. A son tour de me rendre service. Il s'occupera des urgences et des malades à domicile. Le cabinet attendra. D'ailleurs je ne faisais rien de bon, tu me manquais terriblement.

— Toi aussi. C'est pour ça que je t'ai téléphoné.

— Ça m'a fait plaisir, dit-il en l'embrassant sur le front.

— Mais quand je t'ai demandé, il y a un an, de venir en Égypte avec moi, tu m'as dit que c'était impossible.

— C'est-à-dire que... Je n'étais pas habitué à ma clientèle. Et c'était l'année dernière. Maintenant j'y suis avec toi. J'en suis le premier étonné. Mais, Erica, que faisais-tu sous le lit ? Je t'ai fait peur ? Ce n'était pas mon intention. Je croyais que tu dormais et je voulais te réveiller doucement comme je le faisais à la maison.

— Si tu m'as fait peur ? répéta-t-elle avec un rire sarcastique. (Elle se dégagea pour aller prendre un déshabillé.) J'en ai encore les jambes toutes molles. Tu m'as terrifiée.

— Je suis navré.

— Comment as-tu eu une clef ? demanda-t-elle, assise au bord du lit, les mains sur les genoux.

Il haussa les épaules.

— J'ai tout simplement demandé une clef pour le 932.

— Et on te l'a donnée, comme ça, sans te poser de questions ?

— Pas la moindre. Ça se passe souvent comme ça dans les hôtels. Je voulais voir la tête que tu ferais.

— Avec ce que j'ai vécu au cours de ces deux derniers jours, tu ne pouvais pas faire pire ! C'est une plaisanterie stupide.

— O.K. ! O.K. ! fit-il en levant les mains. Navré de t'avoir effrayée. Ce n'était pas ce que je voulais.

— Tu n'as même pas pensé que je pourrais avoir peur en entendant quelqu'un s'introduire dans ma chambre, à minuit ? Même à Boston, j'aurais eu peur !

— Eh quoi, j'avais envie de te voir ! Et j'ai fait des milliers de kilomètres pour ça.

Il ne souriait plus. Il avait les cheveux ébouriffés et de larges cernes sous les yeux.

— Plus j'y pense, plus je trouve ça idiot. J'aurais pu avoir une attaque. Tu m'as fait une peur affreuse.

— Je suis navré. Je te l'ai dit, je suis navré.

— Je suis navré, répéta Erica. Et le fait que tu le dises arrange tout, je suppose. Eh bien, non. C'est déjà assez dur d'assister à deux meurtres en quarante-huit heures. Mais être victime d'une plaisanterie de potache, c'est trop !

— Je pensais que tu étais heureuse de me voir. Tu me l'as dit.

— J'étais heureuse que tu ne sois pas un assassin ou un type voulant me violer.

— Ça fait plaisir comme accueil. Moi qui ai fait la moitié du tour du globe rien que pour te montrer que je tenais à toi.

Elle ouvrit la bouche, mais elle attendit avant de parler. Son irritation première s'atténuait.

— Mais je t'avais bien spécifié de ne pas venir, dit-elle enfin, comme si elle s'adressait à un enfant désobéissant.

— Je sais. Mais j'en ai parlé à ta mère, répondit-il en s'asseyant sur le lit et en cherchant à prendre la main d'Erica.

— Quoi ? fit-elle en reculant sa main. Répète un peu.

— Que je répète quoi ? demanda-t-il sans comprendre.

— Ma mère et toi, vous avez conspiré contre moi.

— Pas de grands mots. Nous avons discuté pour savoir si je devais venir ou non.

— Magnifique ! Et bien entendu, vous en êtes arrivés à la conclusion que cette pauvre petite Erica ne faisait que traverser une période critique, qu'elle s'en sortirait. Il suffit de la traiter en enfant et de la laisser faire pour le moment.

— Écoute, Erica, ta mère ne songe qu'à ton bien.

— Ma mère ne sait plus faire la différence entre sa vie et la mienne. Elle est beaucoup trop proche de moi, elle me suce littéralement. Comprends-tu ?

— Non, répondit-il, sentant l'irritation monter.

— Ça m'aurait étonnée. Peut-être est-ce parce que nous sommes juives. Mais elle veut tellement que je suive son exemple qu'elle ne se préoccupe même pas de savoir qui je suis. Elle veut peut-être ce qu'il y a de mieux pour moi, mais je suis persuadée qu'elle veut justifier sa propre vie grâce à moi. Malheureusement, nous sommes extrêmement différentes. Et toi, tu ne sais même pas pourquoi je suis en Égypte. Peu importent les efforts que j'ai fait pour t'expliquer, tu refuses de comprendre.

— Pas du tout. Rien de plus simple : tu veux prouver ton indépendance et tu as peur des responsabilités.

— Et c'est toi qui viens me dire ça ! L'année dernière, tu ne voulais même pas entendre parler mariage. Maintenant, brusquement, tu veux une femme, une maison et un chien. Quant à l'ordre de tes désirs, il importe peu. Eh bien, je ne suis pas un objet dont on dispose, ni pour toi ni pour ma mère. J'ai passé huit ans à étudier l'ancienne Égypte et je suis aussi attachée à mon travail que toi au tien.

— Alors, tu cherches à me faire comprendre que l'amour et la famille viennent en seconde place, après ta carrière.

Elle ferma les yeux et soupira.

— Non. Mais ta conception du mariage implique une abdication intellectuelle. Tu as toujours considéré mon travail comme une sorte de passe-temps. Tu ne l'as jamais pris au sérieux. Je suis en partie à blâmer, j'aurais dû m'efforcer de mieux communiquer mon enthousiasme pour mes études. Mais, si je ne l'ai pas fait, c'est par peur que cela te fasse fuir. Cela ne veut pas dire que je refuse le mariage. Ce que je refuse, c'est le rôle d'épouse tel que tu l'envisages. Et je suis venue ici pour mettre mes connaissances à l'épreuve.

Richard se sentait trop fatigué pour lutter, écrasé par les arguments d'Erica. Il se laissa tomber sur le lit.

— Mais pourquoi avoir choisi un sujet d'étude aussi obscur. Les hiéroglyphes !

— Les antiquités en Égypte font beaucoup plus de remous que tu l'imagines. J'en ai malheureusement eu la preuve ces deux derniers jours. (Elle alla prendre l'enveloppe contenant les photos données par Jeffrey Rice.) Tiens, regarde ça ! dit-elle en la lui lançant sur la poitrine.

Richard se releva, non sans peine, et, sortant les documents, y jeta un rapide coup d'œil.

— Jolie statue, commenta-t-il en se laissant retomber en arrière.

— Jolie statue ! C'est peut-être la plus belle des statues égyptiennes trouvées jusqu'à ce jour ; j'ai été témoin de deux meurtres, dont l'un concernait certainement cette pièce, et tout ce que tu trouves à dire, c'est que c'est « joli » !

Richard ouvrit un œil.

— Qu'est-ce que tu dis : deux meurtres ? Tu n'en as tout de même pas vu commettre un autre aujourd'hui ?

— Non seulement je l'ai vu, mais la victime m'est tombée dessus. Il m'aurait été difficile d'être plus près.

Richard enregistra le renseignement et fit appel à toute son autorité.

— Je crois que le mieux est que tu rentres à Boston, dit-il.

— Je reste ici, répliqua Erica. J'ai l'intention de lutter contre le marché noir des antiquités et je vais faire ce que je peux pour que l'on ne fasse pas sortir cette statue d'Égypte.

Absorbée par son travail, Erica ne s'était pas rendu compte de l'heure. Elle fut surprise de constater en regardant sa montre qu'il était 2 h 30. Elle s'était installée sur le balcon où elle avait transporté une table et sa lampe de chevet, laquelle éclairait les photos.

Richard, étendu tout habillé sur le lit, dormait à poings fermés. Erica avait tout fait pour lui obtenir une chambre, mais l'hôtel était plein ainsi que le Méridien, le Sheraton et le Shepheard. Elle avait renoncé à chercher plus loin en l'entendant ronfler. Elle n'avait pas voulu qu'il passe la nuit avec elle pour ne pas risquer de faire l'amour avec lui. Mais, puisqu'il dormait, il n'y avait plus qu'à attendre le matin.

Trop énervée pour dormir, elle avait décidé de travailler aux hiéroglyphes des photos. La traduction en était toujours délicate car, les voyelles n'existant pas, il fallait interpréter correctement les indications générales. Mais l'inscription figurant sur la statue de Séthi Ier ressemblait à un message codé. Erica n'était même pas sûre du sens dans lequel elle devait lire l'inscription. Quoi qu'elle fît, cela ne voulait rien dire. Pourquoi le nom du jeune Toutânkhamon figurait-il sur l'effigie d'un puissant pharaon ?

La meilleure interprétation de la phrase donnait ceci : « *Repos (ou paix) éternel soit donné (ou accordé) à Sa Majesté, roi de la Haute et de la Basse-Égypte, fils d'Amon Ré, aimé d'Osiris, le Pharaon Séthi Ier qui gouverne (ou règne, ou réside) après (ou derrière, ou sous) Toutânkhamon.* » Pour autant qu'elle s'en souvienne, elle était assez proche de ce qu'avait dit le Dr Lowery au téléphone. Mais cela ne la satisfaisait pas. Cela semblait trop simple. Certes, Séthi Ier avait gouverné une cinquantaine d'années après Toutânkhamon. Mais, de tous les pharaons, pourquoi ne pas avoir choisi Thoutmôsis IV, ou l'un des autres grands bâtisseurs d'empires ? La dernière proposition lui déplaisait également. Elle rejeta « sous » car il n'y avait pas de liens dynastiques entre Séthi Ier et Toutânkhamon. Ils n'avaient même aucune parenté. Et même, avant l'avènement de Séthi, elle avait de bonnes raisons de croire que l'usurpateur, le pharaon Horembeb avait fait effacer partout le nom de Toutânkhamon. Elle rejeta « derrière », du fait de l'insigniflance de Toutânkhamon. Cela ne laissait d'autre choix qu'« après ».

Elle lut sa phrase à haute voix. De nouveau, elle lui parut trop simple et de ce même fait terriblement compliquée. Mais elle éprouvait une sorte de jouissance à chercher à lire dans un cerveau qui avait fonctionné trois mille ans plus tôt.

En jetant un coup d'œil à la silhouette endormie de Richard, plus que jamais elle eut conscience du gouffre qui les séparait. Jamais il ne comprendrait la fascination que l'Égypte exerçait sur elle et le fait que cette passion faisait partie de son identité.

Elle se leva, rapporta la lampe et les photos dans la chambre. La lumière tomba sur le visage de Richard, qui, les lèvres légèrement écartées, avait l'air très jeune. Elle se remémora le début de leurs relations. Tout était simple, alors. Elle y était très attachée, mais il était difficile de faire face à la réalité : Richard ne changerait jamais et Erica devait s'habituer à cette perspective.

Elle éteignit et s'étendit à côté de lui. Il grogna, se

tourna, posa une main sur la poitrine de la jeune femme. Doucement, elle la replaça à côté de lui. Elle ne voulait pas être touchée. Elle songea à Yvon qui la traitait en intellectuelle et en femme en même temps. Elle allait devoir parler du Français à Richard et il serait blessé, jaloux. Il l'avait accusée de partir pour trouver un amant. Jamais il ne comprendrait qu'avant tout, ce qu'elle voulait c'est empêcher que l'on fasse sortir la seconde statue de Séthi d'Égypte.

— Tu verras, murmura-t-elle dans l'obscurité. Je la retrouverai.

Richard grogna et se retourna.

TROISIÈME JOUR

Le Caire, 8 heures

Lorsque Erica se réveilla le lendemain matin, elle crut avoir laissé à nouveau la douche couler. Puis, elle se souvint de l'arrivée de Richard. Le bruit de la circulation se mêlait à celui de la douche. Les yeux fermés, elle se remémora les événements de la nuit précédente. Soudain, la douche s'arrêta. Erica ne bougea pas. Richard rentra dans la chambre, séchant vigoureusement ses cheveux blonds. Erica entrouvrit les paupières et fut surprise de le voir intégralement nu. Elle le regarda approcher du balcon et contempler les pyramides et le Sphinx, au loin. Il avait un corps très harmonieux. Elle admira le creux de ses reins, la puissance de ses jambes. Puis elle referma les paupières, ne se sentant pas assez sûre d'elle pour continuer à l'admirer.

Elle ne reprit conscience qu'en se sentant secouer doucement. Elle ouvrit les yeux et rencontra le regard très bleu de Richard. Il lui souriait. Il était habillé, peigné.

— Debout, Belle au Bois Dormant, dit-il en lui posant un baiser sur le front. Le petit déjeuner sera là dans une minute.

Tout en se douchant, Erica réfléchit à la façon d'être ferme sans paraître insensible. Elle forma le vœu qu'Yvon n'appelât pas. Penser à lui lui rappela statue. Il lui fallait suivre un plan précis si elle comptait la retrouver. Pour la première fois, elle prit conscience du danger qu'elle courait, du seul fait qu'elle avait été le témoin du meurtre d'Abdul Hamdi. Rincée, séchée, elle démêla ses cheveux. Le bouton sur son menton n'était plus qu'une légère marque rouge et, déjà, le soleil égyptien donnait à son teint un hâle très séduisant.

Elle se fit les cils en songeant à ce que lui avait dit Abdul Hamdi. La statue se reposait avant de poursuivre son voyage. A l'étranger ? Yvon, Jeffrey Rice ou ce Grec dont Yvon lui avait parlé auraient su si elle avait refait surface quelque part, comme en Suisse. Non seulement la statue devait encore se trouver en Égypte, mais au Caire même.

Erica inspecta son maquillage. Ça allait. Penser que, plus de quatre mille ans plus tôt, les Égyptiennes, elles aussi, se noircissaient les cils avait quelque chose d'émouvant.

Richard frappa à la porte.

— Le petit déjeuner de Madame l'attend sur la véranda, annonça-t-il en prenant l'accent anglais.

Il semblait trop heureux, elle aurait du mal à lui faire entendre raison. Elle lui répondit qu'elle arrivait et entreprit d'enfiler son pantalon. Que pouvait donc bien lui vouloir ce Grec ? Peut-être la renseignerait-il quant à la façon dont fonctionnait le marché noir.

Ce Grec, ou un autre, serait-il à même de comprendre le sens des hiéroglyphes dont elle avait tenté la traduction ? Abstraction faite de sa statue disparue restait le mystère de Séthi Ier lui-même. Trois mille ans avaient passé. En dehors d'une campagne militaire victorieuse au Moyen-Orient et en Libye au cours de la première décennie de son règne, tout ce dont Erica se souvenait en ce qui le concernait, c'était l'érection des monuments d'Abydos, ajoutés au temple de Karnak, et l'extraordinaire sépulture de la Vallée des Rois.

Erica décida de retourner au Musée égyptien, mais d'y faire, cette fois-ci, usage de ses lettres d'introduction. Quelqu'un d'autre serait peut-être en mesure de la renseigner également et c'était le fils dont avait parlé Abdul Hamdi. Dès qu'elle le pourrait, elle irait le voir, à Louxor.

Richard avait pris sur lui de commander un petit déjeuner copieux. Comme la veille, il était servi sur le balcon.

— Ah, si Votre Altesse veut se mettre à table, invita Richard en écartant une chaise à l'intention d'Erica.

Puis, il la servit.

Elle se sentit touchée. Malgré sa façon d'être parfois brutale, elle le savait vulnérable. Et ce qu'elle allait lui dire le blesserait vraisemblablement.

— Je ne sais pas si tu te souviens de notre conversation d'hier soir, commença-t-elle.

— Oh, parfaitement. Et, avant que tu aies ajouté quoi que ce soit, je te donne mon avis : le mieux est de nous rendre immédiatement à l'ambassade américaine et de tout raconter.

— Richard, essaie d'être un peu réaliste. L'ambassadeur ne pourrait strictement rien faire. Il ne m'est rien arrivé à moi personnellement. Non. Je n'irai pas.

— Bon. Puisque c'est ainsi, je n'insiste pas. Quant au reste, en ce qui nous concerne tous les deux (il s'interrompit et tripota sa tasse), j'admets qu'il y a du vrai dans ce que tu as dit au sujet de mon attitude à l'égard de ton travail. Eh bien, je voudrais te demander quelque chose. Passons une journée ensemble, ici, en Égypte, sur ton terrain, pour tout dire. Donne-moi une chance de me rendre compte de ce que c'est.

— Mais, Richard... commença-t-elle.

Elle aurait voulu parler d'Yvon, de ce qu'elle éprouvait.

— Je t'en prie. Admets que nous n'en avons jamais encore discuté. Donne-moi un peu de temps. Nous parlerons ce soir, je te le promets. Après tout, j'ai fait tout ce chemin pour ça. Ça devrait entrer en ligne de compte.

— Oui, reconnut-elle, très lasse, soudain. Mais c'est une décision que nous aurions dû prendre ensemble. J'apprécie ton geste, mais je ne crois pas que tu comprennes la raison de ma venue ici. Nous n'avons, il me semble, pas du tout la même conception de nos relations à venir.

— Nous en parlerons, mais pas maintenant. Ce soir. Je ne te demande qu'une chose : passons une journée agréable ensemble de façon que j'apprenne ce qu'est l'égyptologie. Tu peux faire ça pour moi ?

— Entendu. Mais nous parlerons ce soir.

— Bon, bon... En attendant j'aimerais aller voir ces bébés de près, annonça Richard en désignant, de son toast, le Sphinx et les pyramides de Guizeh.

— Non. Le programme de la journée est déjà fixé. Nous allons au Musée égyptien ce matin et, cet après-midi, nous retournerons sur la scène du premier meurtre. Les pyramides attendront.

Erica fit tout pour expédier son petit déjeuner et sortir avant l'inévitable coup de téléphone. Mais elle n'y parvint pas. Richard s'affairait à mettre un film dans sa caméra quand la sonnerie retentit. Elle décrocha. Ainsi qu'elle l'avait redouté, il s'agissait d'Yvon. Elle n'avait aucune raison de se sentir coupable et pourtant...

Yvon, enthousiaste, ne tarissait pas de commentaires chaleureux sur le dîner de la veille. Erica lui faisait écho, mais de façon beaucoup plus tendue.

— Erica, vous allez bien ? finit par demander Yvon.

— Oui, oui, très bien, répondit-elle en cherchant un prétexte pour mettre un terme à cette conversation.

— Vous me le diriez, n'est-ce pas, si quelque chose n'allait pas ? fit-il soudain inquiet.

— Bien sûr !

— Nous sommes tombés d'accord hier soir pour penser que nous aurions dû passer la journée ensemble, rappela Yvon après quelques secondes de silence. Pourquoi ne pas le faire aujourd'hui ? Laissez-moi vous servir de guide.

— Non, je vous remercie. J'ai un hôte inattendu arrivé hier soir des États-Unis.
— Peu importe. Il sera le bienvenu.
— C'est que... il s'agit de...
— D'un amoureux ? suggéra Yvon d'un ton hésitant.
— D'un bon ami, répondit-elle, ne trouvant rien d'autre.
Yvon raccrocha brutalement le téléphone.
— Ces femmes ! fit-il, furieux.
Raoul leva les yeux de la revue qu'il parcourait.
— L'Américaine te joue des tours ? demanda-t-il en s'efforçant de ne pas sourire.
— La ferme !
Évidemment, l'autre avait pu arriver sans prévenir. Mais il se pouvait aussi qu'elle ne lui ait rien dit pour le faire marcher.
Il écrasa la cigarette qu'il venait d'allumer et marcha vers le balcon. Il n'avait pas l'habitude d'être embêté par les femmes. Qu'elles le gênent et il partait. Sans plus. Le monde était plein de femmes. Il regarda une douzaine de felouques glissant vers le sud et ce tableau paisible lui calma les nerfs.
— Raoul ! appela-t-il. Je veux qu'on reprenne Erica Baron en filature.
— D'accord. J'ai Khalifa sous la main à l'hôtel Schéhérazade.
— Tâche de lui faire comprendre de faire un peu plus attention à la marchandise. Je ne veux plus d'effusion de sang.
— Il jure que l'homme suivait Erica.
— C'est invraisemblable. Il travaillait pour le Département des Antiquités.
— Quoi qu'il en soit, Khalifa est un type de tout premier ordre. J'en réponds.
— Il a intérêt. Stephanos veut donner rendez-vous à la fille aujourd'hui. Il y aura peut-être de la casse.

— Le Dr Sarouat Fakhry peut vous recevoir, déclara une robuste secrétaire à l'ample poitrine.

Elle devait avoir une vingtaine d'années et débordait de santé et d'enthousiasme, ce qui contrastait agréablement avec l'atmosphère funèbre et oppressante du musée.

Le bureau du conservateur, tous volets clos, ressemblait à une grotte où régnait la pénombre. Un climatiseur bruyant maintenait une température fraîche. Une fausse cheminée, incongrûment, occupait un des murs, les autres étaient garnis de bibliothèques. Au centre de la pièce, une grande table couverte de livres, de journaux, de papiers. Un petit homme d'une soixantaine d'années, nerveux, aux traits pointus, aux cheveux gris, regarda, par-dessus les verres de ses lunettes, entrer Erica et Richard.

— Soyez le bienvenu, docteur Baron, dit-il sans se lever. (Les lettres d'introduction d'Erica tremblaient légèrement entre ses doigts.) Je suis toujours heureux de recevoir quelqu'un du musée des Beaux-Arts de Boston. L'excellent travail de Reisner nous a été d'un précieux concours.

Il s'adressait à Richard qui rectifia en souriant.

— Je ne suis pas le Dr Baron.

Erica se rapprocha d'un pas.

— C'est moi, dit-elle, et je vous remercie de votre hospitalité.

— Excusez-moi, dit le conservateur, légèrement embarrassé. D'après vos lettres d'introduction, je vois que vous vous proposez de faire quelques traductions, sur le terrain, concernant les monuments du Nouvel Empire. J'en suis ravi. Il y a beaucoup à faire. Si je peux vous être utile, je suis à votre service.

— Je vous en remercie. En fait, je voudrais vous demander une faveur. J'aimerais me renseigner sur Séthi Ier. Me serait-il possible d'étudier ce dont dispose le musée ?

— Certainement, répondit le conservateur dont le ton changea légèrement, comme si la requête d'Erica le surprenait. Malheureusement, nous ne savons pas grand-chose concernant Séthi Ier. En dehors des traductions des inscriptions figurant sur ses monuments, nous avons sa correspondance datée de ses premières campagnes en Palestine. Mais c'est tout. Je suis certain que vos propres traductions nous apprendront beaucoup. Celles dont nous disposons sont très anciennes et l'on a beaucoup appris depuis.

— Et sa momie ? demanda Erica.

Il rendit ses lettres à Erica d'une main encore plus tremblante.

— Oui, nous avons sa momie. Elle se trouvait dans cette cache de Deir el-Bahri découverte et pillée par la famille Rasul. Elle est visible, en haut.

— A-t-elle été examinée avec soin ?

— Évidemment. Elle a été autopsiée.

— Autopsiée ? répéta Richard, incrédule. Comment avez-vous fait pour autopsier une momie ?

Erica lui pinça le bras. Il comprit et n'insista pas. Le conservateur poursuivit comme s'il n'avait pas entendu la question.

— Et, tout récemment, une équipe d'Américains l'a passée aux rayons X. Je vais faire mettre ces documents à votre disposition dans la bibliothèque.

Il se leva pour ouvrir la porte. Il marchait courbé en deux, les mains en coupe de chaque côté.

— Autre chose, s'il vous plaît, demanda Erica. Disposez-vous de nombreuses pièces concernant la tombe de Toutânkhamon ?

— Ah ! là, nous pouvons vous aider, répondit le Dr Fakhry, comme ils émergeaient dans le hall dallé de marbre. Vous le savez sans doute, nous nous proposons de consacrer une partie des fonds fournis par les expositions, à travers le monde, des trésors de Toutânkhamon à la construction d'un musée qui servira à les abriter. Nous disposons sur microfilms des notes de Carter, de même qu'une belle collection de la correspondance échangée entre Carter, Carnarvon et d'autres personnes liées à la découverte de la tombe.

Le Dr Fakhry remit Erica et Richard aux mains d'un jeune homme silencieux qu'il présenta sous le nom de Talat. Celui-ci écouta avec attention les explications compliquées de son supérieur, s'inclina et disparut.

— Il va vous apporter ce que nous possédons sur Séthi Ier. Je vous remercie d'être venus. Si je puis vous être encore utile, faites-le-moi savoir.

Il secoua la main d'Erica, luttant contre un spasme nerveux qui lui tordit la bouche, puis il s'éloigna, les doigts se serrant et se desserrant dans le vide.

— Seigneur, quel endroit ! commenta Richard quand le conservateur eut disparu. Charmant, ce type !

— On lui doit un assez bon travail, dit Erica. Il est spécialisé dans les religions de l'Égypte ancienne, les pratiques funéraires et les méthodes de momification.

Ils s'étaient assis devant l'une des longues tables de chêne en mauvais état qui parsemaient la vaste pièce. Tout était recouvert d'une fine couche de poussière. De minuscules empreintes se distinguaient sur le sol, sous le siège d'Erica. Celles d'un rat, lui dit Richard.

Talat reparut, apportant deux grandes enveloppes de papier rouge attachées avec une ficelle. Il les tendit à Richard qui les passa à Erica. La première était marquée : « Séthi Ier » A. Elle l'ouvrit, en étala le contenu sur la table. Il s'agissait de photocopies d'articles concernant le pharaon. Beaucoup étaient en français, certains en allemand, mais la plupart en anglais.

— Psst !

Talat toucha le bras de Richard. Celui-ci se retourna, surpris.

— Vous voulez des scarabées des anciennes momies ? Pas cher.

Il étendit la main fermée, paume en dessus. Tout en regardant par-dessus son épaule comme un vendeur de photos pornographiques, ses doigts s'écartèrent lentement pour révéler deux scarabées légèrement moites.

— Ce type parle-t-il sérieusement ? Il veut vendre des scarabées.

— Ils sont sûrement faux, dit Erica sans interrompre son travail.

Richard pêcha l'un des insectes.

— Une livre, dit Talat qui s'énervait.

— Erica, jette un coup d'œil à ça. C'est un joli petit scarabée. Ce type ne manque pas de souffle pour vendre ça ici.

— Richard, tu peux en acheter partout. Tu ferais peut-être mieux d'aller faire un tour dans le musée pendant que je termine.

Elle leva les yeux pour voir comment il prenait sa suggestion, mais il ne l'écoutait pas. Il avait pris le second scarabée.

— Richard, ne te fais pas avoir par le premier marchand à la sauvette. Montre m'en un.

Elle le prit, le retourna pour lire les hiéroglyphes gravés sous le ventre.

— Mon Dieu !

— Tu crois qu'il est vrai ?

— Non, mais c'est une remarquable imitation. Beaucoup trop remarquable. Il a même le cartouche de Toutânkhamon. Je crois savoir qui en est l'auteur. Le fils d'Abdul Hamdi. C'est stupéfiant.

Elle acheta le scarabée pour vingt-cinq piastres, enjoignit au garçon de partir et, pendant une demi-heure, ils étudièrent les coupures de presse en silence.

— Quand je pense que je trouvais la pathologie barbante, dit enfin Richard. Bon Dieu !

— A tout, il faut un contexte, répliqua Erica avec condescendance. Tu étudies là des miettes de la vie d'un pharaon extraordinaire. Séthi Ier a régné après Akhenaton qui avait tenté de faire adopter le monothéisme aux Égyptiens. Le résultat a été un désastre. Séthi a tout changé, tout restauré. Il a pris le pouvoir vers l'an 30 et l'a gardé presque quinze ans. A part quelques-unes de ses batailles en Palestine et en Libye, on sait fort peu de choses en ce qui le concerne. C'est grand dommage car il a occupé le trône à une époque très intéressante de l'histoire égyptienne. Cela devait être fascinant. C'est sous cette période qu'a régné Toutânkhamon. Mais, chose curieuse, dans la masse de trésors que l'on a trouvés, il n'y avait pas un seul document historique. Pas un seul papyrus ! Rien !

Richard commenta d'un haussement d'épaules.

Erica comprit que, malgré ses efforts, il ne pouvait pas partager son excitation.

— Regardons un peu ce qu'il y a dans l'autre dossier, dit-elle.

A la vue d'une douzaine de photos de la momie, y compris des radiographies, Richard se redressa, prit une photo de la tête du pharaon.

— Bon sang, fit-il, feignant le dégoût. C'est aussi moche que mes macabs en année d'anatomie.

Erica, quant à elle, prit une radio du squelette dans sa totalité. Elle l'examina et, soudain, se rendit compte que quelque chose clochait. Les bras en étaient croisés comme sur toutes les momies de pharaons, mais les mains ouvertes, les doigts étendus. Les autres pharaons étaient enterrés serrant fléau et sceptre. Pas Séthi. Pourquoi ?

Richard interrompit le cours de ses pensées.

— Il ne s'agit pas d'une autopsie, dit-il. Il n'y a pas d'organes internes. Il ne reste qu'une enveloppe, une carapace.

Il prit la radio que tenait Erica, la tendit à bout de bras.

— ... Les poumons sont clairs, ajouta-t-il en riant.

Comme elle ne comprenait pas, il lui expliqua que les poumons ayant été enlevés quelques millénaires auparavant, la radio était nette.

Erica n'éprouva pas l'envie de rire. Les mains ouvertes de Séthi Ier continuaient de la tracasser. Quelque chose lui disait que c'était important.

Deux cartes étaient exposées dans une vitrine. Pour passer le temps, Khalifa se pencha pour les examiner. D'où il se trouvait il voyait parfaitement Erica et Richard à travers la vitrine. En temps ordinaire, il aurait gardé ses distances. Mais l'affaire n'était pas banale. La veille, il avait été certain de sauver la vie d'Erica et, résultat, Yvon de Margeau lui avait passé un savon en lui reprochant d'avoir descendu un fonctionnaire. Peut-être, mais le fonctionnaire avait pris l'Américaine en filature ! D'autre part si M. de Margeau avait été aussi furieux qu'il le prétendait, il l'aurait renvoyé. Or, il l'avait gardé à son service à deux cents dollars par jour et l'avait installé au Schéhérazade. Mais il y avait l'arrivée du petit ami qui compliquait tout. Il avait senti qu'il ne plaisait pas à Margeau qui lui avait spécifié de se tenir sur ses gardes. Khalifa se demandait s'il devait prendre sur lui de se débarrasser de Richard.

Lorsque Erica et Richard sortirent de la pièce, Khalifa, dissimulé derrière une vitrine, chercha à entendre ce qu'ils disaient.

— La plupart des plus belles pièces sont exposées à New York, expliquait Erica. Mais regarde ce pendentif. (Richard étouffa un bâillement.) Tout cela a été trouvé avec ce pauvre Toutânkhamon... Imagine un peu ce que l'on a dû enterrer avec Séthi Ier.

— Ouais, fit Richard, passant d'un pied sur l'autre.

Elle le regarda.

— Entendu, dit-elle. Tu as été très patient. Retournons à l'hôtel pour manger quelque chose et voir si j'ai reçu des messages. Ensuite, nous irons nous promener dans le bazar.

Khalifa regarda Erica s'éloigner et ses envies de meurtre prirent une tournure plus salace à la vue des courbes de la jeune femme.

Erica trouva à l'hôtel un message et un numéro à appeler. Il y avait également une chambre de libre pour Richard. Il hésita, lança un regard suppliant vers la jeune femme avant de remplir sa fiche.

Le message destiné à Erica était simple : « J'aimerais avoir le plaisir de vous voir le plus tôt qu'il vous sera possible. Stephanos Markoulis. » Elle frémit à la pensée de rencontrer quelqu'un touchant de près au trafic des antiquités et mêlé peut-être à un meurtre. Mais il avait vendu la première statue de Séthi Ier et, si elle voulait retrouver son double, il l'y aiderait peut-être. Elle se souvint du conseil d'Yvon, quant au choix du lieu de rendez-vous, et, pour la première fois, fut contente d'avoir Richard avec elle.

Incapable d'obtenir la communication de la cabine téléphonique du hall, elle monta dans sa chambre. Quelques minutes plus tard, elle était en communication avec Markoulis.

— Allô, allô !
— Ici, Erica Baron.
— Ah, oui. Merci d'avoir appelé. J'ai hâte de vous rencontrer. Nous avons un ami commun. Yvon de Margeau. Charmant garçon. Il vous a prévenue, je crois, que j'aimerais bavarder un peu avec vous. Pouvons-nous nous voir cet après-midi... vers 2 h 30 ?
— Quel endroit suggérez-vous ?
— C'est à vous de décider, ma chère, répondit-il, élevant le ton pour couvrir un bruit de fond importun.

Erica se hérissa devant une telle familiarité.
— Je ne sais pas, dit-elle en consultant sa montre.
Il était 11 h 30. Richard et elle seraient sans doute dans le bazar à 2 h 30.
— Et pourquoi pas ici, au Hilton ? proposa Markoulis.
— Je serai au bazar Khan el Khalili cet après-midi, répondit-elle.
Un instant elle avait pensé à lui parler de Richard. Autant lui laisser la surprise.
— Une minute, s'il vous plaît.
Il posa sa main sur l'appareil et elle entendit les échos assourdis d'une conversation.
— ... Excusez-moi, dit-il enfin d'un ton démentant ses paroles. Connaissez-vous la mosquée El-Azhar à côté du Khan el Khalili ?
— Oui, répondit-elle, se souvenant qu'Yvon la lui avait montrée.
— Je vous y attendrai. C'est facile à trouver.

2 h 30. J'ai vraiment hâte de vous voir, ma chère. Yvon de Margeau m'a dit des choses charmantes à votre sujet.

Elle raccrocha. Elle se sentait mal à l'aise et même un peu effrayée. Mais elle avait promis à Yvon...

Louxor, 11 h 40

Vêtu d'un pantalon de toile et d'une chemise de coton blanc, Ahmed Khazzan se sentait moins nerveux. Il ne pouvait oublier la mort brutale de Gamal Ibrahim mais il en était arrivé à la considérer comme voulue par Allah, ce qui apaisait sa conscience.

La veille au soir, il avait rendu visite à ses parents. Il aimait profondément sa mère mais désapprouvait sa décision de rester chez elle pour s'occuper de son père infirme. Elle avait été l'une des premières femmes en Égypte à obtenir un diplôme universitaire et Ahmed aurait préféré qu'elle emploie ses connaissances. Elle était fort intelligente et aurait pu lui être d'une grande aide. Son père avait été blessé au cours de la guerre de 1956, cette même guerre qui avait coûté la vie à son frère aîné. Il n'y avait guère de familles, en Égypte, qui n'aient eu à souffrir de cette tragédie et, quand il y pensait, il en tremblait de rage.

Zaki avait appelé, signalant que l'on avait dépêché deux policiers en civil à Saqqarah. Tout semblait calme, au Caire. Et surtout, il était parvenu à résoudre un problème familial. L'un de ses cousins, qu'il avait fait nommer gardien en chef de la nécropole de Louxor, ruait dans les brancards. Il voulait aller au Caire. Ahmed, après avoir tenté de le raisonner sans résultat, s'était mis en colère et lui avait intimé l'ordre de rester. Le père de ce cousin, oncle par alliance d'Ahmed, avait voulu intervenir. Il lui avait fallu rappeler au vieil homme que rien ne serait plus facile que de lui faire supprimer son stand dans la Vallée des Rois. Cette affaire réglée, il avait pu travailler à quelque dossier. Le monde lui semblait meilleur et mieux organisé que la veille.

Satisfait, il remit dans sa serviette le dernier rapport. Il lui aurait fallu deux fois plus de temps pour faire la même chose au Caire. Tout cela tenait à cet endroit qu'il aimait, Louxor, l'ancienne Thèbes. L'air, pour lui, y avait quelque chose de magique qui le rendait heureux.

Sa maison, aux murs extérieurs recouverts de stuc d'un blanc éblouissant, était extrêmement simple, rustique même. Étroite, elle était très longue. Un couloir courait sur toute la partie gauche. Plusieurs chambres d'amis s'ouvraient, à droite. La cuisine, tout au fond, ne disposait pas d'eau courante. Au-delà, une petite cour où donnait une écurie abritant son joyau le plus précieux : un étalon noir de trois ans, Saouda.

Ahmed avait ordonné à son domestique de seller Saouda et de le tenir prêt pour 11 h 30. Il se proposait d'aller interroger Tewfik Hamdi, le fils d'Abdul Hamdi, à son magasin, avant le déjeuner. Ensuite, quand la chaleur serait moins forte, il traverserait le Nil et irait jusqu'à la Vallée des Rois pour inspecter le nouveau système de sécurité qu'il avait fait installer. Après, il serait temps de rentrer au Caire.

Saouda piétinait le sol avec impatience lorsque Ahmed s'approcha. Le jeune étalon, naseaux frémissants, semblait sculpté dans du marbre noir. Ses yeux rivalisaient de profondeur avec ceux de son maître. Celui-ci, non sans mal, le contraignit à contrôler sa fougue et à adopter une allure raisonnable.

La boutique de Tewfik Hamdi était une parmi beaucoup d'autres, nichée dans les ruelles poussiéreuses, derrière l'ancien temple de Louxor. Les principaux hôtels n'étaient pas loin et leur existence dépendait du touriste naïf. Ahmed, ignorant l'emplacement exact de la boutique, se renseigna.

Il trouva sans mal la rue et le numéro, mais la boutique était fermée, volets clos.

Saouda attaché à l'ombre, Ahmed s'informa dans

les boutiques voisines. Celle de Tewfik était restée fermée toute la journée. C'était d'autant plus étrange qu'il ne s'était jamais absenté. Peut-être, avança quelqu'un, son absence était-elle due à la mort récente de son père, au Caire.

Revenant vers Saouda, Ahmed passa juste devant la devanture et le volet retint son attention. A y regarder de plus près, il découvrit un éclat de bois frais sur l'une des planches. On aurait dit qu'on l'avait arrachée et remise. Il glissa ses doigts, tira. Rien ne bougea. Mais en levant les yeux, il remarqua que l'on avait cloué les panneaux à la porte au lieu de les accrocher de l'intérieur. Tewfik avait dû partir avec l'intention de rester absent un certain temps.

Il s'écarta du bâtiment en se caressant la moustache. Puis, avec un haussement d'épaule, il se dirigea vers son cheval. En effet, Tewfik avait dû se rendre au Caire. Comment faire pour trouver son adresse ?

Il en était là de ses réflexions lorsqu'il croisa un vieil ami. Il s'arrêta pour bavarder avec lui. Cependant, il restait préoccupé. Il y avait quelque chose d'anormal dans le fait que Tewfik Hamdi ait cloué ses volets. Dès qu'il le put, Ahmed prit congé de son ami et, faisant le tour du quartier des boutiques, pénétra le fouillis de ruelles ouvrant sur les arrière-cours. Les murs de stuc renvoyaient la chaleur du soleil de midi.

Ahmed, la sueur lui coulant dans le dos, se fraya un chemin au milieu d'abris de fortune érigés de-ci, de-là ; des poulets fuyaient devant lui, des enfants nus s'arrêtaient de jouer pour le regarder. Non sans difficulté, il arriva enfin à la porte de derrière de la boutique de Tewfik Hamdi. A travers les lattes, il aperçut une petite cour pavée de brique.

Sous l'œil intéressé de plusieurs petits enfants, d'un coup d'épaule il força la porte, l'écartant juste assez pour pouvoir passer. A l'autre extrémité de la petite cour, une autre porte en bois ; à gauche, une baie ouverte. Comme il refermait derrière lui, il aperçut un rat qui, sortant par la baie, traversa la cour et s'engouffra dans une canalisation. Il n'y avait pas un souffle d'air. Il faisait extrêmement chaud.

La baie ouverte donnait dans la petite pièce où, selon toute apparence, vivait Tewfik. Ahmed y pénétra. Sur une table, très simple, une mangue pourrie et un morceau de fromage de chèvre couvert de mouches. Tout le reste, dans la pièce, avait été ouvert et renversé. On avait arraché les portes d'un petit meuble, dans un coin. Des papiers jonchaient le sol. Les murs étaient creusés à plusieurs endroits. De plus en plus anxieux, Ahmed cherchait à comprendre ce qui avait pu se passer.

Vivement, il s'approcha de la porte donnant dans la boutique. Elle n'était pas fermée à clef et s'ouvrit avec un grincement affreux. L'obscurité régnait, tranchée seulement par de légers rais de lumière passant entre les planches des volets. Ahmed attendit que ses yeux s'habituent à l'obscurité. Un trottinement menu. Encore des rats.

Le désordre dans la boutique était encore plus grand que dans la chambre. De vastes placards accrochés aux murs avaient été arrachés, mis en morceaux et empilés au milieu de la pièce. Leur contenu avait été saccagé et éparpillé. On aurait dit qu'un cyclone s'était abattu sur la boutique. Ahmed dut écarter des morceaux de meubles brisés pour entrer. Il parvint jusqu'au centre et, là, s'immobilisa net. Il avait trouvé Tewfik Hamdi. Torturé. Mort. On l'avait étalé sur le comptoir maculé de sang séché. Ses mains étaient clouées au bois. Presque tous ses ongles avaient été arrachés. Ensuite on lui avait tranché les poignets. Pour l'empêcher de crier, on lui avait enfoncé dans la bouche un chiffon sale qui lui gonflait les joues de façon ridicule.

Ahmed chassa les mouches et constata que les rats avaient déjà commencé à festoyer. La bestialité de la scène le révoltait et que ce fût arrivé à Louxor qu'il aimait tant l'enrageait. Avec la rage, naquit aussi la peur que les maux et les péchés du Caire se répandent comme la peste. Il lui fallait agir, empêcher cela.

157

Il se pencha, regarda les yeux sans vie de Tewfik Hamdi. Ils reflétaient encore l'horreur. Mais pourquoi ? Ahmed se redressa. L'odeur de la mort était insupportable. Avec précaution, évitant les débris, il regagna la petite cour. La chaleur du soleil le frappant au visage lui fit du bien. Il resta immobile quelques secondes, respirant à fond. Maintenant il ne pourrait pas retourner au Caire avant de savoir. Et il pensa à Yvon de Margeau. Où qu'il se trouve, tout tournait mal.

Il décida d'aller directement au poste de police, à côté de la gare de Louxor. Ensuite, il appellerait Le Caire. Qu'avait bien pu faire ou savoir Tewfik pour mériter un tel sort ?

Le Caire, 14 h 15

— Merveilleux magasins, dit Richard. Quel choix ! Je vais faire tous mes achats de Noël ici.

Erica ne pouvait en croire ses yeux. Ce qui avait été le magasin d'Abdul Hamdi était totalement vide, à l'exception de quelques débris de poterie brisée. On avait même enlevé les vitres de la vitrine. Plus de perles enfilées à l'entrée, plus de tapis ni de tentures. Rien. Plus rien.

— C'est incroyable, dit la jeune femme en se dirigeant à l'endroit où s'était trouvé le comptoir. (Elle se baissa pour ramasser un bout de poterie.) Là, il y avait une lourde tenture qui divisait la pièce.

Elle alla plus avant et se tourna vers Richard.

— J'étais ici quand le meurtre a eu lieu. Mon Dieu, c'était tellement horrible ! L'assassin se tenait juste là où tu es.

Richard regarda à ses pieds et se recula.

— A ce qu'il paraît, la pauvreté confère de la valeur au moindre objet. On vole tout.

— Tu as absolument raison, dit-elle, en sortant une lampe torche de son sac ; mais on ne s'est pas contenté de voler. Ces trous dans les murs, ils n'y étaient pas avant.

Elle alluma sa lampe pour examiner les cavités.
— Une lampe électrique ! Tu es bien organisée.
— C'est indispensable quand on vient en Égypte.
Richard, du pied, repoussa un peu de boue séchée et examina l'une des excavations.
— Vandalisme, je suppose, dit-il.
Erica secoua la tête.
— J'ai l'impression que l'on a procédé à une fouille méthodique.
Richard regarda autour de lui, notant la façon dont on avait creusé de place en place.
— Peut-être, mais pourquoi ? Que cherchait-on ?
Erica se mordit l'intérieur de la joue, signe de concentration chez elle. Les Cairotes avaient peut-être l'habitude de cacher leur argent dans les murs, ou le sol. Mais tout cela lui rappelait la fouille à laquelle on avait soumis sa chambre. Obéissant à une impulsion, elle monta le flash sur son appareil-photo et prit un cliché de la boutique.
— Tu regrettes d'être revenue ici ? demanda Richard, la sentant mal à l'aise.
— Non, mentit-elle, peu soucieuse d'encourager son esprit protecteur. Il nous reste dix minutes pour nous rendre à la mosquée El-Azhar. Je ne tiens pas à être en retard.
Elle sortit vivement de la boutique.
En les voyant, Khalifa se détacha du mur contre lequel il s'appuyait. Sa veste, drapée sur son bras droit, cachait son arme. Il en avait retiré le cran de sûreté. Raoul l'avait prévenu qu'Erica devait retrouver Markoulis. Le Grec était connu pour sa violence et Khalifa ne voulait pas courir de risque.
Erica et Richard émergèrent du Khan el Khalili sur la place El-Azhar noire de monde, mais inondée de soleil. La chaleur et la poussière leur firent apprécier la relative fraîcheur du bazar. Ils se dirigèrent vers la vieille mosquée, admirant les cinq minarets graciles se découpant contre le bleu du ciel. Mais la foule était d'une telle densité qu'ils devaient se tenir serrés l'un contre l'autre pour ne pas être séparés. Juste au pied de l'édifice, des

dizaines de vendeurs de fruits et de légumes marchandaient avec leurs clients. Erica éprouva un net soulagement lorsqu'ils atteignirent la mosquée et parvinrent à se glisser à l'intérieur, par l'entrée connue sous le nom de Porte des Barbiers. Tout changea immédiatement. Les bruits de la place ne pénétraient pas dans l'édifice, frais et sombre comme un mausolée.

— J'ai l'impression de me préparer pour aller en salle d'opération, dit Richard avec un sourire, tandis qu'il enfilait des chaussons en papier sur ses chaussures.

Ils suivirent le vestibule d'entrée, regardant au passage dans des salles obscures. Les murs construits de blocs de pierre massifs donnaient à l'ensemble davantage l'aspect d'un donjon plutôt que celui d'un édifice religieux.

— J'aurais dû être un peu plus précise quant à l'endroit du rendez-vous, dit Erica.

Ils furent surpris de se retrouver soudain en plein soleil, à l'angle d'une vaste cour rectangulaire ceinte de portiques crêtés d'arcs persans. La cour donnait une impression étrange, car, en plein cœur du Caire, elle était vide et il y régnait un silence presque absolu.

Erica, déjà nerveuse à l'idée de rencontrer Stephanos Markoulis, se sentait encore plus mal à l'aise dans ce décor inhabituel. Richard, la prenant par la main, l'entraîna de l'autre côté de la cour, vers un portique un peu plus haut que les autres et couronné d'un dôme. Erica, tout en marchant, s'efforça de percer l'ombre violette derrière la ceinture de portiques. Elle distingua quelques silhouettes enveloppées de robes blanches accroupies par terre.

Evangelos Papparis contourna tout doucement la colonne de marbre derrière laquelle il se trouvait pour garder Erica et Richard bien en vue. Il n'était pas certain qu'il s'agisse de la femme qu'il attendait car elle n'était pas seule ; mais la description concordait. Aussi, lorsque le couple atteignit l'entrée en arceau donnant accès au mihrab, il recula, fit du bras un grand geste et leva deux doigts. Stephanos Markoulis, qui se tenait à une cinquantaine de mètres plus loin dans la vaste salle de prière à colonnades, répéta le geste. Il savait à présent qu'Erica n'était pas seule. Il fit le tour de la colonne devant lui, s'y appuya et attendit. A sa gauche se trouvait un groupe d'étudiants, rassemblés autour de leur maître, lequel leur faisait la lecture du Coran.

Evangelos Papparis s'apprêtait à redescendre vers l'entrée principale lorsqu'il aperçut la silhouette furtive de Khalifa. Il s'immobilisa, à l'ombre, cherchant à se souvenir qui lui rappelait cette silhouette. Lorsqu'il se risqua à regarder à nouveau, l'inconnu avait disparu et Richard et Erica pénétraient dans le mihrab. Et soudain, Evangelos se souvint. L'homme à la veste pliée sur son bras était Khalifa Khalil, le tueur!

Evangelos chercha à repérer Stephanos dans la nef, mais il était déjà parti. Que faire? Il décida de s'assurer si Khalifa était toujours dans le bâtiment.

Erica, qui avait lu ce qui concernait la mosquée dans son Baedeker, savait qu'ils contemplaient le mihrab original ou lieu de prière. Il était construit de minuscules morceaux de marbre et d'albâtre formant des dessins géométriques compliqués.

— Cette alcôve fait face à La Mecque, murmura-t-elle.

— C'est très impressionnant comme endroit.

Aussi loin que le regard portait, à droite ou à gauche, ce n'était qu'une forêt de colonnes de marbre. Par terre, tout autour du mihrab, le sol était recouvert de tapis.

— Quelle est cette odeur? demanda Richard en reniflant.

— Celle de l'encens. Écoute!

On entendait le murmure ininterrompu de voix assourdies et, de là où ils se trouvaient, ils pouvaient voir des groupes d'étudiants assis aux pieds de leurs professeurs.

— Cette mosquée n'est plus une université depuis longtemps, murmura Erica, mais elle est encore utilisée pour les études coraniques.

— J'aime sa façon d'étudier, dit-il en désignant une silhouette endormie sur un tapis.

Erica se retourna et regarda au bout de la rangée de portiques en direction de la cour ensoleillée. Elle avait envie de partir. Dans cette mosquée régnait une atmosphère sinistre, sépulcrale. Ce n'était pas un lieu de rendez-vous.

— Viens, Richard, dit-elle en lui prenant la main. Mais il résista.

— Allons jeter un coup d'œil au tombeau du sultan Rahman dont tu m'as parlé, dit-il.

— Je préférerais...

Elle ne termina pas sa phrase ; par-dessus l'épaule de Richard, elle avait vu un homme s'approcher d'eux. C'était Stephanos Markoulis, elle en était sûre.

Richard, remarquant son changement d'expression, suivit son regard. Il sentit la pression de ses doigts s'accentuer. Sachant qu'elle voulait voir cet homme, il s'étonna de sa nervosité.

— Erica Baron, dit Markoulis avec un large sourire, je vous aurais reconnue entre mille. Vous êtes encore plus belle que ne me l'avait laissé entendre Yvon, ajouta-t-il en la détaillant, appréciateur.

— Monsieur Markoulis ? interrogea Erica, pour la forme.

Ses manières onctueuses, ses cheveux huileux correspondaient parfaitement au personnage qu'elle attendait. En revanche, elle ne s'était pas attendue à le voir arborer, autour du cou, une chaîne et une énorme croix en or. Dans la mosquée, c'était de la provocation.

— Stephanos Christos Markoulis, précisa le Grec avec satisfaction.

— Je vous présente Richard Harvey, dit Erica.

Stephanos lui jeta un coup d'œil et l'oublia.

— J'aimerais vous parler seul à seule, dit-il en tendant la main.

— Je préfère que Richard reste, répondit la jeune femme.

— Comme vous voudrez.

— Quel endroit mélodramatique !

Le Grec rit et les colonnes lui firent écho.

— En effet, mais souvenez-vous, c'est vous qui n'avez pas voulu du Hilton.

— Si nous abrégions un peu, intervint Richard.

Il ignorait ce qui se passait mais il lui déplaisait de voir Erica bouleversée comme elle l'était.

Le sourire de Stephanos s'effaça. Il n'avait pas l'habitude qu'on lui tînt tête.

— De quoi voulez-vous me parler ? demanda Erica.

— D'Abdul Hamdi, répondit l'autre sans détour. Vous vous souvenez de lui ?

— Oui, dit Erica sans se compromettre.

— Bon, dites-moi ce que vous savez de lui. Vous a-t-il dit quelque chose sortant de l'ordinaire ? Vous a-t-il donné des lettres, des papiers ?

— Pourquoi, demanda-t-elle d'un air de défi, vous dirais-je ce que je sais ?

— Nous pouvons peut-être nous rendre service mutuellement. Les antiquités vous intéressent-elles ?

— Oui.

— Dans ce cas, je peux vous aider. Qu'est-ce qui vous intéresse particulièrement ?

— Une statue grandeur nature de Séthi Ier, répondit-elle en surveillant sa réaction.

S'il fut surpris, il ne le montra pas.

— Mais vous parlez de choses très sérieuses, dit-il enfin. Avez-vous idée de ce que cela représente comme somme ?

— Oui, répondit-elle, bien qu'en fait elle l'ignorât totalement.

— Hamdi vous a-t-il dit de qui il avait obtenu cette statue ou bien où elle allait ?

Son masque de galanterie était tombé et Erica ne put réprimer un frisson, malgré la chaleur. Qu'espérait-il apprendre d'elle ? Sans doute la destination de la statue avant le meurtre. Ce devait être Athènes ! Sans le regarder elle répondit doucement, mais à la première partie de la question seulement.

— Il ne m'a pas dit qui la lui avait vendue...

C'était un coup de poker. Mais si ça marchait, il penserait qu'elle détenait certains secrets. Peut-être alors pourrait-elle en tirer quelque chose.

Mais leur conversation en resta là. Brusquement, une silhouette massive surgit de l'ombre, derrière le Grec. Erica vit une grosse tête chauve. Une blessure béante courait du crâne à la joue droite en passant par la racine du nez. Sans doute avait-elle été faite avec un rasoir. Malgré sa profondeur, elle saignait à peine. L'homme tendit la main en direction de Stephanos et Erica étouffa une exclamation, enfonça ses ongles dans la main de Richard.

Avec une agilité surprenante, le Grec réagit à la mise en garde de la jeune femme. Il pivota sur lui-même, la jambe droite soulevée et pliée pour ce qui aurait dû être une prise de karaté. A la dernière seconde, il se contrôla en reconnaissant Evangelos.

— Que s'est-il passé ? demanda-t-il en retrouvant son équilibre.

— Khalifa, répondit l'autre d'une voix rauque. Khalifa est dans la mosquée.

Stephanos poussa son acolyte contre une colonne pour qu'il ne s'effondre pas et jeta un rapide regard à la ronde. De sous son aisselle gauche, il sortit un Beretta, petit, mais d'aspect menaçant, et en ôta le cran de sûreté.

A la vue de l'arme, Erica et Richard se serrèrent l'un contre l'autre, stupéfaits. Et brusquement, un cri à glacer le sang, impossible à situer, retentit, renvoyé de colonne en colonne. Un silence de mort s'ensuivit. Personne ne bougeait. D'où ils étaient, Erica et Richard distinguaient plusieurs groupes d'étudiants avec leurs professeurs, stupéfaits et figés sur place. Que se passait-il ?

Soudain, une série de coups de feu éclata et les balles ricochèrent sur les parois de marbre. Erica, Richard et les deux Grecs se baissèrent, ne sachant même pas d'où venait le danger.

— Khalifa ! râla Evangelos.

D'autres cris, suivis par une étrange vibration.

Erica comprit tout à coup que c'était le bruit d'une galopade. Une foule terrorisée fuyait à travers la forêt de colonnes de marbre. Encore des coups de feu et l'allure des fuyards s'accéléra.

Sans plus s'occuper des deux Grecs, Erica et Richard, la main dans la main, se mirent à courir eux aussi, s'efforçant de devancer la horde terrorisée qui galopait derrière eux. Quelques étudiants les dépassèrent, les yeux dilatés par la terreur, comme s'ils fuyaient un terrible incendie. Erica et Richard les suivirent en les voyant passer par une porte basse. Elle donnait sur un couloir ouvrant sur un mausolée ; au-delà, une lourde porte de bois était entrouverte sur l'extérieur. Ils se précipitèrent dans la rue où déjà s'était rassemblée une foule excitée. Ils ralentirent un peu l'allure.

— C'est une maison de fous, dit Richard, plus furieux que soulagé. Que diable s'est-il passé là-dedans ?

Il n'attendait pas de réponse et Erica ne lui en fournit pas.

Cela faisait trois jours d'affilée qu'elle se trouvait mêlée à des événements terribles. On ne pouvait plus prétendre qu'il ne s'agissait que d'une simple coïncidence.

Richard l'entraînait, soucieux de mettre la plus grande distance possible entre eux et la mosquée.

— Richard..., dit enfin Erica en se tenant le côté. Richard, pas si vite...

Ils s'arrêtèrent devant l'échoppe d'un tailleur.

— Ce Markoulis, dit Richard, la bouche serrée, te doutais-tu qu'il était armé ?

— Cela m'ennuyait de le rencontrer, mais je...

— Réponds à ma question, Erica. Savais-tu qu'il serait armé ?

— Je n'ai même pas envisagé cette éventualité.

Le ton de Richard lui déplaisait.

— A première vue, tu aurais dû le faire. Et, d'ailleurs, qui est Markoulis ?

— Un antiquaire d'Athènes. Il trafiquerait avec le marché noir.

— Et comment ce rendez-vous — si on peut appeler ça comme ça — a-t-il été arrangé ?
— Un ami m'a demandé si j'acceptais de le voir.
— Et qui est cet ami merveilleux qui t'expédie entre les pattes d'un gangster ?
— Il s'appelle Yvon de Margeau. Il est français.
— Et quel genre d'ami est-ce ?
A présent Richard était rouge de colère. Encore tremblante de ce qu'ils venaient de vivre, Erica ne savait comment lui faire comprendre.
— Je suis navrée de ce qui s'est passé, dit-elle.
— Dans ce cas, je peux te répéter ce que tu m'as dit hier soir lorsque j'ai tenté de m'excuser de t'avoir fait peur ! Le fait d'être navré ne règle rien ! Nous avons failli nous faire tuer. Ta petite crise d'indépendance a assez duré comme ça. Nous allons à l'ambassade et tu rentres à Boston même si je dois te traîner par les cheveux jusqu'à l'avion.

Elle secoua la tête.
— Richard...
Un taxi vide avançait lentement dans la rue encombrée. Richard l'aperçut par-dessus la tête de la jeune femme et le héla. Ils y montèrent et Richard donna au chauffeur l'adresse de l'hôtel Hilton. Erica se sentait partagée entre la peur et la colère.
Au bout de dix minutes de silence, Richard prit la parole d'une voix légèrement radoucie.
— Tu n'es pas équipée pour ce genre d'affaires. Reconnais-le.
— Bien au contraire, répliqua-t-elle d'un ton sec. Mes études d'égyptologie m'ont remarquablement préparée.
Pris dans la circulation, le taxi avançait au pas devant l'une des portes médiévales.
— L'égyptologie est consacrée à une civilisation morte, rétorqua Richard en levant une main comme pour lui tapoter le genou. Cela n'a rien à voir avec le problème actuel.
— Civilisation morte... rien à voir !
— Tu n'as qu'une formation universitaire, reconnais-le donc. Le reste est enfantin et dange-

reux. C'est courir un risque ridicule pour une statue, quelle qu'elle soit.

— Il ne s'agit pas de n'importe quelle statue ! fit-elle, furieuse. Et tout est beaucoup plus compliqué que tu ne veux l'admettre.

— Cela me paraît évident. On déterre une statue valant très cher. Ça explique pas mal de réactions. Mais c'est un problème qui concerne les autorités, pas les touristes.

Erica serra les dents, furieuse de cette étiquette. Le taxi accéléra un peu. Elle chercha à comprendre pourquoi Yvon l'avait laissé voir Stephanos Markoulis. Tout cela était incompréhensible. De toute façon, elle n'avait nullement l'intention de renoncer, quoi que dise Richard. Abdul Hamdi semblait être le pivot de l'affaire. Puis elle se souvint de son fils et de son projet d'aller le voir, à Louxor.

Richard se pencha en avant et tapota l'épaule du chauffeur.

— Vous parlez anglais ?
— Un petit peu.
— Savez-vous où se trouve l'ambassade des États-Unis ?
— Oui, répondit le chauffeur en regardant Richard dans le rétroviseur.
— Nous n'allons pas à l'ambassade, dit Erica parlant haut et détachant chaque mot pour bien se faire comprendre du chauffeur.
— Malheureusement, j'insiste.
— Tu peux insister tant que tu voudras, répondit-elle d'un ton égal, mais je n'irai pas. Chauffeur, arrêtez !
— Continuez ! ordonna Richard, cherchant à retenir Erica qui s'était redressée.
— Arrêtez immédiatement ! hurla-t-elle.

Le chauffeur obéit, se rangea sur le côté. Erica avait ouvert la portière avant que la voiture fût immobilisé et sauta sur le trottoir.

Richard la suivit sans payer le taxi qui, fort mécontent, les suivit au ralenti. Le jeune homme rattrapa Erica, la saisit par le bras et se mit à crier :

— Il est temps que tu cesses de te conduire en petite fille. Nous allons à l'ambassade. Tu as perdu la tête. Tu vas finir par te faire blesser.

— Richard, répondit-elle en lui tapotant le menton avec l'index, tu vas à l'ambassade si tu y tiens. Quant à moi, je vais à Louxor. Crois-moi, l'ambassade ne peut rien faire, même si elle le désire.

— Erica, si tu t'entêtes, je pars. Je retourne à Boston. J'ai fait le voyage exprès pour te voir et ça ne compte pas pour toi. Je ne peux pas le croire.

Elle ne dit rien. Elle voulait qu'il parte.

— ... Et si je pars, je ne réponds pas de nos relations à venir.

— Richard, dit-elle d'une voix calme. Je vais en Haute-Égypte.

Le soleil bas à l'horizon, le Nil ressemblait à une coulée d'argent. Erica était sur le balcon de sa chambre. L'heure du départ approchait. Ses bagages étaient prêts. La direction avait été ravie qu'elle libère sa chambre, ayant, comme d'habitude, accepté trop de réservations. On lui avait retenu une place pour le wagon-lit de 19 h 30.

La perspective du voyage atténuait la peur accumulée depuis trois jours et calmait sa conscience au sujet de Richard. Le temple de Karnak, la Vallée des Rois, Abou Simbel, Denderah, c'est pour cela qu'elle était venue en Égypte. Elle irait dans le Sud, verrait le fils d'Abdul Hamdi, mais s'occuperait surtout à visiter tous ces fabuleux monuments. Elle était soulagée que Richard ait décidé de repartir. Elle ne penserait pas à leurs relations avant son retour en Amérique. Là, il serait temps.

Elle consulta sa montre. Il était 17 h 45. Elle était sur le point de partir pour la gare lorsque le téléphone sonna. C'était Yvon.

— Avez-vous vu Markoulis ? demanda-t-il d'un ton chaleureux.

— Oui, répondit-elle sans plus.

Elle ne l'avait pas appelé parce qu'elle lui en voulait de l'avoir exposée à un tel danger.

— Alors, qu'a-t-il dit ?
— Très peu de chose. C'est surtout ce qu'il a fait qui a de l'importance. Il était armé. Nous venions de nous rencontrer à la mosquée El-Azhar lorsqu'un énorme type chauve qui semblait avoir reçu une correction a fait irruption. Il a dit à Markoulis qu'un certain Khalifa était là. Ensuite, l'enfer s'est déchaîné. Yvon, comment avez-vous pu me demander de rencontrer un homme pareil ?
— Mon Dieu ! Erica, ne quittez pas votre chambre avant que je rappelle.
— Désolée, mais je suis sur le point de partir. En fait, je quitte Le Caire.
— Partir ! Je croyais que vous n'en aviez pas l'autorisation ?
— Je n'ai pas le droit de quitter le pays. J'ai téléphoné au bureau d'Ahmed Khazzan pour les prévenir que j'allais à Louxor. Ils n'ont fait aucune objection.
— Erica, attendez jusqu'à ce que je rappelle. Votre... votre ami part-il avec vous ?
— Il est reparti pour les États-Unis. Sa rencontre avec Markoulis lui a fait le même effet qu'à moi. Merci d'avoir appelé, Yvon. Je vous tiendrai au courant.

Elle raccrocha sans lui laisser le temps d'ajouter autre chose. Il s'était servi d'elle et elle n'aimait pas ça. La sonnerie retentit à nouveau, mais elle l'ignora.

Il fallut plus d'une heure au taxi pour aller du Hilton jusqu'à la gare. Bien que, par précaution, elle ait pris une douche avant de partir, au bout d'un quart d'heure elle était en nage et, à travers sa blouse, son dos collait au dossier en vinyle.

La statue de Ramsès II qui se dressait sur la place devant la gare offrait un contraste frappant, dans son immobilité, avec le grouillement de l'heure de pointe. La gare elle-même était bondée, mais il y avait relativement peu de monde devant le guichet des wagons-lits. Elle avait décidé d'interrompre son voyage à Baliana et de visiter les environs.

Elle acheta un *Herald Tribune* vieux de deux jours, un journal de mode italien et plusieurs ouvrages consacrés à la découverte de la tombe de Toutânkhamon. Elle s'offrit même un exemplaire du livre de Carter, bien qu'elle l'ait déjà lu à maintes reprises.

Le temps passa rapidement. On annonça son train. Un porteur nubien au sourire éclatant prit sa valise et la guida jusqu'à son compartiment. Il n'y avait pas beaucoup de voyageurs, lui dit-il, et elle pourrait étaler ses affaires. Elle s'installa, se plongea dans son journal.

Elle sursauta au son d'une voix agréable qui lui disait :

— Bonjour !

— Yvon ! fit-elle, très surprise.

— Bonjour, Erica. Je suis stupéfait de vous avoir trouvée. Puis-je m'asseoir ?

Elle dégagea le siège voisin du sien.

— Toutes les places par avion étant retenues depuis longtemps, j'ai pensé que vous prendriez le train.

Elle lui adressa un demi-sourire. Elle lui en voulait encore mais ne pouvait s'empêcher de se sentir flattée qu'il ait pris la peine de la rechercher. Il avait les cheveux en désordre, comme s'il avait couru.

— Erica, je voudrais que vous acceptiez mes excuses pour ce qui s'est passé avec Markoulis.

— Il ne s'est en fait rien passé. Ce qui m'a le plus tracassée, c'est ce qui aurait pu se passer. Vous deviez bien vous en douter puisque vous aviez insisté pour que la rencontre ait lieu dans un endroit public.

— En effet, mais surtout parce que j'ai entendu parler de la façon dont il se comporte avec les femmes. Je ne voulais pas qu'il puisse se permettre de dépasser la mesure.

Une légère secousse ébranla le train. Yvon se leva pour s'assurer que le train ne partait pas puis, rassuré, revint s'asseoir.

— Je vous dois un dîner, dit-il. C'était entendu. Je vous en prie, restez au Caire. J'ai appris certaines choses concernant les assassins d'Hamdi.

— Quoi ?
— Qu'ils ne sont pas du Caire. J'ai quelques photos à vous montrer. Peut-être reconnaîtrez-vous quelqu'un.
— Les avez-vous apportées ?
— Non. Je n'ai pas eu le temps. Elles sont à l'hôtel.
— Yvon, je pars pour Louxor. Ma décision est prise.
— Erica, vous pouvez y aller quand vous le désirez. J'ai un avion. Je peux vous y amener demain.

Elle baissa les yeux sur ses mains. Malgré sa colère et ses mésaventures, elle sentait sa résolution faiblir. En même temps, elle en avait assez d'être protégée, que l'on décide pour elle.

— Je vous remercie de votre offre, mais j'y vais par le train. Je vous appellerai de là-bas.

Il y eut un coup de sifflet. Il était 7 h 30.

— Erica..., commença Yvon, mais le train, déjà, avançait. Entendu. Appelez-moi de Louxor. Peut-être vous y retrouverai-je.

Il sortit en courant, sauta sur le quai.

— Bon sang ! fit-il entre ses dents en regardant le train s'éloigner.

Puis il retourna dans la salle d'attente à la sortie de laquelle il rencontra Khalifa.

— Pourquoi n'êtes-vous pas dans ce train ? lui demanda-t-il d'un ton coupant.

L'autre sourit.

— On m'a dit de suivre la fille au Caire. Il n'était pas question de prendre le train.

— Oh, Seigneur ! Venez avec moi !

Dehors, Raoul attendait dans la voiture. A la vue d'Yvon, il mit le contact. Yvon ouvrit une portière pour Khalifa et monta après lui.

— Que s'est-il passé dans la mosquée ? demanda-t-il lorsqu'ils furent en route.

— Des embêtements. La fille a trouvé Stephanos mais Stephanos avait posté une sentinelle. Pour protéger la fille il a fallu que j'interrompe la conversation. J'avais pas le choix. L'endroit était mal choisi, presque aussi mal que le serapeum. Mais, pour respecter votre sensibilité, il n'y a pas eu de mort. J'ai poussé quelques cris, tiré quelques coups de feu et vidé toute la mosquée.

Il acheva le récit de ses exploits par un rire méprisant.

— Je vous remercie de votre considération. Mais Markoulis a-t-il menacé, levé la main sur Erica Baron ?

— Je ne sais pas.

— C'était pourtant ce que vous deviez apprendre.

— On m'avait dit de protéger la fille et d'essayer d'apprendre ce que je pourrais. Étant donné les circonstances, je me suis surtout occupé de la protéger.

Yvon regarda un cycliste les dépasser, une grande corbeille pleine de pains en équilibre sur la tête. Il se sentait frustré. Tout allait de travers et, maintenant, Erica Baron, son dernier espoir de retrouver la statue, quittait Le Caire. Il tourna la tête vers Khalifa.

— J'espère que vous êtes prêt à voyager, parce que nous partons pour Louxor en avion, ce soir.

— Ça me va. Ce travail commence à être intéressant.

QUATRIÈME JOUR

Baliana, 6 h 05

— Baliana dans une heure, annonça le contrôleur, de l'autre côté de la porte.

— Merci, répondit Erica qui s'assit sur sa couchette et écarta le rideau couvrant la petite fenêtre.

Le jour pointait à peine. Le ciel était violet. On apercevait des collines, au loin. Le train allait à une allure rapide, un peu saccadée. La voie courait au bord du désert de Libye.

La veille, Erica avait essayé de lire mais, bercée par les mouvements du train, elle s'était endormie très vite.

Le petit déjeuner à l'anglaise fut servi dans le wagon-restaurant au moment où les premiers rayons du soleil paraissaient. Le ciel passa du violet au bleu clair. C'était d'une beauté féerique.

Tout en buvant son café, Erica eut l'impression qu'un grand poids lui tombait des épaules. Elle ressentait soudain une merveilleuse sensation de liberté. Ce train lui faisait remonter le temps, la ramenant dans l'Égypte ancienne, le pays des pharaons.

Il était un peu plus de 6 heures lorsqu'elle débarqua à Baliana. Très rares furent les voyageurs à faire comme elle et le convoi repartit dès qu'elle eut mis le pied sur le quai. Non sans difficulté, elle parvint à mettre sa valise à la consigne puis elle sortit. Immédiatement, elle sentit la différence d'atmosphère. Les gens semblaient plus heureux qu'au Caire. Mais il faisait plus chaud. Même à cette heure matinale.

Plusieurs vieux taxis attendaient à l'ombre de la gare. La plupart des chauffeurs dormaient, la bouche ouverte. Mais lorsque l'un d'eux repéra Erica, ils se redressèrent tous et se mirent à discuter. Finalement, on poussa en avant un jeune homme mince. Il avait une moustache mal taillée et une barbe hirsute, mais semblait ravi d'avoir été désigné. Il s'inclina devant Erica avant d'ouvrir la portière de son taxi datant de 1940.

Il connaissait quelques mots d'anglais, y compris « cigarette ». Erica lui en donna quelques-unes et, immédiatement, il accepta de lui servir de chauffeur, promettant de la ramener à la gare pour attraper le train de 17 heures pour Louxor.

Ils sortirent de la ville en direction du nord, puis s'éloignèrent du Nil vers l'ouest. Un poste à transistor était fixé au tableau de bord de façon que l'antenne puisse sortir par la vitre droite manquante. De chaque côté de la route s'étendait une mer de cannes à sucre, hérissée de temps à autre par une oasis de palmiers.

Ils traversèrent un canal d'irrigation à l'odeur pestilentielle et traversèrent le village de El Araba el Mondfouna, triste assemblage de cabanes en pisé à la limite des terres cultivées. Peu de monde, sauf un groupe de femmes habillées de noir et portant sur la tête de grandes jarres pleines d'eau. Elles étaient voilées.

Quelques centaines de mètres au-delà du village, le chauffeur s'arrêta et tendit le doigt.

— Séthi, dit-il sans retirer sa cigarette de sa bouche.

Erica descendit de voiture. Ainsi, c'était ça. Abydos. L'endroit choisi par Séthi pour construire son magnifique temple. Elle n'avait pas eu le temps de sortir son guide de son sac qu'elle était assaillie par un groupe de gamins vendant des scarabées. Elle était la première touriste de la journée et ne parvint à se libérer qu'en payant le droit d'entrée et en pénétrant dans le temple.

Baedeker à la main, elle s'assit sur une pierre et lut ce qui concernait Abydos. Elle voulait savoir avec exactitude quelles parties avaient été décorées de hiéroglyphes durant le règne de Séthi. Le temple avait été terminé par le fils et successeur de Séthi, Ramsès II.

Khalifa, ignorant la décision de la jeune femme, attendait à la gare de Louxor. Le train était arrivé à l'heure, accueilli immédiatement par une foule dense. Les gens se bousculaient, criaient, en particulier les vendeurs de fruits et de boissons passant par les fenêtres leur marchandise aux voyageurs de troisième classe continuant sur Assouan. Le sifflet de la locomotive ajouta à la bousculade.

Khalifa alluma une cigarette, puis une autre. A l'écart de la foule, il avait choisi un endroit d'où il pouvait voir tout le quai et la sortie. Quelques voyageurs en retard se mirent à courir pour attraper le train qui partait. Pas d'Erica. Sa cigarette terminée, Khalifa sortit et se dirigea vers le bureau de poste pour appeler Le Caire. Quelque chose clochait.

Abydos, 11 h 30

Chaque salle était plus extraordinaire que la précédente, dans le temple de Séthi Ier. Enfin, Erica était à même de comprendre tout le mystère de l'Égypte. Les hauts-reliefs étaient magnifiques. Elle reviendrait ici dans quelques jours pour effectuer la traduction de quelques-uns des multiples hiéroglyphes figurant sur les murs de cet édifice. Pour le moment, elle se contentait de les parcourir pour se rendre compte si le nom de Toutânkhamon y figurait. Ce n'était pas le cas, sauf dans la galerie des rois où presque tous les pharaons étaient cités par ordre chronologique.

De son sac, elle sortit la photo et l'inscription figurant au pied de la statue de Séthi Ier. Elle regarda autour d'elle pour trouver la même. Ce fut long et décevant. Le nom de Séthi n'était même pas écrit de la même façon, en conjonction avec le dieu Osiris, mais avec celui d'Horus.

Doucement le matin céda la place à l'après-midi. Erica oublia chaleur, temps et faim. Il était 3 heures quand elle traversa la chapelle d'Osiris pour pénétrer dans le sanctuaire du dieu. Cela avait été une salle splendide dont dix colonnes avaient supporté le plafond. A présent, le soleil y passait à flots, illuminant les magnifiques bas-reliefs dédiés à Osiris, maître de l'au-delà.

Il n'y avait pas d'autres touristes pour gêner la jeune femme dans son admiration. Tout au bout de l'immense salle, une ouverture donnait sur une pièce sombre.

Repoussant une impression de gêne, Erica sortit sa torche et se pencha pour franchir la porte. Lentement, du faisceau lumineux de sa lampe, elle balaya les murs, les colonnes, le plafond de la pièce où régnait un silence de mort. Marchant avec précaution sur le sol inégal, elle fit ainsi le tour de la pièce. Les portes des trois chapelles consacrées à Isis, à Séthi Ier et à Horus s'ouvraient sur le mur du fond. Sans hésiter, Erida pénétra dans celle de Séthi. Le fait qu'elle fût située à l'intérieur du sanctuaire d'Osiris était encourageant.

La petite chapelle était plongée dans l'obscurité. Le faisceau de la lampe n'en éclairait qu'une faible partie. Erica le déplaça pour voir autour d'elle et, presque aussitôt, repéra parmi les hiéroglyphes un cartouche de Séthi Ier, semblable à celui de la statue, c'est-à-dire l'identifiant à Osiris.

Sans pour autant traduire mot pour mot, en parcourant le texte du cartouche, elle comprit que la chapelle avait été construite après la mort de Séthi et servait à honorer Osiris. Et puis, elle tomba sur quelque chose d'étrange. Cela ressemblait à un nom propre. Incroyable ! Jamais on ne voyait de noms propres sur les monuments des pharaons. Né-neph-ta.

Erica déplaça la lumière vers le sol. Elle voulait poser son sac et prendre une photo. Elle se pencha et resta pétrifiée. Dans le cercle lumineux se tenait un cobra, tête dressée, corps arqué, sa langue fourchue pointant, la fixant de ses yeux jaunes à la pupille semblable à un trait noir. Erica, paralysée par la peur, ne se sentit capable de regarder dans la direction de la chapelle que lorsque le reptile baissa la tête et s'éloigna. Alors, la jeune femme se précipita, autant que le lui permettaient ses jambes tremblantes, jusqu'au guichet de l'entrée.

Le gardien auquel elle raconta son aventure lui expliqua que cela faisait plusieurs années que l'on cherchait à tuer ce serpent.

En dépit de cet épisode, elle quitta le sanctuaire à contrecœur pour retourner à Baliana. La journée ait été merveilleuse. Malheureusement, il lui faudrait attendre pour pouvoir photographier le nom de Nénephta. Peut-être s'agissait-il d'un des vizirs de Séthi Ier.

Le train pour Louxor ne partit qu'avec cinq minutes de retard. Erica s'installa avec ses ouvrages sur Toutânkhamon mais le paysage attira son attention. La vallée du Nil se faisait plus étroite et l'on voyait d'un bord à l'autre. Le soleil descendant à l'horizon, les gens retournaient chez eux, des enfants chevauchaient des buffles, des hommes tiraient des ânes croulant sous la charge. Elle pouvait voir dans les cours des fermes et se demandait si les habitants de ces maisons de boue séchée éprouvaient une impression de sécurité et d'amour comme dans les mythes pastoraux, ou bien s'ils avaient conscience de la précarité de leur existence.

A Nag Hammadi, le train traversa le fleuve, passant sur la rive est, et pénétra dans une mer de cannes à sucre interdisant toute autre vue. Erica reprit ses livres, choisissant *La découverte de la tombe de Toutânkhamon*, par Howard Carter et A.C. Mace. Bien que l'ouvrage lui fût familier, elle se surprit à le relire comme un roman policier dont elle aurait voulu connaître la solution.

Elle s'arrêta aux illustrations, trouvant un intérêt particulier aux deux statues bitumées grandeur nature de Toutânkhamon gardant la chambre mortuaire. Brusquement, elle comprit qu'elle était l'une des rares personnes à savoir que les statues de Séthi Ier étaient semblables. C'était très important car la chance de trouver deux statues comme celles-là restait minime, alors que l'on pouvait découvrir au même endroit de nombreux autres objets. Le site pouvait avoir une importance archéologique égale aux statues elles-mêmes. Repérer cet emplacement était peut-être primordial.

La meilleure façon d'apprendre où l'on avait découvert les statues serait peut-être de se faire passer pour un acheteur d'antiquités destinées au musée des Beaux-Arts. Si elle arrivait à convaincre qu'elle était disposée à payer rubis sur l'ongle en dollars, on lui montrerait peut-être des pièces de prix. Si, parmi celles-ci, elle en découvrait datant de Séthi Ier, elle en apprendrait peut-être la provenance...

Le contrôleur passa dans le couloir, annonçant Louxor. Erica se sentit tout excitée. Louxor, c'était pour l'Égypte ce que Florence était pour l'Italie : un joyau.

A peine sortie de la gare, elle eut une autre surprise. Il n'y avait pas de taxis, mais des calèches ! Elle en sourit toute seule de plaisir.

En arrivant à l'hôtel, le Winter Palace, elle comprit pourquoi elle n'avait pas eu de mal à obtenir une chambre, malgré le nombre de touristes. On rénovait l'hôtel, et, pour gagner sa chambre, elle dut longer un couloir dépourvu de tapis, encombré de briques, de tas de sable et de plâtre. La plupart des chambres étaient fermées. Mais cela ne diminua pas son enthousiasme.

Elle trouvait cet hôtel charmant avec son élégance victorienne. De l'autre côté du jardin se dressait le New Winter Palace Hotel. Comparé avec le bâtiment où elle se trouvait, cet édifice moderne manquait de caractère. Si la chambre d'Erica n'avait pas l'air conditionné, elle avait un plafond d'une hauteur extraordinaire, auquel était fixé un énorme ventilateur aux larges pales évoluant avec lenteur. Une porte-fenêtre ouvrait sur un charmant balcon de fer forgé donnant sur le Nil.

Il n'y avait pas de douche. Une immense baignoire en porcelaine trônait dans la salle de bains et Erica la remplit immédiatement. Elle venait tout juste de se plonger dans l'eau lorsque le téléphone sonna dans la chambre. L'espace de quelques secondes, elle hésita à aller répondre. Mais la curiosité l'emporta. Elle sortit de l'eau, attrapa une serviette au passage et alla décrocher l'appareil, démodé comme le reste.

— Bienvenue à Louxor, mademoiselle Baron.

C'était Ahmed Khazzan.

Sa voix fit renaître toutes ses craintes. Tout en ayant décidé de se mettre à la recherche de la statue, elle pensait avoir laissé la violence, les dangers, au Caire. Et voilà que les autorités semblaient l'avoir déjà pistée. La voix de Khazzan était aimable, pourtant.

— ... J'espère que votre séjour vous plaira, dit-il.

— Oh, j'en suis certaine, répondit-elle. J'ai prévenu votre bureau.

— Oui. On m'a passé le message. C'est pour cela que j'appelle. J'ai demandé à l'hôtel de m'annoncer votre arrivée de façon que je puisse vous souhaiter la bienvenue. J'ai une maison à Louxor. J'y viens aussi souvent que je le peux.

— Ah ! bon, dit Erica qui se demandait où il voulait en venir.

Il toussota avant d'ajouter :

— Voyez-vous, je me demandais si vous accepteriez de dîner avec moi, ce soir.

— Est-ce une invitation officielle ou personnelle ?

— Strictement personnelle. Je peux vous faire envoyer une voiture à 7 h 30.

Erica réfléchit rapidement. Cela semblait parfaitement innocent.

— Entendu. J'en serai ravie.
— Merveilleux, fit-il, visiblement très satisfait. Dites-moi, aimez-vous monter à cheval ?

Elle haussa les épaules. A dire vrai, elle n'était pas montée depuis des années. Mais, enfant, elle adorait ça et l'idée de voir la vieille ville à dos de cheval l'enchantait.

— Oui.
— Encore mieux. Mettez quelque chose qui vous permettre de faire du cheval et je vous montrerai un peu de Louxor.

Erica lâcha la bride au bel étalon noir quand ils atteignirent la limite du désert. L'animal, répondant à son besoin de vitesse, prit immédiatement le galop et gravit la colline. Au bout d'un kilomètre, Erica tira sur les rênes pour attendre Khazzan. Le soleil venait de se coucher, mais il faisait encore jour et Erica pouvait, d'en haut, voir les ruines du temple de Karnak. De l'autre côté du fleuve, les montagnes de Thèbes se dressaient au-delà des champs irrigués. Elle apercevait même quelques-unes des entrées des tombes des nobles.

Elle était hypnotisée par la scène et, tandis que l'animal palpitait entre ses jambes, elle avait l'impression d'être transportée dans le passé. Khazzan la rejoignit, mais ne dit rien. Elle lui jeta un coup d'œil. Son profil marqué se découpait dans la lumière douce. Il était habillé de coton blanc, la chemise ouverte jusqu'à la moitié du torse, les manches retroussées jusqu'aux coudes. Ses cheveux noirs et brillants étaient ébouriffés par le vent et de minuscules gouttes de sueur brillaient sur son front.

Encore surprise par son invitation, Erica ne pouvait oublier ses fonctions officielles. Il s'était montré cordial, depuis leur rencontre, mais peu communicatif. Elle se demandait si, à travers elle, il continuait de s'intéresser à Yvon de Margeau.

— C'est beau, n'est-ce pas ? dit-il enfin.
— Merveilleux, répondit-elle, luttant avec l'étalon qui s'impatientait.

— J'aime Louxor...

Il se tourna vers elle. Elle attendit qu'il poursuive, mais il se contenta de la regarder longuement. Puis il se détourna. Ils restèrent à contempler le paysage en silence. Les ombres s'allongèrent dans les ruines. La nuit tombait.

— Excusez-moi, dit-il enfin. Vous devez mourir de faim. Allons dîner.

Le domestique d'Ahmed Khazzan leur avait préparé un festin. Erica apprécia particulièrement une sorte de ragoût — ou foul — fait de haricots, de lentilles et d'aubergines. Le tout arrosé d'huile de sésame, assaisonné d'ail, d'oignon, de cacahuètes et de cumin. Ensuite vint du hamana, ou pigeon grillé au charbon de bois.

Chez lui Ahmed se détendit et la conversation fut facile. Il posa à son invitée mille questions touchant à sa vie en Ohio. Elle se sentit un peu gênée de parler de sa famille juive et fut surprise de sa tolérance. Pour les Égyptiens, expliqua-t-il, il y avait d'un côté Israël et ce que cela représentait politiquement et, de l'autre, les Juifs, ce qui n'était pas la même chose à leurs yeux.

Il voulut tout savoir de son appartement à Cambridge, jusqu'aux moindres détails. Ce ne fut qu'ensuite qu'il lui dit avoir été à Harvard. Il se montrait réservé en ce qui le touchait mais répondait sans se faire prier aux questions qu'elle lui posait. Il savait raconter et son léger accent anglais gardé de l'époque où il avait passé son doctorat à Oxford ajoutait à son charme. Très sensible, lorsque Erica lui demanda s'il avait connu de jeunes Américaines, il lui parla de Pamela avec une telle émotion qu'elle en eut les larmes aux yeux. Puis il la choqua en lui racontant qu'il avait quitté Boston pour l'Angleterre et mis un terme à leurs relations.

— Vous n'avez jamais correspondu ? s'étonna Erica.

— Jamais, répondit-il tranquillement.

— Mais pourquoi ?

Elle détestait les romans se terminant mal.

— Je savais que je devrais revenir ici, répondit-il en détournant le regard. On avait besoin de moi. A l'époque, je n'avais pas de temps à consacrer à ma vie sentimentale.
— Vous n'avez jamais revu Pamela ?
— Non.

Erica but une gorgée de thé. Cette histoire faisait naître en elle des sentiments désagréables.

— Quelqu'un de votre famille est-il venu vous voir au Massachusetts ? demanda-t-elle, pour changer de sujet.
— Non... En fait, mon oncle est venu aux États-Unis juste avant que j'en parte.
— Personne d'autre, et vous n'êtes pas rentré chez vous pendant trois ans ?
— En effet. C'est un long voyage.
— Ne vous êtes-vous pas senti très seul ?
— Terriblement, jusqu'au moment où j'ai rencontré Pamela.
— Votre oncle a-t-il fait sa connaissance ?

En guise de réponse, il fracassa sa tasse contre le mur. Puis il se prit la tête à deux mains et Erica, stupéfaite, l'entendit respirer à grand bruit. La jeune femme se sentait partagée entre la peur et la sympathie. Que s'était-il passé entre Pamela et l'oncle ? Pourquoi une telle réaction ?

— Excusez-moi, dit-il sans lever la tête.
— Je suis navrée si j'ai dit quelque chose qui vous a blessé. Le mieux serait que je retourne à l'hôtel.

Il se redressa, le visage très rouge.

— Non, ne partez pas, je vous en prie, dit-il. Vous n'y êtes pour rien. Mais j'ai les nerfs à vif. Ne partez pas, je vous en prie.

Il se précipita pour verser du thé dans la tasse d'Erica et en reprendre une pour lui-même. Et puis, pour alléger l'atmosphère, il apporta quelques objets anciens récemment confisqués par son Département.

Erica les admira, notamment une magnifique sculpture sur bois.

— Avez-vous des objets ayant appartenu à Séthi Ier ?

Il la regarda pendant plusieurs minutes avant de répondre :

— Non, je ne crois pas. Pourquoi cette question ?

— Sans raison particulière. A ceci près que j'ai visité le temple de Séthi, à Abydos, aujourd'hui. A propos, savez-vous qu'un cobra s'y promène ?

— Oh, on en trouve malheureusement partout, surtout à Assouan. Sans doute devrions-nous mettre les touristes en garde. Mais ce n'est rien en comparaison du mal que nous avons avec le marché noir. Il y a quatre ans de cela on a volé, en plein jour, des blocs de pierres sculptées dans le temple d'Hator, à Denderah !

— A défaut d'autre chose, ce voyage m'aura démontré le fléau que représente le marché noir. D'ailleurs, en plus de mon travail de traduction, je vais essayer de lutter contre ce problème.

— C'est extrêmement dangereux, je vous le déconseille vivement. A titre d'exemple, sachez qu'il y a deux ans environ un jeune Américain idéaliste est venu ici, de Yale, nourrissant des idées comme les vôtres. Il a disparu sans laisser de traces.

— Oh, je ne suis pas une héroïne. Je voulais vous demander si vous saviez où se trouve la boutique du fils d'Abdul Hamdi, à Louxor.

Il détourna les yeux, revoyant le spectacle offert par le cadavre torturé de Tewfik Hamdi.

— Comme son père, Tewfik Hamdi a été assassiné, répondit-il enfin. Il se passe là quelque chose que je ne comprends pas. Mes services et la police mènent l'enquête. Vous avez déjà eu votre part. Je vous en supplie, concentrez-vous sur vos traductions.

Un autre meurtre ! Erica reçut cette nouvelle avec stupeur. Elle fit un effort pour comprendre ce que cela signifiait. Mais la journée avait été longue. Ahmed, remarquant sa fatigue, offrit de la raccompagner à son hôtel. Elle accepta sans se faire prier.

Tout en se démaquillant, elle songea à son hôte. En dépit de son mouvement de colère, elle avait passé une soirée très agréable. Elle se glissa entre les draps en se demandant ce qui s'était passé entre Ahmed et Pamela.

Mais ce fut un autre nom, appartenant au passé, celui-là, qui lui vint à l'esprit juste avant qu'elle s'endorme : Nénephta.

CINQUIÈME JOUR

Louxor, 6 h 35

Énervée de se trouver à Louxor, Erica se réveilla avant que le soleil ne fût levé. Elle commanda son petit déjeuner et le fit servir sur le balcon. Sur le plateau, un télégramme d'Yvon : *Arrive New Winter Palace Hotel aujourd'hui. Stop. Aimerais vous voir ce soir.*

Elle fut très surprise. Elle aurait juré que le télégramme serait de Richard. De plus, après avoir passé la soirée avec Ahmed, elle se sentait troublée. Il lui paraissait incroyable que, l'année précédente seulement, elle eût formé des vœux pour que Richard la demandât en mariage. A présent, elle se sentait attirée en même temps par trois hommes extrêmement différents !

Elle vida sa tasse et décida d'oublier tout cela. Repoussant la table, elle regagna sa chambre pour se préparer.

Elle vida son sac, y remit : un repas en boîte préparé par l'hôtel, une lampe électrique, des allumettes, des cigarettes, et le Baedeker d'Abdul Hamdi, dont elle laissa la couverture détachée sur la commode. Elle y jeta un dernier regard, y lut le nom qui s'y trouvait inscrit : Nasef Malmud, 180 Shari el Tahrir, Le Caire. Le meurtre de son fils n'avait pas rompu tous ses liens avec Abdul Hamdi ! Elle irait

185

voir Nasef Malmud à son retour au Caire. Par prudence, elle remit la couverture dans son sac.

L'hôtel n'était pas loin des magasins d'antiquités de Shari Lu-kanda. Beaucoup étaient encore fermés, en dépit des nombreux touristes vêtus de façon voyante. Erica en choisit un au hasard et entra.

La boutique rappelait celle d'Abdul Hamdi, mais proposait beaucoup plus de choix. Erica se dirigea vers les objets les plus intéressants, séparant les vrais des copies. Le propriétaire, David Jouran, après s'être affairé autour d'elle, s'était retiré derrière son comptoir.

Au milieu d'une douzaine d'articles, Erica en trouva deux qu'elle jugea authentiques.

— Combien ? demanda-t-elle en en désignant un.
— Cinquante livres, répondit Jouran. Celui-là, à côté, ne vaut que dix livres.

Erica examina l'objet désigné. Il était orné de très jolies spirales. Beaucoup trop jolies et peintes dans le sens des aiguilles d'une montre, ce qui était une erreur.

— Je ne m'intéresse qu'aux véritables antiquités, dit-elle en reposant l'urne. Je n'en trouve pas beaucoup ici. Je suis chargée de l'achat de pièces rares, du Nouvel Empire de préférence. Je suis disposée à y mettre le prix. Avez-vous quelque chose à me montrer ?

Il la regarda quelques secondes sans mot dire. Puis, il se pencha, ouvrit un petit meuble dont il sortit une tête de Ramsès II en granit. Le nez en avait disparu et le menton était fendu.

Erica secoua la tête.

— Non, dit-elle. C'est ce que vous avez de mieux ?
— Pour le moment.
— Bon, je vous laisse mon nom. (Elle l'écrivit sur une feuille de papier.) Je suis au Winter Palace. Faites-moi signe, si vous entendez parler de quelque chose de particulier.

Elle marqua un temps d'arrêt, s'attendant presque à ce qu'il lui montre autre chose. Mais il se contenta de hausser les épaules et elle sortit.

L'histoire se répéta dans cinq autres boutiques. Personne ne lui montra rien d'extraordinaire. Partout, elle laissa son nom et son adresse, mais sans grand espoir. Finalement, elle renonça et se dirigea vers l'embarcadère du bac.

Le vieux bâtiment qui traversait le fleuve était plein de touristes, caméra en bandoulière. A peine débarqué, le groupe fut assailli par des chauffeurs de taxi, des guides bénévoles et des vendeurs de scarabées. Erica monta dans un autobus branlant sur lequel un morceau de carton indiquait, d'une écriture maladroite : « Vallée des Rois ».

Erica était dans un état d'excitation extrême. Au-delà des terres cultivées, bien vertes, s'arrêtant net au bord du désert, se dressaient les sombres falaises thébaines. A leur base, Erica apercevait les monuments fameux. Tel le charmant temple d'Hatshepsout à Deir el Bahari. Immédiatement à gauche du temple d'Hatshepsout se trouvait le petit village de Gournah, construit à flanc de colline, au-delà des champs irrigués. La plupart des maisons avaient la même couleur dorée que le grès des falaises. Quelques-unes, blanchies à la chaux, tranchaient dans le paysage, notamment une petite mosquée au minaret aplati. Entre les maisons, on distinguait des ouvertures percées dans la paroi rocheuse. Il s'agissait des portes donnant sur la multitude des cryptes anciennes. Les habitants de Gournah vivaient au milieu des tombes des nobles. On avait maintes fois tenté de reloger les villageois qui s'y étaient toujours opposés.

L'autobus prit un virage sur l'aile, à droite, à un croisement. Erica aperçut au passage le temple funéraire de Séthi Ier.

Et, d'un seul coup, ce fut le désert. Rochers et sable désolés, sans la moindre plante, remplacèrent les champs de cannes à sucre. La route s'étendit, toute droite, jusqu'à la montagne où elle serpenta au long d'une vallée de plus en plus étroite. Il faisait une chaleur de four, sans un souffle d'air.

Après être passé devant un minuscule poste de

garde l'autobus s'engouffra dans un parc à voitures déjà bondé d'une multitude d'autres véhicules. Malgré la chaleur intense, l'endroit était noir de monde. Le propriétaire d'un petit éventaire, sur la gauche, faisait des affaires d'or en vendant des rafraîchissements.

Erica se coiffa d'un chapeau de toile kaki apporté pour se protéger du soleil. Elle avait du mal à croire qu'elle était arrivée dans la Vallée des Rois, site de la découverte de la tombe de Toutânkhamon. La vallée était ourlée de montagnes déchiquetées et dominée par un sommet de forme triangulaire qui ressemblait à une pyramide naturelle. Le flanc escarpé de grès doré descendait à pic dans la vallée, rejoignant les pistes régulières, bordées de petites pierres, rayonnant du parc à voitures. A la jonction de la colline et des pistes s'ouvraient les entrées sombres des tombes des rois.

Contrairement aux autres passagers qui s'étaient arrêtés pour acheter des rafraîchissements, Erica se précipita vers la tombe de Séthi Ier. Elle le savait, c'était la plus vaste et la plus spectaculaire de la vallée et elle voulait être la première à la visiter pour voir si elle y retrouverait le nom de Nénephta.

Retenant sa respiration, elle franchit le seuil du passé. Bien que sachant que les décorations étaient très bien conservées, leur fraîcheur la surprit. La peinture semblait dater de la veille. Elle marcha lentement, longea le couloir d'entrée, descendit un escalier, les yeux fixés aux décorations murales. Partout des images de Séthi Ier en compagnie de tout le panthéon des déités égyptiennes. Au plafond, de grands vautours aux ailes étendues. D'énormes textes en hiéroglyphes du *Livre des Morts* séparaient les images.

Il lui fallut attendre un groupe de touristes avant de pouvoir franchir un pont de bois enjambant un puits profond creusé pour déjouer les pilleurs de tombes. En face, une galerie, supportée par quatre robustes piliers. Ensuite, un autre escalier, qui, dans l'Antiquité, avait été scellé et dissimulé avec soin.

Comme elle descendait plus profondément au cœur du tombeau, Erica s'émerveillait des efforts herculéens qu'il avait fallu déployer pour creuser ce roc à la main. Au bas du quatrième escalier, à plusieurs centaines de mètres sous terre, elle commença à éprouver du mal à respirer. Cela avait dû être épuisant pour les ouvriers. Il n'existait aucun système de ventilation, et le manque d'oxygène donnait à la jeune femme une impression de suffocation. Sans souffrir exactement de claustrophobie, elle n'aimait pas se sentir enfermée.

Une fois arrivée dans la chambre funéraire, elle fit effort pour oublier son malaise et se tordit le cou pour admirer les motifs astronomiques décorant le plafond voûté. Elle remarqua également l'un des tunnels creusés plus récemment par quelqu'un, persuadé d'avoir trouvé l'emplacement d'autres chambres secrètes...

Bien que de plus en plus mal à l'aise, elle décida de visiter une petite pièce où Nout, déesse du ciel, était remarquablement peinte sous forme de vache. Elle se fraya un passage au milieu des touristes, atteignit la porte, mais s'aperçut que la pièce était pleine de monde. Alors elle renonça à son projet. Elle fit demi-tour et heurta un homme, juste derrière elle.

— Excusez-moi, dit-elle.

L'homme esquissa un sourire avant de retourner dans la chambre funéraire. Un autre groupe de touristes arriva et Erica se trouva propulsée malgré elle dans la petite chambre. Elle luttait de toutes ses forces pour retrouver son calme. Mais cet homme qui lui avait barré le passage, elle l'avait déjà vu ! Cheveux noirs, costume noir, sourire en coin dégageant une dent en forme de croc...

Sachant pourtant que les touristes fréquentent les mêmes endroits, elle s'étonnait de se sentir inquiète. C'était stupide, cette nervosité n'était que le résultat des événements des journées précédentes, ajouté à la chaleur et au manque d'air de la tombe. Repoussant la bretelle de son sac, Erica se força à sortir.

Personne en vue. Quelques degrés conduisaient à la partie supérieure de la chambre. Elle s'y engagea, regardant autour d'elle, refrénant son envie de courir. Brusquement, elle s'immobilisa. L'homme venait de passer vivement derrière l'un des piliers, sur la gauche. Elle n'avait fait que l'apercevoir de façon fugitive, mais assez pour se rendre compte qu'il avait un comportement étrange. Il la filait ! Elle gravit d'un seul élan les marches restantes et se dissimula derrière l'une des quatre colonnes décorées d'une image en relief de Séthi Ier devant les dieux.

Erica attendit, le cœur battant, revivant les terribles événements des jours précédents. Et l'homme réapparut. Il examina la décoration murale gigantesque, devant elle. Entre ses lèvres à demi fermées, elle aperçut la pointe acérée de son incisive. Il passa sans même la regarder.

Dès que ses jambes le lui permirent, la jeune femme se mit à marcher, puis à courir, refaisant en sens inverse tout le chemin parcouru, ne s'arrêtant qu'à l'extérieur, sous la lumière éblouissante. Là, sa peur disparut et elle se sentit stupide. Attribuer des intentions diaboliques à cet inconnu frisait la paranoïa. Cependant, elle ne retourna pas dans le tombeau. Elle chercherait le nom de Nénephta un autre jour.

Il était midi passé. La buvette et le restaurant étaient pleins. De ce fait, la tombe de Toutânkhamon était pratiquement désertée. Erica descendit les seize fameuses marches, non sans avoir jeté un coup d'œil par-dessus son épaule. Personne. Tout en marchant, elle songeait à l'ironie du sort qui avait voulu que la tombe sans réelle grandeur du pharaon le plus insignifiant du Nouvel Empire ait été la seule à être retrouvée à peu près intacte. Et pourtant, elle avait été violée deux fois déjà, dans l'Antiquité.

Elle chercha à s'imaginer ce qu'avait dû être l'impression extraordinaire éprouvée par Howard Carter et son équipe, ce jour inoubliable de novembre 1922.

Les statues grandeur nature de Toutânkhamon, elle le savait, se trouvaient de chaque côté de l'entrée de la chambre mortuaire, les trois lits funéraires étaient placés contre le mur. Carter, elle s'en souvenait, avait trouvé là un désordre extraordinaire provoqué vraisemblablement par les voleurs. Mais pourquoi n'avait-on pas remis les objets à leur place ?

S'écartant pour laisser passer un groupe de touristes, elle dut attendre pour pénétrer dans la chambre mortuaire. Pendant qu'elle attendait, l'homme dont elle avait eu peur dans le tombeau de Séthi entra, un guide ouvert à la main. Malgré elle, Erica se raidit. Mais elle se ressaisit. D'ailleurs lorsqu'il passa à côté d'elle, il ne lui accorda même pas un regard.

Rassemblant tout son courage, elle pénétra dans la chambre mortuaire. Elle était divisée par une balustrade et la seule place libre se trouvait à côté de l'homme en noir. Elle hésita une seconde et puis s'approcha de la balustrade pour admirer le magnifique sarcophage rose de Toutânkhamon. Les décorations murales étaient insignifiantes, comparées à celles de la tombe de Séthi. Erica fit le tour de la pièce du regard et, par hasard, ses yeux tombèrent sur la page ouverte du guide que tenait son voisin. Elle représentait le plan du temple de Karnak ! Cela n'avait aucun rapport avec la Vallée des Rois et la frayeur d'Erica revint d'un seul coup. S'écartant vivement de la balustrade, elle sortit de la pièce. Elle n'était pas paranoïaque !

Il n'y avait plus de table de libre à la buvette mais, pour une fois, la foule lui donna une impression de sécurité. Elle s'installa sur la murette de la véranda avec une boîte de jus de fruit et son panier repas. Elle ne quittait pas des yeux l'ouverture de la tombe de Toutânkhamon. Elle vit l'homme en émerger, traverser le parc à autos et se diriger vers une petite voiture noire. Il s'assit au volant laissant la portière ouverte et ses pieds par terre. S'il lui avait voulu du mal, il en aurait eu cent fois l'occasion. Sans doute se contentait-il de la suivre. Peut-être travaillait-il pour les autorités. Elle respira à fond, cherchant à l'oublier, mais elle décida de rester en compagnie des autres touristes.

Tout en mâchant son sandwich, elle réfléchit au voisinage de la tombe de Ramsès VI avec celle de Toutânkhamon. Elle était juste au-dessus, un peu à gauche. Elle s'en souvenait, la découverte de Carter avait été retardée par les maisons des ouvriers bâties pendant la construction de la tombe de Ramsès VI sur l'entrée de la tombe de Toutânkhamon. Il ne l'avait trouvée qu'après avoir creusé une tranchée au-dessous.

Les premiers pilleurs de tombes, quant à eux, étaient entrés par l'entrée d'origine. Carter avait fourni une description exacte des marques trouvées sur la porte. Si les cabanes des ouvriers se trouvaient là, c'est que l'on avait recouvert et oublié la tombe de Toutânkhamon sous Ramsès VI. Cela signifiait donc qu'elle avait été pillée au début de la XXe dynastie. Et pourquoi n'aurait-elle pas été pillée sous Séthi Ier ?

Se pourrait-il qu'il y ait un lien entre le pillage de la tombe de Toutânkhamon et le fait que son nom figure sur les statues de Séthi Ier ? Tout en réfléchissant, elle leva les yeux et contempla un faucon qui planait, ailes immobiles.

L'homme dans la voiture n'avait pas bougé. Apercevant une table libre, Erica alla s'y installer.

En dépit de la chaleur accablante, son cerveau tournait à toute allure. Et si l'on avait placé les statues de Séthi dans la tombe de Toutânkhamon après l'arrestation des pillards ? Non. Impossible. Carter les aurait fait figurer sur son catalogue méticuleusement tenu. Ce n'était pas la bonne piste, mais, elle le sentait, l'énormité de la découverte de Carter avait fait passer au second plan l'épisode des pillards. Ce viol de sépulture pouvait avoir son importance et l'idée qu'il ait eu lieu au cours du règne de Séthi Ier était intéressante. Brusquement, Erica souhaita être revenue au Musée égyptien. Elle voulait étudier les notes de Carter que le conservateur avait en archive sur microfilms. Elle se demandait si quelqu'un ayant été témoin de l'ouverture de la tombe vivait encore. Carter et Carnarvon étaient morts, elle le savait. Penser à la mort de Carnarvon lui rappela « la malédiction des pharaons » et elle sourit en songeant à l'imagination des journalistes et à la naïveté du public.

Son déjeuner terminé, elle ouvrit son Baedeker pour décider quelle tombe visiter. Un groupe de touristes allemands passa et elle se précipita pour les rejoindre. Au-dessus d'elle, le faucon se laissa tomber comme une pierre sur quelque proie inconsciente.

Khalifa tendit la main pour fermer le bouton de la radio en voyant Erica s'éloigner.

« *Karrah !* » jura-t-il en s'extrayant de l'ombre de sa voiture. Il ne pouvait pas arriver à comprendre pourquoi les gens se soumettaient de leur plein gré à une telle fournaise.

Louxor, 20 heures

En traversant les jardins séparant le Winter Palace de la partie moderne de l'hôtel, Erica comprit pourquoi tant d'Anglais fortunés venaient passer, autrefois, l'hiver en Haute-Égypte. Avec le coucher du soleil, la température s'était rafraîchie de façon très agréable.

La journée avait été merveilleuse et, en rentrant à l'hôtel, elle avait trouvé deux invitations. L'une d'Yvon, l'autre d'Ahmed. Il lui avait été difficile de faire un choix et puis elle s'était décidée pour Yvon, espérant qu'il aurait appris du nouveau au sujet de la statue. C'est elle qui avait refusé qu'il vienne la chercher.

Il portait un blazer bleu marine sur un pantalon blanc. Il offrit le bras à Erica pour entrer dans la salle à manger décorée de façon maladroite et assez laide. Mais, à entendre Yvon lui parler de son enfance, Erica oublia très vite ce qui l'entourait. La façon dont il décrivait ses relations strictes et dépourvues de chaleur avec ses parents rendait le tout plus amusant qu'attristant.

— Et si vous me parliez un peu de vous ? demanda-t-il.

— Je viens d'un autre monde, répondit-elle, les yeux baissés en faisant tourner le vin dans son verre. J'ai grandi dans une petite ville du Midwest. Nous formions une famille très unie.

Elle pinça la bouche et haussa les épaules.

— C'est tout ? fit-il avec un sourire. Mais je ne veux pas être indiscret... ne vous croyez pas obligée de tout me dire.

Elle ne cherchait pas à se montrer secrète, mais peu importait vraisemblablement à Yvon les habitudes de la ville où elle était née. Et elle ne voulait pas lui parler de la mort de son père dans un accident d'avion, ou qu'elle s'entendait mal avec sa mère parce qu'elles se ressemblaient trop. Du reste, elle préférait écouter Yvon parler.

— Avez-vous été marié ? lui demanda-t-elle.

Il rit.

— Je suis marié, répondit-il avec désinvolture.

Elle détourna les yeux, de crainte qu'ils ne réfléchissent sa déception. Elle aurait dû s'en douter.

— ... J'ai même deux merveilleux enfants, ajouta-t-il. Jean-Claude et Michelle. Mais je ne les vois jamais.

— Jamais ? répéta-t-elle, l'étonnement lui ayant fait retrouver son sang-froid.

— Je vais rarement les voir. Ma femme a choisi de vivre à Saint-Tropez. Elle adore faire les boutiques et prendre des bains de soleil, ce que, pour ma part, je trouve très vite lassant. Les enfants sont en pension et ils aiment Saint-Trop l'été. Aussi...

— Vous habitez votre château tout seul.

— Oh ! non, c'est un endroit mortel. J'ai un charmant appartement à Paris, rue de Verneuil.

Ce ne fut qu'au moment du café qu'il se décida à parler de la statue de Séthi et de la mort d'Abdul Hamdi.

— J'ai apporté ces photos pour que vous y jetiez un coup d'œil, dit-il en en sortant cinq de sa poche. Reconnaissez-vous l'un de ces visages ?

Erica étudia chacun des documents.

— Non, dit-elle enfin. Mais cela ne veut pas dire qu'ils n'étaient pas là.

Il ramassa les photos.

— Effectivement. Mais c'était à tenter. Dites-moi, avez-vous eu des ennuis depuis votre arrivée en Haute-Égypte ?

— Non... à ceci près que je suis à peu près certaine d'être filée.

— Filée ?

— Oui. Aujourd'hui, dans la Vallée des Rois, j'ai revu un homme que j'ai déjà vu au Musée égyptien. C'est un Arabe, au nez crochu. Il a un sourire grimaçant et une incisive en forme de croc.

Elle retroussa les lèvres et posa l'index sur son incisive droite. Son geste fit sourire Yvon bien qu'apprendre qu'elle avait repéré Khalifa ne lui plût pas outre mesure.

— ... Cela n'a rien de drôle, continua-t-elle. Il m'a fait peur. Il jouait les touristes, mais il n'avait pas ouvert son guide à la bonne page. Yvon, votre avion, l'avez-vous ici, à Louxor ?

— Oui, bien sûr, répondit-il, très surpris. Pourquoi ?

— Parce que je veux retourner au Caire. J'ai à y faire un travail qui me prendra environ une demi-journée.

— Quand ?

— Le plus tôt sera le mieux.

— Que diriez-vous de ce soir ?

Elle fut étonnée, mais elle lui faisait confiance, surtout à présent qu'elle le savait marié.

— Pourquoi pas ?

Elle était installée, ceinture bouclée, dans l'un des quatre fauteuils. Assis à côté d'elle, Raoul tentait d'entretenir la conversation, mais elle portait beaucoup plus d'intérêt à ce qui se passait autour d'eux et à la façon dont ils allaient décoller ; question qu'elle ne se posait même pas dans un gros avion.

Yvon employait un pilote mais, détenant lui-même son brevet, il préférait être aux commandes. Il n'y avait pas de trafic aérien et on leur ouvrit la voie immédiatement. Le petit appareil à réaction, fin comme une lame de couteau, prit son élan dans un bruit de tonnerre sur la piste et s'envola. Crispés sur les poignées de son siège, les doigts d'Erica avaient blanchi aux jointures.

Une fois en route, Yvon céda les commandes et vint s'installer à côté d'Erica. Elle commençait à se détendre.

— Vous m'avez dit que votre mère était anglaise, dit-elle. Pensez-vous qu'elle ait connu les Carnarvon ?

— Oui. J'ai été présenté au comte actuel. Pourquoi ?

— En fait, je voudrais savoir si la fille de lord Carnarvon vit toujours. Elle s'appelait Evelyn, je crois.

— Je n'en ai pas la moindre idée. Mais je peux me renseigner. Pourquoi cette question ? Vous vous intéressez à la malédiction des pharaons ? demanda-t-il avec un sourire.

— Peut-être. Il m'est venu une idée au sujet de la tombe de Toutânkhamon et je voudrais l'approfondir. Je vous en parlerai quand j'en saurai davantage. Mais vous me rendriez service, si vous pouviez vous renseigner au sujet de la fille de Carnarvon. Oh ! autre chose. Avez-vous jamais entendu prononcer le nom de Nénephta ?

— Dans quel contexte ?

— Séthi Ier.

Il réfléchit, puis secoua la tête.

— Jamais.

Il leur fallut tourner longtemps au-dessus du Caire avant d'être autorisés à atterrir. Mais ensuite les formalités furent brèves. Il était un peu plus d'une heure quand ils arrivèrent au Méridien. La direction se montra d'une extrême courtoisie avec

Yvon et, bien que l'hôtel affichât complet, on trouva une chambre pour Erica, voisine de sa suite personnelle. Il y invita la jeune femme à venir boire quelque chose dès qu'elle se serait installée.

Erica n'avait emporté que le minimum de linge et d'affaires de toilette dans son sac, aussi ne prit-elle pas longtemps pour « s'installer ».

Elle ouvrit la porte de communication. Yvon avait ôté sa veste et relevé les manches de sa chemise. Il ouvrait une bouteille de Dom Pérignon lorsque Erica parut. Elle prit la coupe qu'il lui tendait et, un instant, leurs doigts se touchèrent. Elle prit brusquement conscience de son charme extraordinaire. Elle avait l'impression d'avoir attendu ce moment depuis l'instant de leur première rencontre. Il était marié, il n'était visiblement pas fidèle, mais elle non plus, après tout. Elle décida de se détendre et de laisser les choses suivre leur cours.

— Pourquoi vous êtes-vous intéressé à l'archéologie ?

— Étudiant, des amis m'avaient convaincu d'entrer à l'École des Langues Orientales. Cela m'a fasciné et, pour la première fois de ma vie, j'ai travaillé comme un fou. J'ai étudié l'arabe et le copte. C'est l'Égypte qui m'intéressait. C'est davantage une explication qu'une raison. Voulez-vous admirer la vue que l'on a de la terrasse ?

— Avec plaisir, répondit-elle sans hésiter.

Peu lui importait qu'il se serve d'elle, qu'il se sente obligé de coucher avec toutes les jolies femmes qu'il rencontrait. Pour la première fois de sa vie, elle se laissait emporter par le désir.

Il fit glisser la porte vitrée et elle sortit. Le puissant parfum des roses recouvrant la tonnelle de la véranda monta à ses narines. A ses pieds, s'étalait Le Caire sous un baldaquin clouté d'étoiles. La citadelle et ses minarets orgueilleux étaient encore illuminés. Face à eux, l'île de Guézira, ceinte par le Nil aux eaux sombres.

Erica sentait la présence d'Yvon derrière elle. Elle tourna la tête et rencontra son regard. Lentement, il tendit la main, passa le bout de ses doigts dans ses cheveux, puis prenant sa tête dans le creux de sa main, l'attira vers lui. Il l'embrassa doucement d'abord, attentif à ses réactions, puis enfin avec fougue.

Erica fut surprise de l'intensité de sa propre ardeur. Yvon était le premier dont elle acceptait les avances depuis qu'elle connaissait Richard et elle ignorait de quelle façon réagirait son corps. Et voilà que, sans plus réfléchir, elle ouvrait les bras à Yvon, son désir égal au sien.

Ils n'attendirent pas, se laissèrent aller sur l'épais tapis et leurs vêtements parurent se défaire d'eux-mêmes. Et dans la douce nuit d'Égypte, ils firent l'amour dans un abandon total.

SIXIÈME JOUR

Le Caire, 8 h 35

Erica se réveilla seule dans son lit. Yvon, elle s'en souvenait vaguement, lui avait dit préférer dormir seul. Elle se retourna, pensa à la soirée et fut stupéfaite de ne pas se sentir coupable.

Lorsqu'elle émergea de sa chambre, il était près de 9 heures. Yvon, installé sur la terrasse, lisait *El Ahram*, en arabe. Le petit déjeuner attendait.

En voyant la jeune femme, Yvon se leva, l'embrassa avec chaleur.

— Je suis très heureux que nous soyons venus au Caire, dit-il en lui avançant une chaise.

— Moi aussi.

Le repas fut très agréable. Yvon avait un genre d'humour qui plaisait énormément à Erica. Mais, la dernière bouchée de toast avalée, elle manifesta son désir de poursuivre son enquête.

— Bon, à présent, je vais au musée, déclara-t-elle en posant sa serviette.

— Désirez-vous de la compagnie ?

Elle le regarda, se souvenant de l'impatience de Richard. Elle ne voulait pas être bousculée.

— Pour être franche, je vais me livrer à un travail assez ennuyeux. A moins que vous ayez absolument envie de passer la matinée aux archives, je préfère y aller seule, répondit-elle en lui mettant la main sur le bras, par-dessus la table.

— Parfait. Mais je vais vous y faire conduire par Raoul.
— Ce n'est pas nécessaire.
— Hommage de la France !

Le Dr Fakhry guida Erica jusqu'à une petite pièce étouffante dépendant de la bibliothèque. Sur une table, adossée à un mur, se trouvait le lecteur de microfilms.
— Talat vous apportera les films que vous désirez.
— Je vous remercie beaucoup.
— Que cherchez-vous au juste ? demanda-t-il, sa main droite agitée brusquement de secousses spasmodiques.
— Je m'intéresse aux pillards qui se sont introduits dans la tombe de Toutânkhamon dans l'Antiquité. J'ai l'impression que l'on n'a pas accordé à ce détail l'attention qu'il méritait.
— Pillards ? répéta-t-il, puis il disparut en trottinant.
Talat entra, porteur d'une boîte à chaussures pleine de films.
— Vous achetez scarabées, madame ? murmura-t-il.
Sans même lui répondre, Erica se mit au travail, agréablement surprise de la richesse des documents. Elle introduisit le premier rouleau dans l'appareil. Heureusement, Carter avait rédigé son journal d'une écriture nette et lisible. Erica parcourut le texte jusqu'au passage décrivant les cabanes des tailleurs de pierre. Aucun doute, elles avaient été construites immédiatement au-dessus de l'entrée de la tombe de Toutânkhamon. A présent, elle était certaine que les pillards avaient agi avant le règne de Ramsès VI.
Elle continua de parcourir le récit jusqu'au moment où Carter énumérait les raisons l'ayant convaincu de l'existence de cette tombe avant même de l'avoir découverte. La preuve qui retint le plus son attention fut la coupe de faïence bleue portant le cartouche de Toutânkhamon, trouvée par Théodore

Davis. Personne ne s'était demandé ce que faisait cette petite coupe sous un rocher dans la colline.

La première bobine terminée, Erica passa à la seconde. A présent, elle lisait la description de la découverte elle-même. Carter décrivait de quelle façon les portes intérieures et extérieures de la tombe avaient été refermées avec un sceau de la nécropole. Le sceau original de Toutânkhamon ne se trouvait qu'à la base de chaque porte. Il expliquait en détail être certain que l'on avait forcé et rescellé deux fois les portes, mais ne disait pas comment.

Fermant les yeux, Erica interrompit sa lecture. Elle tenta de s'imaginer la cérémonie accompagnant l'enterrement du jeune pharaon. Puis, elle chercha à se mettre à la place des pillards. Avaient-ils accompli leur acte de sang-froid ou terrifiés à l'idée de s'aliéner les puissances infernales ? Et son esprit revint à Carter. D'après les notes, il avait été accompagné, en entrant dans la tombe, par son assistant Callender, lord Carnarvon, la fille de celui-ci et l'un des chefs d'équipe, un certain Sarouat Raman.

Pendant les heures qui suivirent, elle bougea à peine. Elle était littéralement dans la peau de Carter, sentait son admiration. Il n'avait omis aucun détail et consacré plusieurs feuillets à la description d'une coupe en albâtre en forme de lotus ainsi qu'à une lampe à huile voisine. Soudain, Erica se souvint avoir lu quelque part qu'à l'occasion d'une conférence faite à l'issue de sa découverte, Carter avait déclaré que la curieuse orientation de ces objets semblait indiquer la piste d'un autre mystère encore plus grand que l'on découvrirait, il l'espérait, après examen complet de la tombe. Il avait été jusqu'à dire que les anneaux d'or qu'il avait retrouvés, jetés au hasard, laissaient penser que l'on avait surpris les intrus en plein sacrilège.

Selon Carter, la tombe aurait été cambriolée deux fois, puisqu'elle avait été ouverte à deux reprises. Mais ce n'était qu'une supposition et peut-être y avait-il une autre explication tout aussi plausible.

Après une dernière étude du carnet de notes de Carter, Erica introduisit dans l'appareil une bobine intitulée : « Lord Carnarvon. Papiers et correspondance. » Elle y trouva surtout des lettres d'affaires concernant son appui à cette aventure archéologique. Elle fit tourner rapidement le film jusqu'à trouver les dates coïncidant avec la découverte de la tombe. Carnarvon avait, à ce sujet, écrit une fort longue lettre à sir Wallis Budge, du British Museum, le 1er décembre 1922. Il y parlait de la découverte avec enthousiasme et énumérait plusieurs des célèbres pièces qu'Erica avait eu l'occasion de voir au cours d'une des expositions Toutânkhamon de par le monde. Elle lut rapidement jusqu'au moment où une phrase lui sauta aux yeux : « Je n'ai pas ouvert les boîtes et j'ignore ce qu'elles contiennent ; mais il y a quelques lettres sur papyrus, des faïences, des bijoux, des bouquets, des bougies sur des chandeliers en croix ansées. » Elle regarda le mot « papyrus ». Pour autant qu'elle sache, on n'en avait trouvé aucun dans la tombe de Toutânkhamon. Cela avait même été une source de désappointement. On avait espéré y recueillir quelques révélations sur la période troublée pendant laquelle il avait vécu.

Et voilà que lord Carnarvon parlait d'un papyrus à sir Wallis Budge.

Erica reprit les notes de Carter. Nulle part il n'y faisait mention de papyrus. Il disait même sa déception de n'avoir trouvé aucun document. Curieux. Entre la lettre de Carnarvon à Budge et les notes de Carter, tout concordait, à l'exception de ce papyrus.

Lorsque Erica émergea enfin du muséum lugubre, l'après-midi était commencé. Bien qu'elle eût l'estomac vide, elle voulait faire une autre course avant de retourner au Méridien. Elle sortit de son sac la couverture du Baedeker et lut le nom et l'adresse qui y figuraient : Nasef Malmud, 180 Shari el Tahrir.

Traverser la place était une performance en soi, encombrée qu'elle était par une foule compacte que fendaient des autobus couverts de poussière. Arrivée à l'angle de Shari el Tahrir, elle tourna à gauche.

Nasef Malmud ? Qu'est-ce que cela donnerait ?

Le Shari el Tahrir était un boulevard élégant, bordé de boutiques soignées, d'aspect européen, et d'immeubles de rapport. Le 180 était une tour de marbre et de verre.

Le bureau de Nasef Malmud était au huitième étage. Seule dans l'ascenseur, Erica se rappela soudain que le repos consacré au déjeuner se prolongeait très tard au Caire et craignit de ne pouvoir rencontrer celui qu'elle cherchait. Mais sa porte était entrouverte et elle entra, notant au passage la plaque indiquant : « Nasef Malmud. Droit international. Service Import-Export. »

La partie réservée à la réception était déserte. Des machines à écrire électriques dernier modèle sur des tables d'acajou indiquaient une affaire prospère.

— Il y a quelqu'un ?

Un homme corpulent se montra. Il avait une cinquantaine d'années et n'aurait pas été déplacé dans le quartier des affaires de Boston.

— Que puis-je faire pour vous ? demanda-t-il.
— Je cherche M. Nasef Malmud.
— C'est moi.
— Pouvez-vous m'accorder quelques instants d'entretien ?

Il jeta un coup d'œil à la pièce qu'il venait de quitter et fit la moue. Le stylo qu'il avait encore à la main démontrait qu'on venait le déranger en plein travail.

— Quelques instants, oui, dit-il enfin.

Erica pénétra dans le vaste bureau. Nasef Malmud reprit place dans son fauteuil et, de la main, indiqua un siège à la jeune femme.

— Alors, jeune dame, que puis-je pour vous ? demanda-t-il en joignant l'extrémité de ses doigts.
— Je désire des renseignements au sujet d'un certain Abdul Hamdi.

Elle marqua un temps d'arrêt pour voir s'il réagissait. Malmud attendit, lui aussi. Comme elle n'ajoutait rien, il se décida à parler :

— Ce nom ne me dit rien. A quel titre devrais-je connaître cet homme ?

— Je me demandais si, par hasard, il était de vos clients.

Il ôta ses lunettes, les posa sur sa table.

— Si c'était le cas, je ne vois pas ce qui m'obligerait à vous le dire, répondit-il d'un ton neutre.

— J'ai des renseignements susceptibles de vous intéresser s'il était de vos clients, fit Erica tout aussi évasive.

— Comment avez-vous appris mon nom ?
— Par Abdul Hamdi.

Ce n'était, après tout, qu'une très légère altération de la vérité.

Malmud regarda la jeune femme durant quelques secondes puis se leva pour aller chercher un dossier dans le premier bureau. Il reprit sa place, remit ses lunettes, ouvrit la chemise. Elle ne contenait qu'une feuille de papier qu'il lui fallut une minute pour étudier.

— Oui, à ce qu'il paraît, je représente les intérêts de M. Abdul Hamdi, dit-il en regardant Erica par-dessus le bord de ses lunettes.

— Eh bien ! Il est mort, annonça-t-elle, décidée à ne pas employer le terme « assassiné ».

Malmud parut réfléchir, relut le papier qu'il tenait.

— Merci pour ce renseignement. Il va falloir que je prenne mes dispositions.

Il se leva, tendit la main à sa visiteuse indiquant que l'entretien était terminé.

— Savez-vous ce qu'est un Baedeker ? demanda Erica en traversant le bureau.

— Non, répondit-il en accélérant le pas.

Erica s'arrêta sur le seuil le temps de lui poser une autre question.

— N'avez-vous jamais possédé de guide Baedeker ?

— Jamais.

Yvon l'attendait à l'hôtel. Il avait une autre série de photos à lui faire examiner. L'un des hommes lui semblait vaguement familier, mais sans plus. Il y avait réellement peu de chances qu'elle arrive jamais à reconnaître les assassins. Elle tenta de le dire à Yvon, mais il insista.

— J'aime mieux que vous vous efforciez de coopérer avec moi plutôt que de me dire comment procéder !

Sortant sur la jolie terrasse, Erica se rappela la nuit précédente. L'intérêt que lui portait Yvon à présent paraissait strictement du domaine des affaires. Son désir satisfait, il avait reporté son attention à la statue de Séthi.

Elle accepta la situation avec philosophie, mais cela lui donna envie de quitter Le Caire pour retourner à Louxor. Elle le lui dit. Il commença par protester, mais elle éprouva un certain plaisir à lui refuser ce qu'il demandait. Visiblement, il n'en avait pas l'habitude. Il finit cependant par céder, allant même jusqu'à mettre son avion à sa disposition. Il la rejoindrait, dit-il, dès qu'il le pourrait.

Revenir à Louxor fut une joie. Malgré le souvenir de l'homme à la dent pointue, Erica se sentait beaucoup mieux en Haute-Égypte qu'au Caire.

Plusieurs messages d'Ahmed l'attendaient, lui demandant de l'appeler. Elle les posa à côté du téléphone et s'empressa d'ouvrir les fenêtres donnant sur le balcon. Il était 5 heures passées et le soleil avait perdu de sa chaleur.

Elle prit une douche et appela Ahmed qui parut soulagé et heureux de l'entendre.

— J'étais très inquiet, dit-il, surtout quand on m'a dit à l'hôtel ne pas vous avoir vue.

— J'ai passé la nuit au Caire. Yvon de Margeau m'y a emmenée en avion.

— Ah ! je comprends... (Un silence pénible s'établit avant qu'il reprenne :) Bref, je vous appelais pour savoir si cela vous ferait plaisir de visiter le temple de Karnak, cette nuit. La lune est pleine et le temple sera ouvert jusqu'à minuit. Le spectacle en vaut la peine.

— Cela me plairait beaucoup.

Ils décidèrent qu'il viendrait la chercher à 9 heures. Ils visiteraient le temple puis dîneraient dans un petit restaurant qu'il connaissait.

Le soleil ayant doré sa peau, éclairci ses cheveux, Erica était particulièrement jolie. Installée sur son balcon devant un verre, elle examinait le Baedeker.

Le nom écrit avec soin à l'intérieur de la couverture était bien celui de Nasef Malmud. Aucune erreur. Pourquoi Malmud avait-il menti ? Le volume était de bonne qualité, relié avec soin. Les illustrations en étaient nombreuses. Il y avait également quelques cartes dépliantes : une d'Égypte, une de Saqqarah et une de la nécropole de Louxor. Elle les examina l'une après l'autre.

Lorsqu'elle voulut replier la carte de Louxor, elle eut du mal à la remettre dans ses plis. Elle remarqua alors que le papier différait de celui des autres cartes. A y regarder de plus près, elle constata qu'elle était imprimée sur deux feuillets recollés. Elle leva le volume pour mieux éclairer la carte : un document y avait été glissé.

Elle se leva, regagna sa chambre, ferma l'une des portes donnant sur le balcon et, plaçant la carte contre la vitre, le soleil faisant réflecteur, put lire la lettre qui y était dissimulée. Elle était écrite en anglais et adressée à Malmud.

Cher Monsieur Malmud.

Cette lettre est écrite par mon fils qui exprime ma pensée. Je ne sais pas écrire. Je suis un vieil homme. Aussi, si vous lisez cette lettre ne déplorez pas mon sort. Servez-vous plutôt des renseignements ci-joints contre ceux qui ont préféré me faire taire que payer. Le procédé que je vous explique est celui employé depuis des années pour faire sortir de notre pays les pièces les plus belles. Je suis payé par un agent étranger — dont je ne veux pas dire le nom — pour remonter la filière de façon qu'il obtienne les trésors lui-même.

Quand on a trouvé une pièce de valeur, Lahib Zayed et son fils Fahté du Curio Antique Shop expédient des photos aux acheteurs éventuels. Ceux que ça intéresse viennent à Louxor et examinent les objets proposés. Quant le marché est conclu, l'acheteur doit verser l'argent au compte de la Banque de Crédit de Zurich. Les objets sont ensuite expédiés par bateau et livrés aux bureaux de l'Aegean Holidays Ltd au Caire, propriétaire Stephanos Markoulis. Là, les antiquités sont disséminées dans les bagages de touristes ne se doutant de rien (les pièces les plus importantes étant démontées) et expédiées avec le groupe jusqu'à Athènes par la Jugoslvenski Airlines. Le personnel de la compagnie d'aviation est payé pour laisser certains bagages continuer jusqu'à Belgrade et Ljubljana d'où ils sont transférés en Suisse.

Un nouveau trajet a été récemment établi via Alexandrie. La firme Futures Ltd., dirigée par Zayed Naquib, dissimule les antiquités dans les balles de coton expédiées à Pierce Fauve Galleries Marseille. Au moment de tracer ces lignes, cette route n'avait pas encore été vérifiée.

*Votre fidèle serviteur,
Abdul Hamdi*

Erica replia la carte et la replaça dans le guide. Elle était stupéfaite. Sans aucun doute, la statue achetée par Jeffrey Rice lui était parvenue par le groupe d'Athènes. C'était astucieux comme formule car on ne soumettait jamais à la même attention les bagages d'un groupe de touristes que ceux d'un simple particulier. Qui aurait soupçonné une vieille Américaine de soixante-dix ans de transporter des antiquités sans prix dans sa valise de cuir rose ?

Revenue sur son balcon, Erica s'accouda à la balustrade. Le soleil s'était couché à regret derrière les montagnes lointaines. Au milieu des champs irrigués se dressait le colosse de Memnon dans une ombre couleur lavande. Que devait-elle faire ? Donner le livre à Ahmed ou à Yvon ?... Plutôt à Ahmed. Le mieux pourtant serait d'attendre qu'elle soit prête à quitter l'Égypte. Ce serait plus prudent. Si important que fût à ses yeux de dénoncer le réseau du marché noir, Erica s'intéressait également à la statue de Séthi Ier et à l'endroit d'où on l'avait déterrée. Elle ne voulait pas que la police l'empêche de mener sa propre enquête.

Mais il fallait être réaliste. Garder ce livre représentait un danger. Le vieil antiquaire avait été un maître chanteur et ça lui avait coûté cher. Visiblement, Erica avait été un atout de dernière minute, pour lui. Personne ne savait qu'elle disposait d'un renseignement quelconque et elle l'ignorait elle-même quelques minutes plus tôt. Elle ne ferait état de ce qu'elle venait d'apprendre qu'au moment de quitter le pays.

Tout en regardant la nuit s'emparer doucement de la vallée, elle prépara son programme. Elle continuerait de jouer son rôle d'acheteur et ferait une visite au Curio Antique Shop. Ensuite, elle chercherait si Sarouat Raman, le chef d'équipe de Carter, vivait encore. Elle voulait parler à quelqu'un étant entré dans la tombe de Toutânkhamon le premier jour, l'interroger sur le papyrus décrit par Carnarvon dans sa lettre à sir Wallis Budge.

Leur voiture remontait doucement Shari el Bahr, le long du Nil bordé d'arbres. Le bruit régulier des sabots du cheval avait un effet reposant comme celui des vagues sur une plage de galets. Il faisait très sombre, la lune n'ayant pas encore dépassé la crête des arbres. Le vent léger soufflant du nord ne suffisait pas à déranger la surface lisse du fleuve.

Ahmed, de nouveau, était vêtu de toile blanche impeccable. De son visage, profondément hâlé, Erica ne voyait que le blanc de ses yeux et de ses dents.

Chaque fois qu'elle le rencontrait, elle se demandait ce qui le poussait à vouloir la voir. Il se montrait aimable et, cependant, maintenait nettement les distances. Il l'avait aidée à monter en voiture en lui tenant la main et en la poussant très légèrement à la hauteur de la taille. Autrement, il se gardait de la toucher.

— Avez-vous été marié ? demanda-t-elle, dans l'espoir d'apprendre quelque chose de lui.
— Non ! répondit-il d'un ton coupant.
— Excusez-moi. Je me mêle évidemment de ce qui ne me regarde pas.

Il leva un bras pour le placer sur le haut de la banquette, derrière Erica.

— Mais nullement. Ce n'est pas un secret, dit-il, la voix redevenue douce. Je n'ai pas eu de temps à consacrer au roman et sans doute mon séjour en Amérique m'a-t-il gâté. Les choses ne sont pas les mêmes, en Égypte. Mais sans doute n'est-ce qu'une excuse.

Ils passèrent devant un groupe de maisons de type occidental construites au bord du Nil et entourées de murs blanchis à la chaux. Devant chacune des grilles se tenait un soldat armé d'un pistolet-mitrailleur. Mais ils montaient une garde très relative, l'un d'eux avait même posé son arme contre le mur pour bavarder avec un passant.

— Quelles sont ces maisons ? demanda Erica.
— Celles de certains ministres.
— Pourquoi sont-elles gardées ?
— Le fait d'être ministre peut être dangereux dans ce pays. On ne peut pas plaire à tout le monde.
— Mais vous êtes ministre.
— Oui. Mais malheureusement, le peuple se préoccupe peu de mon ministère.

Ils roulèrent en silence pendant quelque temps puis Ahmed indiqua un bâtiment.

— Le service des antiquités de Karnak, dit-il.

Immédiatement derrière, Erica aperçut le premier pylône du grand temple d'Amon éclairé par la lune. Ils avancèrent jusqu'à l'entrée et descendirent de voiture.

Erica, émerveillée, remonta l'allée bordée de sphinx à têtes de bélier. La lumière diffuse de la lune naissante cachait les ruines, donnant l'impression que le temple servait encore.

Mais il leur fallait prendre garde en marchant et comme ils traversaient la grande cour pour pénétrer dans la salle hypostyle, brusquement Ahmed prit la main d'Erica.

La grande salle hypostyle était une véritable forêt de colonnes se dressant vers le ciel. La lumière de la lune passant par là où s'était trouvé un plafond baignait d'argent hiéroglyphes et gravures.

Sans parler, ils marchèrent main dans la main. Au bout d'une demi-heure, Ahmed ramena Erica au premier pylône, par une porte latérale. Là, un escalier de brique de quarante-deux mètres les emmena au sommet du temple. On y voyait tout Karnak. C'était prodigieux.

— Erica...

Elle se tourna, Ahmed, la tête penchée, l'admirait.

— ... Erica, je vous trouve très belle.

Elle aimait les compliments, mais ils la gênaient toujours un peu. Elle détourna les yeux. Il tendit la main et, doucement, lui passa le bout des doigts sur le front.

— Merci, Ahmed, répondit-elle simplement.

En relevant la tête, elle se rendit compte qu'il n'avait pas cessé de la regarder.

— Vous me rappelez Pamela, dit-il.

— Ah !

Ce n'était pas exactement ce qu'elle aurait souhaité entendre, mais sans doute considérait-il cela comme un compliment. Elle sourit et regarda au loin. Cette ressemblance avec Pamela expliquait peut-être pourquoi il cherchait à la rencontrer.

— Vous êtes plus belle qu'elle, mais vous avez la même franchise, la même chaleur.

— Écoutez, Ahmed, je ne vous comprends pas. La dernière fois que je vous ai vu je vous ai posé une question très innocente la concernant et demandé si votre oncle l'avait rencontrée et vous avez explosé. A présent vous tenez absolument à en parler. Je ne trouve pas cela très chic.

Ni l'un ni l'autre ne parla pendant quelque temps. Erica était à la fois intriguée et un peu anxieuse. Elle ne pouvait oublier la tasse à thé projetée contre le mur.

— Pensez-vous que vous pourriez vivre dans un endroit comme Louxor ? demanda-t-il enfin sans cesser de regarder le fleuve.

— Je ne sais pas, répondit Erica. Je n'y ai jamais songé. C'est très beau.

— C'est plus que beau. C'est hors du temps.

— Harvard Square me manquerait.

Ahmed se mit à rire, détendant l'atmosphère.

— Harvard Square. Quel endroit de fous. A propos, Erica, j'ai songé à votre intention de lutter contre le marché noir. Je ne suis pas sûr de vous avoir bien mise en garde. L'éventualité que vous puissiez être mêlée à tout cela me fait réellement peur. Je vous en prie, renoncez. Je ne peux pas supporter l'idée qu'il puisse vous arriver quelque chose.

Il se pencha vers elle, l'embrassa doucement sur la tempe.

— ... Venez. Il faut voir l'obélisque d'Hatshepsout au clair de lune.

Puis, la prenant par la main, il l'entraîna.

Leur promenade ayant duré près d'une heure, ils ne se mirent pas à table avant 11 heures. Le restaurant, situé au bord du fleuve, était à ciel ouvert et fréquenté par des gens de la région. On n'y voyait aucun touriste.

Ahmed, beaucoup plus détendu, écoutait Erica lui parler du sujet de sa thèse : *L'évolution syntactique des hiéroglyphes dans le Nouvel Empire*. Il ne put cacher son plaisir quand elle lui confia s'être inspirée de la poésie amoureuse de l'ancienne Égypte.

Puis, elle l'interrogea sur son enfance. Il lui dit avoir grandi avec bonheur à Louxor et y revenir toujours avec plaisir. Sa vie ne s'était compliquée que depuis son départ au Caire. Il lui parla de ses parents, de ses frères et sœurs.

— Existe-t-il un registre d'état civil à Louxor ? demanda Erica, au moment où, le dîner terminé, ils buvaient du café. De façon que l'on sache où regarder si l'on cherche quelqu'un ?

Il ne répondit pas immédiatement.

— Nous avons essayé d'en établir un, il y a quelques années, mais sans grand succès. Les renseignements enregistrés sont dans le bâtiment administratif situé à côté du bureau de poste. Autrement, il y a la police. Pourquoi cette question ?

— Simple curiosité, répondit-elle sans se compromettre.

Elle hésitait à lui raconter l'intérêt qu'elle portait aux premiers pilleurs de la tombe de Toutânkhamon. Mais elle craignait qu'il cherche à la freiner dans son enquête ou, pire encore, qu'il se mette à rire si elle lui disait rechercher Sarouat Raman dont la dernière référence remontait à cinquante-sept ans.

C'est alors qu'elle vit l'homme en noir. Il lui tournait le dos, mais elle aurait reconnu sa silhouette entre mille. Il était l'un des rares dîneurs habillés à l'occidentale.

— Que se passe-t-il ? demanda Ahmed, la sentant se raidir.

— Rien, rien.

Mais, elle était mal à l'aise. Puisqu'elle dînait avec Ahmed, l'homme en noir ne travaillait vraisemblablement pas pour le gouvernement. Qui était-il ?

SEPTIÈME JOUR

Louxor, 8 h 15

Le son de la voix enregistrée du muezzin de la petite mosquée construite contre le temple de Louxor sortit Erica d'un rêve agité. Elle cherchait à échapper à une sorte de monstre invisible et ne pouvait parvenir à avancer. Elle se réveilla entortillée dans les draps de lit et comprit qu'elle avait dû beaucoup remuer en dormant.

Elle se leva, ouvrit la fenêtre et l'air frais chassa les vestiges de son cauchemar. Pour une raison inconnue, il n'y avait pas d'eau chaude et, debout dans son énorme baignoire, elle dut s'asperger d'eau froide pour pouvoir se laver.

Elle quitta l'hôtel dès qu'elle eut pris son petit déjeuner pour trouver le Curio Antique Shop.

Déambulant dans Shari Lukanda, elle nota le nom des boutiques où elle avait déjà été. Celle qu'elle cherchait n'y figurait pas. L'un des commerçants lui expliqua qu'elle se trouvait Shari el Muntazah, non loin de l'hôtel Savoy. Elle trouva la rue et la boutique sans difficulté. Juste à côté, une autre boutique aux volets clos et même cloués. De l'enseigne, elle distingua le mot Hamdi.

Serrant son sac contre elle, elle pénétra dans le « Curio ». La marchandise y était abondante. Un couple de Français marchandait âprement une figurine en bronze. A peine furent-ils partis sans avoir fait affaire, que le propriétaire s'avançait vers Erica. D'allure distinguée, il avait les cheveux argentés, une moustache bien taillée.

— Je suis Lahib Zayed. Puis-je vous aider ? demanda-t-il, passant sans hésitation du français à l'anglais.

Comment avait-il deviné sa nationalité ?

— Oui, répondit-elle. J'aimerais voir cette figurine ushabati.

— Ah, l'une de mes plus belles pièces. Trouvée dans une tombe de noble.

Il prit la figurine avec mille précautions.

Erica profita de l'instant où il avait le dos tourné pour s'humecter le bout des doigts.

— ... Attention. C'est très fragile, dit le marchand en lui tendant l'objet.

Elle acquiesça d'un signe de tête et frotta ses doigts sur l'objet. Ils ne se colorèrent pas. Elle examina de plus près la sculpture et la façon dont les yeux étaient peints. Aucun doute, l'objet était authentique.

— Nouvel Empire, expliqua Zayed en reculant l'objet de façon qu'elle pût l'apprécier de loin. Je ne reçois des pièces de ce genre qu'une fois ou deux par an.

— Combien ?

— Cinquante livres. Normalement, j'aurais demandé davantage, mais vous êtes si belle.

Erica sourit ;

— Je vous en donne quarante, répondit-elle, sachant fort bien qu'il ne s'attendait pas à recevoir le prix demandé.

C'était un peu plus qu'elle n'avait eu l'intention de dépenser, mais il était important qu'elle passe pour une bonne cliente. D'autre part, cette statuette lui plaisait. Même si un examen approfondi révélait que c'était un faux remarquablement imité, elle garderait une valeur décorative. Ils s'entendirent pour quarante et une livres.

— Pour tout dire, je représente un groupe très

important, dit Erica, et je m'intéresse à quelque chose de très particulier.

— J'ai certainement quelques belles pièces qui peuvent vous plaire. Mais j'aimerais vous les montrer dans un décor plus approprié. Accepteriez-vous un verre de thé à la menthe ?

Erica refréna une impression d'angoisse en passant dans l'arrière-boutique. L'image d'Abdul Hamdi, la gorge tranchée, lui revint immédiatement en mémoire. Heureusement, les deux magasins étaient construits de façon différente. L'arrière de celui-ci donnait sur une cour inondée de soleil.

Zayed appela son fils, une réplique maigre et à cheveux bruns de son père, et lui dit de commander du thé pour leur invitée.

Zayed posa ensuite les questions usuelles à la jeune femme, lui demandant si elle aimait Louxor, si elle avait été à Karnak, ce qu'elle pensait de la Vallée des Rois. Il lui dit à quel point il aimait les Américains. Ils étaient si aimables !

« Et si naïfs », ajouta Erica pour elle-même.

Le thé arriva et Zayed produisit quelques objets intéressants dont plusieurs figurines de bronze, un buste en assez mauvais état, mais reconnaissable, d'Amenhotep III, ainsi qu'une série de statuettes en bois. La plus belle représentait une jeune femme dont la jupe était ornée de hiéroglyphes ; elle avait un visage dont la sérénité défiait le temps. Elle était mise à prix quatre cents livres. Après un examen consciencieux, Erica fut pratiquement convaincue que tous ces objets étaient authentiques.

— Cette statue et peut-être ce buste m'intéressent, dit Erica d'un ton de femme d'affaires.

Zayed s'en frotta les mains.

— ... J'en parlerai aux gens que je représente, ajouta Erica. Mais je connais un objet qu'ils achèteraient sans hésiter si je le trouvais.

— Quoi donc ?

— Un homme de Houston a acheté il y a un an une statue grandeur nature de Séthi Ier. Mes clients ont entendu dire qu'on en avait trouvé une autre.

— Je n'ai rien de la sorte.
— Bon, si vous en entendez parler, je suis au Winter Palace.

Elle écrivit son nom sur un morceau de papier et le lui donna.

— Et ces pièces-là ?
— Je vous l'ai dit, je vais contacter mes clients.

Elle prit son propre achat que l'on avait enveloppé de papier journal et retourna dans la boutique. Elle avait conscience d'avoir bien joué son rôle. En sortant, elle remarqua le fils de Zayed qui marchandait avec un homme. C'était l'Arabe qui la suivait. Sans ralentir le pas, ni regarder dans sa direction, elle sortit du magasin, mais un frisson glacé lui parcourut la colonne vertébrale.

Dès que son fils en eut terminé avec son client, Lahib Zayed ferma la porte de la boutique et tira le verrou.

— Viens dans le fond, ordonna-t-il à son fils. C'est la femme dont Stephanos Markoulis nous a dit de nous méfier l'autre jour, quand il est venu, annonça-t-il quand ils furent en sûreté dans l'arrière-boutique dont il avait même fermé la porte donnant sur la cour. Va à la poste. Appelle Markoulis et dis-lui que l'Américaine est venue et qu'elle a demandé la statue de Séthi Ier. Je vais aller voir Muhammad et lui dire de prévenir les autres.

— Qu'est-ce que la femme va devenir ?
— C'est facile à comprendre. Ça me rappelle ce jeune homme de Yale, il y a deux ans.
— Ils vont lui faire la même chose ?
— Sans aucun doute.

Le désordre qui régnait à la mairie de Louxor stupéfia Erica. Certaines personnes attendaient depuis si longtemps, qu'elles s'étaient endormies par terre. Dans un coin d'une salle, elle remarqua une famille installée comme si elle était là depuis plusieurs jours. De l'autre côté des comptoirs les employés ignoraient la foule et bavardaient entre eux. Sur chaque bureau s'amoncelaient des piles de formulaires soigneusement remplis et attendant une signature hypothétique. C'était ahurissant.

Quand Erica eut trouvé quelqu'un parlant anglais, elle apprit que Louxor n'était même pas centre administratif. Le Muhafazah de la région était installé à Assouan où se trouvaient tous les recensements. Lorsqu'elle eut dit à l'employée qu'elle voulait retrouver quelqu'un ayant vécu sur la rive ouest une cinquantaine d'années plus tôt, la femme la regarda comme si elle était folle et lui déclara que c'était impossible, mais qu'elle pouvait toujours s'informer auprès de la police. Celui qu'elle recherchait avait peut-être eu maille à partir avec les autorités.

Les policiers étaient d'abord plus facile que les fonctionnaires. Ils se montrèrent attentifs et aimables. Tout étant écrit en arabe, Erica se dirigea vers le seul guichet inoccupé. Un jeune et beau garçon en uniforme blanc fit le tour de son bureau pour s'occuper d'elle. Malheureusement, il ne parlait pas anglais et dut faire appel à un collègue, chargé des touristes.

— Que puis-je pour vous ?
— Je cherche à savoir si l'un des chefs d'équipe de Howard Carter, un certain Sarouat Raman, vit toujours. Il habitait sur la rive ouest.
— Quoi ? fit l'autre, incrédule et refrénant son envie de rire. On m'a déjà posé des questions bizarres, mais c'est certainement la plus intéressante. Vous parlez du Carter qui a découvert la tombe de Toutânkhamon ?
— Exactement.
— Ça remonte à une cinquantaine d'années.
— Je le sais. Je voudrais savoir s'il vit encore.
— Madame, personne ne sait combien de gens vivent sur la rive ouest et encore moins comment trouver une famille particulière. Mais je vais vous dire quoi faire. Allez là-bas, dans la mosquée du village de Gournah. L'imam est un vieil homme et il parle anglais. Peut-être pourra-t-il vous aider, mais j'en doute. Le gouvernement a tenté de reloger les villageois, de les faire partir des vieilles tombes. Mais ça a dégénéré en bataille. Ils ne sont pas accueillants. Soyez prudente.

Lahib Zayed regarda à droite, puis à gauche pour s'assurer que personne ne le voyait avant de pénétrer dans la ruelle aux murs blanchis à la chaux. Il la longea puis frappa à une lourde porte. Muhammad Abdulal était chez lui, il le savait. Il faisait toujours la sieste, après le déjeuner. Lahib donna de nouveau du poing dans la porte. Il craignait que quelqu'un le voie avant qu'il ait le temps d'entrer.

Un petit judas glissa et un œil ensommeillé injecté de sang s'y encadra. Puis on tira le verrou, la porte s'ouvrit. Lahib passa le seuil et la porte claqua derrière lui.

Muhammad Abdulal était vêtu d'une galabia froissée. Il était grand, lourd. Il avait les narines dilatées.

— Je t'ai dit de ne jamais venir ici. J'espère que tu as une bonne raison !

— Évidemment. Erica Baron, l'Américaine, est venue au magasin ce matin. Elle a dit représenter un groupe d'acheteurs. Elle n'est pas tombée de la dernière pluie. Elle s'y connaît en antiquités. Elle a même acheté quelque chose. Puis elle a demandé la statue de Séthi.

— Était-elle seule ? demanda l'autre.

— Je crois.

— Et elle a réclamé la statue de Séthi.

— Exactement.

— Eh bien, ça ne nous laisse pas beaucoup de choix. Je vais m'occuper des détails. Tu la préviens qu'elle pourra voir la statue demain. Qu'elle vienne seule à la mosquée de Gournah à la tombée de la nuit. Nous aurions dû nous débarrasser d'elle plus tôt, comme je le voulais.

— J'ai dit à Fathi de prévenir Stephanos Markoulis, ajouta Lahib quand l'autre eut terminé.

A peine eut-il achevé sa phrase qu'une gifle magistrale le déséquilibrait presque.

— *Karrah !* Qu'est-ce qui t'a pris de prévenir Stephanos ?

Lahib rentra la tête dans les épaules, attendant un autre coup.

— Il m'a demandé de lui faire savoir si cette femme se montrait. Il est aussi intéressé que nous.

— Tu n'as pas d'ordres à recevoir de Stephanos ! Je suis le seul à en donner ! hurla Muhammad. Tu as compris ? Maintenant, file et fais ce que je t'ai dit. Il faut s'occuper de l'Américaine.

Nécropole de Louxor, village de Gournah, 14 h 15

Le policier ne s'était pas trompé. Gournah n'était pas un endroit accueillant. Escaladant la colline qui séparait le village de la route goudronnée, Erica n'éprouvait pas cette impression de bienvenue manifestée partout ailleurs où elle avait été. Elle rencontra peu de gens et ceux qu'elle croisa la regardèrent avec animosité avant de se rencogner dans l'ombre. Les chiens eux-mêmes étaient galeux, hargneux.

Elle avait commencé à se sentir mal à l'aise dans le taxi lorsque le chauffeur avait protesté quand elle lui avait demandé d'aller à Gournah. Il l'avait laissée au pied d'une colline faite autant de déchets que de sable, prétendant que sa voiture ne pouvait effectuer la montée jusqu'au village.

Il régnait une chaleur infernale, bien au-dessus de quarante degrés. Le soleil tapait à pleine force, chauffant les roches à blanc, réfléchi par la couleur claire du sol. Pas un brin d'herbe n'y avait survécu. Cependant, les habitants de Gournah refusaient de s'en aller. Ils vivaient comme l'avaient fait leurs ancêtres pendant des siècles.

Les maisons, bâties en boue séchée, gardaient leur couleur naturelle ou avaient été passées à la chaux. Poursuivant son ascension, Erica apercevait, de temps à autre, entre les maisons, des ouvertures taillées dans le roc. C'était l'entrée d'anciens tombeaux. Dans certaines cours, de longues plates-formes de près de deux mètres de long, surélevées du sol par une colonne étroite d'un peu plus d'un mètre de hauteur, l'intriguèrent.

La mosquée, comme le reste du village, était faite de pisé et Erica se demanda si le tout disparaîtrait comme un château de sable sous l'effet d'une bonne pluie. Elle franchit une porte basse et se trouva dans une petite cour, face à un portique supporté par trois colonnes. A droite de l'édifice, une porte de bois plein. Craignant de commettre un impair, Erica attendit à l'entrée de la mosquée que son regard s'habitue à l'obscurité. Les murs intérieurs blanchis à la chaux étaient décorés de dessins géométriques compliqués. Le sol était couvert de magnifiques tapis. Agenouillé devant une alcôve dirigée vers La Mecque, un vieillard barbu chantait les mains sur ses joues.

Sans doute avait-il senti la présence d'Erica car il s'inclina, baisa la page du livre ouvert devant lui, se leva et se retourna.

N'ayant aucune idée de la façon de s'adresser à un religieux musulman, elle s'inclina avant de dire :

— Je voudrais vous demander des renseignements au sujet d'un homme. Un vieil homme.

L'imam la soumit à l'inspection de ses yeux noirs, profondément enfoncés dans leur orbite, puis il lui fit signe de le suivre. Ils traversèrent la petite cour, franchirent la porte qu'elle avait vue. Elle ouvrait sur une pièce austère avec une couchette à une extrémité ; une table à une autre. Il indiqua une chaise à Erica et s'assit.

— Pourquoi cherchez-vous quelqu'un à Gournah ? Nous n'aimons pas les étrangers ici.

— Je suis égyptologue et je désire trouver l'un des équipiers d'Howard Carter. Il s'appelait Sarouat Raman et vivait à Gournah.

— Oui, je sais.

Erica sentit son cœur palpiter d'espoir, mais il poursuivit :

— Il est mort il y a vingt ans. C'était un fidèle. Les tapis de la mosquée sont dus à sa générosité.

— Je comprends, dit Erica extrêmement déçue en se levant. Enfin, je vous remercie.

— C'était un homme bon, insista l'imam.

Erica acquiesça d'un signe de tête et sortit sous le soleil aveuglant, se demandant comment elle pourrait se débrouiller pour trouver un taxi qui la ramènerait jusqu'au débarcadère. Elle était sur le point de quitter la cour lorsque l'imam la rappela. Elle se retourna. Il était sur le pas de sa porte.

— La veuve de Raman vit toujours. Voudriez-vous la rencontrer ?

— Accepterait-elle de me parler ?

— J'en suis certain. Elle était gouvernante chez Carter et elle parle mieux anglais que moi.

Erica suivant l'imam encore plus haut dans la colline s'étonnait qu'on puisse porter des vêtements aussi épais avec cette chaleur. Quant à elle, elle était en nage. L'imam la conduisit jusqu'à une maison passée à la chaux, située un peu au-dessus des autres, au sud-ouest du village. La falaise se dressait, juste derrière. Sur la droite, Erica distingua le début d'une piste taillée à même la falaise et qui, vraisemblablement, menait à la Vallée des Rois.

Des dessins naïfs et fanés représentant des locomotives, des bateaux et des chameaux ornaient la façade de la maison.

— Le souvenir du pèlerinage de Raman à La Mecque, expliqua l'imam en frappant à la porte.

Dans la cour se dressait l'une des plates-formes qu'Erica avait déjà vues. Elle en demanda l'usage.

— Il arrive aux gens de dormir à l'extérieur, en été. Ils se servent de ces plates-formes pour se garer des scorpions et des cobras.

Elle en eut la chair de poule.

La porte s'ouvrit sur une très vieille femme. A la vue de l'imam, elle sourit. Ils s'entretinrent en arabe pendant quelques minutes. Puis elle leva son visage extrêmement ridé vers Erica.

— Soyez la bienvenue, dit-elle en anglais et en ouvrant davantage sa porte pour permettre à la jeune femme d'entrer.

L'imam salua et s'éloigna.

Tout comme la petite mosquée, la maison était d'une fraîcheur surprenante. Et, contrairement à son aspect extérieur, l'intérieur était charmant. Il y avait un parquet recouvert d'un beau tapis. Les meubles étaient simples, mais faits avec soin. Trois des murs s'ornaient de nombreuses photographies encadrées. Sur le quatrième on avait accroché une pelle à long manche, gravée.

La vieille femme dit s'appeler Aïda Raman et annonça avec fierté qu'elle aurait quatre-vingts ans en avril. Conformément aux règles de l'hospitalité arabe, elle apporta un rafraîchissement à Erica, lui précisant qu'il avait été fait avec de l'eau bouillie et qu'elle n'avait rien à craindre.

Erica trouva la vieille femme immédiatement sympathique. Elle souriait souvent, révélant les deux seules dents qui lui restaient. Erica lui expliqua qu'elle était égyptologue et Aïda fut visiblement très contente de parler d'Howard Carter : il était un peu bizarre et très seul, mais elle l'avait adoré. Elle se souvenait de l'affection qu'il portait à son canari et de sa peine quand il avait été dévoré par un cobra.

— Vous souvenez-vous du jour de l'ouverture de la tombe de Toutânkhamon ? demanda Erica.

— Oh ! oui. C'était un jour merveilleux. Très peu de temps après, Carter a aidé Sarouat à obtenir la concession du stand dans la vallée. Mon mari s'était douté que les touristes viendraient par millions voir la tombe. Il ne s'est pas trompé. Il a continué à aider pour la tombe mais il a surtout consacré tous ses efforts à la construction du restaurant. Il l'a pratiquement construit tout seul, en travaillant même la nuit...

Erica laissa la vieille femme bavarder encore un moment, puis elle lui demanda :

— Vous souvenez-vous de tout ce qui s'est passé le jour de l'ouverture de la tombe ?

— Bien sûr, répondit Aïda, un peu surprise de l'interruption.

— Votre mari a-t-il un jour mentionné un papyrus ?

Instantanément, les yeux de la vieille femme se voilèrent. Ses lèvres remuèrent, mais il n'en sortit aucun son. Erica retint sa respiration, attendant la réponse.

— Êtes-vous du gouvernement ? demanda enfin Aïda Raman.
— Non.
— Pourquoi me demandez-vous ça ? Tout le monde sait ce qu'on a trouvé. On a écrit des livres.
Posant son verre sur la table, Erica expliqua la curieuse différence entre les notes de Carter et la lettre de lord Carnarvon à sir Wallis Budge.
— Non, répondit la vieille après un silence pénible, il n'y avait pas de papyrus. Mon mari n'aurait jamais pris un papyrus dans la tombe.
— Je n'ai pas dit que votre mari l'a pris, dit doucement Erica.
— Oui, vous l'avez dit. Vous avez dit que mon mari...
— Non. Je vous ai simplement demandé s'il avait parlé d'un papyrus. Je ne l'accuse pas.
— Mon mari était un homme honnête.
— Sûrement. Carter était exigeant. Votre mari devait être parfait. Personne ne cherche à mettre son honnêteté en doute.
Il y eut un nouveau silence, très long. Finalement Aïda se tourna vers Erica.
— Cela fait plus de vingt ans que mon mari est mort. Il m'a dit de ne parler du papyrus à personne. Je ne l'ai pas fait, même depuis sa mort. Mais personne ne m'en a parlé non plus. C'est pourquoi ça m'a fait un tel effet. Dans un sens, c'est plutôt un soulagement d'en parler à quelqu'un. Vous ne préviendrez pas les autorités ?
— Non, je vous le promets. Ainsi, il existait bien un papyrus et votre mari l'a sorti de la tombe ?
— Oui.
Erica, à présent, se doutait de ce qui s'était passé. Raman avait vendu le papyrus. Il serait difficile de le retrouver.
— Comment a-t-il fait pour le prendre ?
— Il l'a pris, le premier jour, dès qu'il l'a vu. Tout le monde ne regardait que les trésors. Il pensait qu'il s'agissait d'une sorte de malédiction et que l'on arrêterait tout si on le savait. Lord Carnarvon croyait beaucoup aux sciences occultes.

Erica s'efforça de s'imaginer ce qui s'était passé ce jour extraordinaire. Carter n'avait pas dû remarquer le papyrus dans sa hâte de s'assurer que le mur de la chambre funéraire était intact et les autres avaient dû être subjugués par la splendeur des trésors.

— S'agissait-il d'une malédiction ? demanda-t-elle.

— Non. Mon mari ne l'a montré à aucun des égyptologues, mais il l'a recopié par petites parties et il a demandé à des experts de les lui traduire et il a reconstitué le texte. Non, ce n'était pas une malédiction.

— A-t-il dit de quoi il s'agissait ?

— Non. Simplement que ça avait été écrit à l'époque des pharaons par un homme astucieux qui tenait à faire savoir que Toutânkhamon avait aidé Séthi Ier.

Le cœur d'Erica bondit. Ce papyrus, comme la statue, associait le nom des deux pharaons.

— Avez-vous une idée de ce que ce papyrus est devenu ? Votre mari l'a-t-il vendu ?

— Non, il ne l'a pas vendu. Je l'ai.

Erica blêmit. Elle aurait été incapable de faire un mouvement. La vieille femme s'était levée et allait en trottinant vers le mur où était accrochée la pelle.

— Howard Carter a donné cette pelle à mon mari, expliqua-t-elle en détachant le manche de la plaque de métal gravé. Le manche était creux. On n'a pas touché à ce papyrus depuis cinquante ans, continua-t-elle en extrayant le document.

Elle le déroula sur la table, se servant des deux parties de la pelle comme presse-papiers.

Lentement, Erica se leva et, extasiée, regarda les alignements de hiéroglyphes. Il s'agissait d'un document officiel. Immédiatement, elle repéra les cartouches de Séthi Ier et de Toutânkhamon.

— Puis-je le photographier ? demanda-t-elle, osant à peine respirer.

— Si cela ne doit pas ternir la mémoire de mon mari.

— Je peux vous l'assurer, répondit la jeune

femme, armant son Polaroïd. Je ne ferai rien sans votre autorisation.

Elle prit plusieurs photos, s'assura qu'elles étaient suffisamment nettes pour lui permettre de travailler.

— Je vous remercie. A présent, remettez ce papyrus à sa place, mais, je vous en prie, faites attention. Il peut avoir une énorme valeur et rendre célèbre le nom de Raman.

— C'est surtout la réputation de mon mari qui m'intéresse, répondit Aïda Raman. D'ailleurs le nom de la famille s'éteindra avec moi. Nous avions deux fils, ils ont été tués à la guerre tous les deux.

— Votre mari avait-il autre chose provenant de la tombe de Toutânkhamon ? demanda Erica.

— Oh, non !

— Parfait. Je vais traduire le papyrus et je vous dirai ce qu'il signifie. Je ne dirai rien aux autorités. La décision vous reviendra. En attendant ne le montrez à personne d'autre.

Déjà, Erica tenait à garder le secret de sa découverte.

En sortant de chez Aïda Raman, elle réfléchissait au meilleur moyen de retourner à l'hôtel. La perspective de faire plus de quatre kilomètres pour atteindre le débarcadère était loin de l'enthousiasmer. Elle décida donc de courir le risque de s'engager sur la piste, derrière la maison. De là, elle gagnerait la Vallée des Rois où elle trouverait sûrement un taxi.

La montée fut très dure, sous une chaleur terrible, mais la vue merveilleuse. Elle avait, à ses pieds, le village de Gournah. Juste derrière le village, les ruines majestueuses du temple de la reine Hatshepsout lové contre la montagne. Toute la vallée verte s'étendait devant elle, le Nil serpentant au milieu. Se protégeant les yeux du soleil, Erica se tourna vers l'ouest. Là se trouvait la Vallée des Rois. Au-delà, les pitons rouges des montagnes thébaines se fondant avec le Sahara. Erica éprouvait une impression de solitude terrifiante.

Redescendre dans la vallée fut comparativement facile, mais, arrivée au bout, elle avait si chaud et tellement soif que malgré son envie de rentrer à son hôtel pour s'attaquer à sa traduction, elle se dirigea vers la buvette, où se pressait une foule de touristes, pour boire quelque chose. En gravissant les degrés menant à la terrasse, elle ne put s'empêcher de penser à Sarouat Raman.

Quelle histoire étrange ! Cet homme avait volé un papyrus parce qu'il avait peur que la malédiction qui y était inscrite empêchât la poursuite de l'excavation.

Erica acheta une boîte de Pepsi-Cola et trouva une chaise vide. Installée, elle examina le reste du bâtiment. Il était fait de pierres prises sur place. Stupéfiant que Raman ait construit cela tout seul. Dommage qu'elle n'ait pas pu le rencontrer. Elle aurait, en outre, bien aimé lui demander pourquoi il n'avait pas trouvé un moyen de rendre le papyrus quand il s'était rendu compte qu'il ne portait pas malheur. Il n'avait visiblement pas voulu le vendre. Sans doute avait-il eu peur des conséquences.

Elle but une longue gorgée de son Pepsi et sortit l'une des photos de son sac. Elle avait à peine commencé sa lecture qu'elle buta sur un nom propre et, stupéfaite, le prononça à mi-voix : « Nénephta... Mon Dieu ! »

Un groupe de touristes s'apprêtait à repartir dans un autobus. Peut-être pourrait-elle se joindre à eux jusqu'au débarcadère. Elle remit ses photos dans son sac et, vivement, chercha les toilettes pour dames. Un serveur lui dit que l'édifice se trouvait sous le stand. Elle en trouva l'entrée, mais l'odeur d'urine était telle qu'elle décida d'attendre d'être revenue à l'hôtel.

Louxor, 18 h 15

Debout devant son balcon, Erica étira ses bras au-dessus de sa tête et poussa un soupir de soulagement. Elle avait fini de traduire le texte du papyrus.

Cela n'avait pas été difficile, mais elle n'en comprenait pas très bien le sens.

Un paquebot de luxe glissait sur le Nil. Après son immersion dans le passé, cette image lui parut incongrue.

Elle retourna à la table où elle avait travaillé, prit sa feuille et relut son texte :

Moi, Nénephta, architecte en chef du Dieu vivant (puisse-t-il vivre éternellement) Pharaon, roi de nos deux pays, le grand Séthi Ier *demande humblement pardon du trouble infligé au repos éternel du jeune roi Toutânkhamon dans ces humbles murs avec ces quelques provisions. L'incroyable sacrilège du tailleur de pierre Eméni dans sa tentative de pillage de la tombe du Pharaon Toutânkhamon n'aura pas été vain. Comme le veut la loi le tailleur de pierre a été empalé et ses restes jetés aux chacals. Le tailleur de pierre Eméni m'a permis de comprendre le cheminement des hommes avides et sans foi. Aussi, moi, architecte en chef, je sais à présent comment assurer la sécurité éternelle du Dieu vivant (puisse-t-il vivre éternellement) Pharaon, roi de nos deux pays, le grand Séthi I*^{er}*. Imhotep, architecte du Dieu vivant Djeser et bâtisseur de la pyramide à degrés et Néferhotep, architecte du Dieu vivant Khoufou bâtisseur de la grande pyramide usèrent de ce moyen dans leurs monuments mais incomplètement. Aussi, au cours de la première période sombre le repos éternel des Dieux vivants Djeser et Khoufou a-t-il été violé. Mais, moi, Nénephta, architecte en chef, j'ai trouvé le moyen et compris la convoitise des pilleurs de tombes. Aussi en sera-t-il fait et le tombeau du jeune Pharaon Toutânkhamon est rescellé ce jour.*

An 10 du fils de Rê, Pharaon Séthi Ier*, deuxième mois de germination, 12*^{e} *jour.*

Erica reposa son feuillet sur la table. Le mot qui la tracassait le plus était : *moyen*. Le hiéroglyphe pouvait aussi bien signifier « méthode », « façon », ou même « truc ». Cependant, elle ne comprenait pas le sens du message. L'orgueil de Nénephta l'avait fait sourire. En dépit de ce qu'il proclamait, la magnifique tombe de Séthi avait été pillée un siècle après sa fermeture alors que l'humble tombeau de Toutânkhamon était resté inviolé pendant près de trois mille ans.

A relire le passage mentionnant Djeser et Khoufou, elle regretta de n'avoir pas visité la Grande Pyramide. Elle n'avait pas voulu s'y précipiter, comme tous les autres touristes. Elle avait eu tort. Comment Néferhotep avait-il employé le « moyen », mais incomplètement ? Même à l'époque de Nénephta, la Grande Pyramide était déjà fort ancienne et sans doute ne la connaissait-il pas mieux qu'elle-même. Elle décida d'aller la visiter. Peut-être qu'à son ombre, ou dans ses entrailles, elle comprendrait ce que Nénephta entendait par « moyen ».

Elle consulta sa montre. Elle pouvait aisément prendre le train de 19 h 30 pour Le Caire. Fiévreusement, elle empila dans son sac à bretelle son appareil-photo, son guide, sa lampe électrique, des jeans et des sous-vêtements. Puis elle prit un bain rapide.

Avant de quitter l'hôtel, elle appela Ahmed et lui annonça qu'elle allait passer un jour ou deux au Caire car elle avait une envie folle de voir la Grande Pyramide de Chéops. Il réagit aussitôt.

— Il y a tellement à faire à Louxor. Cela ne peut-il attendre ?

— Non. Brusquement, j'ai envie de la voir.

— Vous rencontrerez Yvon de Margeau ?

— Peut-être, répondit-elle, évasive. (Serait-il jaloux ?) Vous avez un message à lui transmettre ?

— Non, bien sûr que non ! Ne mentionnez même pas mon nom. Appelez-moi à votre retour.

Il avait raccroché avant qu'elle ait pu lui dire au revoir.

Lorsque Erica monta dans le train, Lahib Zayed

pénétra au Winter Palace. Ne la trouvant pas, il décida de revenir plus tard, effrayé à l'idée de ce que lui ferait Muhammad s'il ne transmettait pas le message convenu.

Après le départ du train, Khalifa se rendit à la poste et télégraphia à Yvon de Margeau qu'Erica était en route pour Le Caire.

HUITIÈME JOUR

Le Caire, 7 h 30

Erica, ayant une demi-heure à attendre, s'offrit un second petit déjeuner qu'elle prit sur la terrasse du Mena. Il y avait peu de monde et la piscine était vide. Juste devant elle, dominant une rangée d'eucalyptus et de palmiers, se dressait la Grande Pyramide.

Ayant entendu parler de la pyramide depuis l'enfance, elle s'était préparée à être un peu déçue. Mais ce ne fut pas le cas. La majesté et la symétrie du monument l'emplissaient d'admiration.

Elle chercha à se mettre à la place de Nénephta et, son guide posé devant elle, étudia le plan de la pyramide comme il aurait pu le faire. Sans doute en savait-elle davantage que lui, des études poussées ayant démontré que, comme la plupart des autres pyramides, celle-ci avait subi des modifications importantes en cours de construction. On pensait en fait que la Grande Pyramide était passée par trois stades distincts. Au cours du premier, concernant un monument de moindres dimensions, la chambre funéraire devait être en sous-sol et avait été creusée dans le roc. Puis, l'édifice agrandi, on avait projeté d'installer une nouvelle chambre funéraire à l'intérieur. Erica regarda le plan de cette chambre, faussement appelée Chambre de la Reine. On ne pouvait visiter la crypte sans autorisation spéciale, mais la Chambre de la Reine était ouverte au public.

Elle jeta un coup d'œil à sa montre. Presque 8 heures. Elle voulait être l'une des premières à entrer. Quand les autobus déchargeraient leur flot de touristes, elle serait bousculée dans les couloirs étroits.

Repoussant des propositions insistantes de promenades à dos d'âne ou de chameau, elle se dirigea vers le plateau où se dressait la pyramide. Plus elle s'en approchait, plus elle lui semblait imposante. Elle aurait pu citer les millions de tonnes de pierre qu'il avait fallu employer pour la construire et cependant cela ne l'avait jamais impressionnée. Mais, à présent, elle marchait comme en transe.

Elle était seule à l'entrée et elle n'eut pas à attendre. La pénombre remplaça l'éclat aveuglant du soleil.

Les blocs de granit qui avaient arrêté le calife Al Mamoun, en 820 avant J.-C., étaient toujours en place au bout du tunnel qu'il avait fait percer. Au-delà, montait un étroit corridor dans lequel on ne pouvait se tenir debout. Pour faciliter l'ascension on avait fixé des barres horizontales sur la roche lisse. Le couloir, d'une trentaine de mètres de long, aboutissait dans la grande galerie et Erica se redressa avec soulagement.

La grande galerie montait aussi raide mais sa voûte, de près de six mètres de haut, changeait agréablement du boyau précédent. A droite, une grille recouvrait l'entrée du puits communiquant avec la chambre funéraire. En face, l'ouverture qu'elle cherchait. Courbant le dos à nouveau, elle pénétra dans le long couloir menant à la Chambre de la Reine.

Là, elle put se redresser. On respirait avec difficulté. Elle ferma les yeux, s'efforçant de se concentrer. La pièce était dépourvue de décoration.

D'après le plan de son guide, elle se trouvait juste au-dessus de la chambre funéraire d'origine et sous la Chambre du Roi, construite au cours de la troisième et dernière modification de la pyramide. Il était temps qu'elle aille la visiter.

Se penchant pour pénétrer dans l'étroit couloir menant à la grande galerie, Erica vit quelqu'un s'approcher. Elle attendit car il était difficile de se croiser dans le passage. La sortie momentanément bloquée, elle éprouva une terrible impression de claustrophobie. Brusquement, elle eut conscience des milliers de tonnes de roc au-dessus d'elle.

— Peuh, c'est juste une pièce vide ! se plaignit le nouveau venu, un touriste américain.

Elle fit un signe de tête et s'engagea dans le tunnel. Quand elle atteignit la grande galerie, il y avait déjà foule. Elle monta au sommet derrière un Allemand obèse et gravit l'escalier de bois lui permettant d'être au niveau du passage menant à la Chambre du Roi. On distinguait nettement, sur les côtés, les entailles destinées aux lourdes portes coulissantes.

Erica se trouva dans une pièce de granit rose. Dans un angle, un sarcophage en très mauvais état. Il y avait une vingtaine de personnes sur place et l'atmosphère était oppressante.

Une fois de plus, elle chercha un indice indiquant le moyen de décourager les pilleurs de tombes. Peut-être ce système de portes coulissantes était-il ce à quoi avait pensé Nénephta : des blocs de granit pour interdire l'accès de la tombe ? Mais c'était en usage dans la plupart des pyramides. A ceci près qu'il n'y en avait pas dans la pyramide à degrés et Nénephta précisait que le « moyen » avait été employé dans les deux.

Erica ne trouva pas de réponse à l'énigme posée par l'architecte. En cela, comme pour d'autres mystères, la Grande Pyramide resta muette. Les visiteurs se faisant de plus en plus nombreux, Erica décida de retourner à l'air libre. Auparavant, elle voulut jeter un coup d'œil au sarcophage dont beaucoup d'égyptologues discutaient l'origine, l'âge et l'usage.

Elle était penchée au-dessus lorsqu'elle s'entendit appeler.

— Miss Baron...

Elle se retourna, très surprise. Elle regarda les gens qui l'entouraient. Personne ne semblait faire attention à elle. Puis elle baissa les yeux. Un petit garçon au visage angélique, à la galabia crasseuse, lui souriait.

— Miss Baron ?
— Oui, répondit-elle, hésitante.
— Vous devez aller au Curio Shop pour voir la statue. Faut aller aujourd'hui. Vous devez aller seule.

Là-dessus il tourna les talons et disparut.

— Attends ! cria Erica en écartant les gens au passage.

Le petit garçon galopait déjà dans la grande galerie. Erica tenta de le suivre. En vain.

Elle ralentit l'allure. Jamais elle ne le rattraperait. Mais elle pensa au message qu'il venait de lui transmettre et sentit son cœur bondir de joie. Sa ruse avait réussi. Elle avait trouvé la statue !

Louxor, midi

Lahib Zayed se sentit brutalement quitter le sol. Evangelos l'avait empoigné par le devant de sa galabia et le soulevait.

— Où est-elle ? gronda-t-il.

Stephanos Markoulis remit à sa place une figurine qu'il examinait et se tourna vers les deux hommes.

— Lahib, je ne peux pas arriver à comprendre pourquoi, après m'avoir fait savoir qu'Erica Baron était venue demander la statue de Séthi, tu ne veuilles pas me dire où elle est.

Lahib tremblait de peur, sans trop savoir qui il devait craindre davantage de Markoulis ou de Muhammad. Mais à sentir les doigts d'Evangelos se resserrer autour de son cou, il décida que c'était Markoulis.

— D'accord, je vous le dis.
— Laisse-le, Evangelos.

Le Grec lâcha prise si brusquement que Lahib manqua tomber à la renverse.

— Alors ?

— Je ne sais pas où elle est en ce moment, mais je sais où elle est descendue. Au Winter Palace. Mais, monsieur Markoulis, on s'occupera de cette femme, tout est prévu.

— Je m'en occuperai moi-même, c'est plus sûr. Mais ne te tracasse pas, on reviendra pour te dire au revoir. Merci de ton aide.

Markoulis fit un geste à Evangelos et les deux hommes sortirent de la boutique. Lahib se rua alors jusqu'à la porte et les suivit du regard jusqu'à ce qu'ils disparaissent.

— Il va y avoir de la casse à Louxor, dit-il à son fils. Emmène ta mère et ta sœur à Assouan cet après-midi. Dès que l'Américaine sera venue et que je lui aurai donné le message, je te rejoindrai.

Stephanos Markoulis posta Evangelos dans le hall d'entrée du Winter Palace pendant que lui-même approchait de la réception tenue par un beau Nubien à la peau comme de l'ébène poli.

— Mlle Erica Baron est-elle descendue chez vous ? lui demanda le Grec.

L'employé consulta son registre.

— Oui, monsieur.

— Bon. Je voudrais lui laisser un message. Pouvez-vous me prêter du papier et une plume ?

— Bien sûr, monsieur.

Aimable, l'employé tendit papier, plume et enveloppe.

Markoulis feignit d'écrire, glissa la feuille vierge dans l'enveloppe, scella celle-ci et la tendit au Nubien qui se tourna et la glissa dans la case 218. Markoulis le remercia, rejoignit Evangelos et, ensemble, ils montèrent au second étage.

Personne ne répondit quand ils frappèrent au 218 et Markoulis monta la garde pendant qu'Evangelos s'attaquait à la serrure. Celle-ci n'offrit aucune résistance et les deux hommes se retrouvèrent bientôt dans la chambre. Markoulis referma derrière lui, jeta un coup d'œil à la ronde.

— Regardons s'il y a quelque chose à trouver. Ensuite, nous attendrons qu'elle revienne.

— Faudra-t-il que je la tue immédiatement ? demanda Evangelos.

L'autre sourit.

— Non, on bavardera un peu avant. Mais, moi le premier.

Evangelos parut trouver cela très drôle car il se mit à rire. Puis il ouvrit un tiroir de la commode, révélant, en petites piles régulières, les slips d'Erica.

Le Caire, 14 h 30

— Vous en êtes certaine ? demanda Yvon incrédule.

— Autant qu'on peut l'être, répondit Erica, enchantée de sa surprise.

Après avoir reçu le message, à la Grande Pyramide, elle avait décidé d'aller le voir. Il serait sûrement ravi d'être mis au courant et elle était presque sûre qu'il accepterait de la ramener à Louxor.

— C'est presque incroyable, dit Yvon, ses yeux bleus plus lumineux que jamais. Comment savez-vous qu'il se propose de vous montrer la statue de Séthi ?

— Parce que c'est ce que j'ai demandé.

— Vous êtes extraordinaire. J'ai fait tout ce que je pouvais pour la retrouver et vous y parvenez, comme ça.

Il illustra sa pensée d'un claquement de doigts.

— Je ne l'ai pas encore vue, rectifia Erica. Il faut que j'aille au Curio Shop cet après-midi, et seule.

— Nous pouvons partir dans l'heure.

Yvon tendit la main vers le téléphone. Il était surpris que la statue fût revenue à Louxor. En fait, cela lui semblait même suspect.

Erica se leva, s'étira.

— J'ai passé la nuit dans le train et rien ne me

ferait plus plaisir qu'une douche si vous n'y voyez pas d'inconvénient.

D'un geste, Yvon lui indiqua la chambre voisine. Erica prit son sac et se dirigea vers la salle de bains pendant qu'il discutait avec son pilote.

Il raccrocha, prêta l'oreille au bruit de la douche et se tourna vers Raoul.

— C'est peut-être l'occasion que nous cherchions. Mais nous devons nous montrer extrêmement prudents. C'est le moment où jamais de se fier à Khalifa. Mets-toi en contact avec lui et préviens-le que nous arriverons vers 18 h 30. Dis-lui qu'Erica rencontrera ce soir les gens que nous cherchons. Il y aura sûrement de la casse. Qu'il soit prêt. Et qu'il sache que, si elle est tuée, son compte est bon.

Le petit avion à réaction pencha légèrement sur la droite, puis, dans un virage élégant, passa par-dessus la vallée du Nil à six kilomètres environ au nord de Louxor. Yvon abandonna les commandes à son pilote pour revenir parler avec Erica.

— Revoyons tout cela encore une fois, dit-il en faisant pivoter un des larges fauteuils pour faire face à la jeune femme.

Le sérieux de sa voix la rendait anxieuse. Au Caire, la perspective de voir la statue de Séthi l'avait enthousiasmée, mais ici, à Louxor, elle sentait la peur l'envahir.

— ... Dès notre arrivée, continua Yvon, vous prenez un taxi et vous allez au Curio Shop. Raoul et moi, nous vous attendrons au New Winter Palace, suite 200. Quoique je sois certain que la statue ne sera pas au magasin.

— Qu'entendez-vous par là ?

— Ce serait beaucoup trop dangereux. Non, elle sera ailleurs. On vous y emmènera. C'est le procédé.

— Mais elle était chez Abdul Hamdi, protesta-t-elle.

— Pur hasard. Elle était en transit. Cette fois-ci, je suis sûr qu'on vous emmènera autre part pour la voir. Essayez de vous souvenir exactement où, pour que nous puissions y retourner. Quand on vous l'aura montrée, marchandez avec eux. Si vous ne le faites pas, cela éveillera leurs soupçons. Mais n'oubliez pas, je suis prêt à payer ce qu'ils demandent à condition qu'ils garantissent pouvoir la faire sortir d'Égypte.

— Par l'intermédiaire de la Banque de Crédit de Zurich par exemple ?

— Comment savez-vous cela ?

— De la même façon que j'ai su comment aller au Curio Antique Shop.

— Comment ?

— Je n'ai pas envie de vous le dire. Pas encore, à tout le moins.

— Erica, ce n'est pas un jeu.

— Je le sais parfaitement ! répliqua-t-elle. (Il avait réussi à la rendre de plus en plus nerveuse.) C'est pourquoi je ne veux pas vous le dire encore.

Il la regarda, perplexe.

— Entendu, dit-il enfin. Mais je veux que vous reveniez à mon hôtel le plus tôt possible. On ne peut pas laisser disparaître cette statue une fois de plus. Dites-leur que l'argent peut être à leur disposition dans les vingt-quatre heures.

Elle acquiesça d'un signe de tête et regarda par le hublot. L'avion s'immobilisa. Les moteurs se turent. Elle respira à fond et déboucla sa ceinture.

De son poste d'observation, Khalifa vit la porte de l'appareil s'ouvrir. Dès qu'il aperçut Erica, il rejoignit sa voiture, s'assurant de la position de son automatique avant de s'installer au volant. Certain que ce soir il allait mériter son salaire, il se dirigea vers Louxor.

Dans la chambre d'Erica, au Winter Palace, Evangelos tira son Beretta de sous son bras gauche pour en caresser la crosse en ivoire.

— Mets ce truc à sa place ! ordonna Markoulis allongé sur le lit. Ça me rend nerveux de te voir tripoter ça. Détends-toi, nom de Dieu ! Elle va se montrer cette fille. Toutes ses affaires sont ici.

En arrivant en ville, Erica songea à s'arrêter à

237

l'hôtel pour y déposer sa caméra et ses vêtements. Mais, craignant que Lahib Zayed ne ferme sa boutique, elle décida de s'y rendre directement comme l'avait suggéré Yvon. Elle demanda au chauffeur de l'arrêter à l'une des extrémités de Shari El Muntazah à quelques mètres de son but.

Elle se sentait très nerveuse. Sans le savoir, Yvon avait amplifié toutes ses craintes. Elle ne pouvait oublier qu'elle avait vu tuer un homme à cause de cette statue. Qu'allait-elle subir pour pouvoir la revoir ? La boutique était pleine de touristes, aussi passa-t-elle sans entrer. Elle s'arrêta un peu plus loin de façon à en surveiller la porte. Quelques minutes plus tard, un groupe d'Allemands en émergea. C'était maintenant ou jamais.

Elle fut très surprise de trouver un Lahib Zayed exubérant alors qu'elle s'attendait à le voir furtif. Il émergea de derrière son comptoir à la vue d'Erica comme si elle était une vieille amie perdue de longue date.

— Je suis si content de vous revoir, miss Baron. Je ne peux pas vous dire à quel point je suis content.

Un peu circonspecte tout d'abord, Erica fut gagnée par la sincérité apparente de l'autre.

— Voulez-vous un peu de thé ?

— Non, je vous remercie. Je suis venue aussi vite que possible, dès que j'ai reçu votre message.

— Ah ! oui. La statue. Vous avez vraiment beaucoup de chance, parce qu'on va vous montrer une pièce merveilleuse. Une statue de Séthi Ier grande comme vous.

Il ferma un œil, jaugeant sa taille.

Il en parlait avec un tel détachement que ses craintes lui semblaient mélodramatiques, enfantines.

— Cette statue est-elle ici ? demanda-t-elle.

— Oh ! non. Le Département des Antiquités ne sait pas que nous vous la montrons — il cligna de l'œil. Il faut tout de même prendre certaines précautions. Et comme il s'agit d'une pièce très grande et très belle, nous ne l'avons pas ici, à Louxor. Elle est

sur la rive ouest, mais nous pouvons la livrer là où le voudront vos clients.
— Comment dois-je faire pour la voir ?
— Très simple. Mais comprenez bien d'abord qu'il faut que vous y alliez seule. On ne peut pas montrer ce genre d'objet à plusieurs personnes. Si vous êtes accompagnée ou même suivie vous perdrez toute chance de la voir. C'est clair ?
— Parfaitement.
— Très bien. Il vous faut seulement traverser le Nil et prendre un taxi jusqu'à un petit village appelé Gournah qui se trouve...
— Je le connais.
— Cela facilite tout, constata Zayed en riant. Il y a une petite mosquée dans ce village.
— Je la connais.
— Ah ! merveilleux, alors vous n'aurez aucun mal. Arrivez à la mosquée, ce soir, au crépuscule. Quelqu'un vous y attendra et vous montrera la statue. C'est aussi simple que ça.
— Entendu.
— Autre chose. Demandez donc au taxi de vous attendre en bas du village moyennant un petit supplément. Sans quoi, plus tard, vous auriez du mal à retourner au débarcadère.
— Merci beaucoup, dit Erica, touchée.
Il la regarda descendre Shari el Muntazah. Elle se retourna et il agita le bras en signe d'adieu. Puis, vivement, il ferma sa porte, assujettit la barre. Dans une cache creusée sous le plancher, il dissimula ses plus belles poteries, puis il sortit par la porte de derrière, la ferma et se dirigea vers la gare. Il avait juste le temps d'attraper le train pour Assouan.

Erica se sentait beaucoup mieux. Ses craintes étaient injustifiées. Lahib Zayed s'était montré franc, amical et attentionné. Elle ne regrettait qu'une chose, devoir attendre pour voir la statue. Il lui restait au moins une heure devant elle, plus de temps qu'il ne lui en fallait pour rentrer à l'hôtel et mettre son jean pour la randonnée à Gournah.

En approchant le majestueux temple de Louxor qu'encerclait à présent la ville moderne, Erica s'arrêta net. Elle n'avait pas accordé une pensée à l'idée d'être suivie. Qu'elle le soit et cela mettrait tout par terre. Elle se retourna vivement, cherchant son suiveur habituel. Il y avait beaucoup de monde, mais pas d'homme au nez crochu et au complet noir. Il lui fallait une certitude. Elle revint sur ses pas, acheta un billet d'entrée pour le temple et entra par le passage entre les tours du pylône. Dans la cour de Ramsès II que ceignait majestueusement une double rangée de colonnes à chapiteaux papyriformes, elle tourna immédiatement à droite dans une petite chapelle dédiée au dieu Amon. De là, elle pouvait voir l'entrée aussi bien que la cour. Il y avait une vingtaine de personnes assemblées, photographiant les statues de Ramsès II. Erica décida d'attendre un quart d'heure. Si personne n'apparaissait, elle oublierait celui qui la suivait avec tant d'obstination.

Elle passa la tête dans la chapelle pour regarder les bas-reliefs. Ils dataient de l'époque de Ramsès II et n'avaient pas la beauté de ceux qu'elle avait vus à Abydos. Elle reconnut les portraits d'Amon, de Mout et de Khonsou. Reportant son attention à la cour, elle sursauta. Khalifa venait de faire le tour d'un pylône à cinq mètres à peine de l'endroit où elle se tenait. Il fut aussi surpris qu'elle. D'instinct, il plongea la main dans sa poche pour prendre son arme. Mais il se ressaisit et un demi-sourire lui déforma le visage. L'instant d'après, il avait disparu.

Erica ne pouvait en croire ses yeux. Quelques secondes plus tard, remise du choc éprouvé, elle sortit en courant, regarda autour d'elle. Il s'était volatilisé.

Remontant la bretelle de son sac, elle quitta le temple. Elle était dans de sales draps. Cet homme pouvait tout gâcher. Il lui fallait absolument le semer et le temps pressait.

La seule fois qu'il ne l'avait pas suivie c'était à sa première expédition à Gournah et quand elle avait longé la crête au bord du désert pour rejoindre la Vallée des Rois. Sans doute pourrait-elle suivre la même route en sens inverse. Il lui suffirait d'aller à la Vallée des Rois, de dire au chauffeur de l'attendre au pied du village et de gagner celui-ci par la piste à flanc de montagne. Puis elle comprit que c'était ridicule. Sans doute ne l'avait-il pas suivie pour s'épargner la chaleur intense et l'effort. Si elle devait le semer, c'était dans une foule.

Il était près de 7 heures. Il y avait un train qui partait à 7 h 30 pour Le Caire. La gare et les quais seraient noirs de monde. Cela ne présentait qu'un inconvénient : elle ne pourrait pas voir Yvon. Peut-être pourrait-elle l'appeler de la gare. Elle fit signe à une voiture.

Comme elle l'avait prévu, la gare grouillait de monde. Non sans mal, elle atteignit le guichet, heurtant au passage une énorme pile de cages en osier pleines de poulets caquetants. Un petit troupeau de moutons et de chèvres, attachés à un pilier, ajoutaient leurs bêlements plaintifs à la cacophonie. Erica acheta un billet de première classe pour Nag Hamdi. Il était 7 h 17.

Elle eut encore plus de mal à gagner le quai qu'à atteindre le guichet. Sans regarder derrière elle, elle poussa, se faufila entre des groupes se lamentant sur le départ de quelqu'un et finit par atteindre la zone relativement calme avoisinant les premières classes. Elle grimpa dans la voiture. Il était 7 h 23.

Elle se dirigea droit vers les toilettes. Occupées toutes les deux. Elle se précipita le long du couloir, passa dans la voiture voisine. L'une des toilettes était libre. Elle s'y enferma et s'efforçant de respirer le moins possible de la puanteur s'en dégageant, elle ôta son pantalon de coton blanc, enfila ses jeans à la place, non sans se cogner les coudes contre le lavabo. 7 h 29. Un coup de sifflet.

Affolée, elle changea sa blouse blanche contre une bleue, releva en hâte la masse de ses cheveux et se coiffa de son chapeau de toile kaki. Quittant les toilettes elle se mit à courir, passant dans la voiture voisine. Elle était de seconde classe et beaucoup plus de gens s'y pressaient, installant leurs possessions dans les porte-bagages. Elle continua, de voiture en voiture. Quand elle atteignit la troisième classe, elle constata que l'on avait chargé volailles et bétail dans les soufflets et qu'il était impossible d'aller plus loin. La foule, au-dehors, était toujours très dense. Le train s'ébranlait quand elle descendit sur le quai. Les gens criaient, agitaient les bras. Erica passa du quai dans la gare et chercha Khalifa.

La foule commença à se disperser et la jeune femme se laissa porter par elle jusqu'à la rue. Là, elle se précipita dans un petit café et s'installa à une table d'où elle pouvait voir la porte de la gare.

Elle n'eut pas à attendre longtemps. Repoussant brutalement ceux qui se trouvaient sur son passage, Khalifa sortit en trombe, visiblement furieux. Il sauta dans un taxi et disparut au long de Shari el Mahatta vers le Nil.

Le soleil s'était couché, la pénombre tombait. Erica avala ce qui restait de son café. Elle était en retard.

— Bon Dieu de bon Dieu ! hurla Yvon. Pourquoi croyez-vous que je vous paye deux cents dollars par jour ?

Khalifa, le sourcil froncé, examina les ongles de sa main gauche. Erica Baron l'avait eu et il n'avait pas l'habitude de perdre. Sans quoi il serait mort depuis longtemps.

— Alors, continua Yvon d'un ton dégoûté. Que comptez-vous faire ?

— Mettre quelqu'un à l'arrivée du train. Elle a pris un billet pour Nag Hamdi, mais je ne pense pas qu'elle soit partie... C'était un truc pour me semer.

— Entendu, Raoul envoie quelqu'un au train.

Le jeune homme se dirigea vers le téléphone, heureux d'avoir quelque chose à faire.

— ... Écoutez, Khalifa, continua Yvon, perdre Erica c'est flanquer toute l'opération par terre. Elle a reçu ses instructions du Curio Antique Shop. Allez-y et trouvez où elle a été envoyée. Peu m'importe comment vous vous y prendrez, faites-le, un point c'est tout.

Sans rien dire, Khalifa sortit sachant que le propriétaire du magasin ne pourrait garder le renseignement pour lui à moins d'en avoir assez de la vie.

Sous les hautes falaises de grès, le village de Gournah était déjà plongé dans l'obscurité lorsque Erica s'engagea dans la longue montée venant de la route. Le taxi qu'elle avait loué pour la soirée attendait en bas, portières entrouvertes.

Péniblement, elle passa le long des maisons sombres. Les feux de bouse sèche qui avaient servi à la préparation du repas s'éteignaient dans les cours éclairant la silhouette des couchettes sur pilotis. Erica, se rappelant la raison de ces étranges constructions, frissonna malgré la chaleur.

La mosquée avait un reflet argenté. Elle était encore à cent cinquante mètres à peu près. Erica s'arrêta pour reprendre haleine. Dans la vallée, les lumières de Louxor brillaient. Une guirlande de lampes de couleurs comme une décoration de sapin de Noël marquait l'emplacement de la mosquée Abou el Haggag.

Elle allait reprendre sa route lorsque quelque chose bougea brusquement, dans l'obscurité, à ses pieds. Elle fit un bond en arrière en poussant un cri de frayeur. Elle était sur le point de se mettre à courir lorsqu'un jappement, suivi d'un grognement furieux, perça l'air. Une troupe de chiens montrant les crocs l'entourait. Elle se pencha, ramassa une pierre. Sans doute était-ce un geste familier car ils s'étaient dispersés avant qu'elle ait eu le temps de la jeter.

En traversant le village, elle croisa une douzaine de personnes vêtues de noir, silencieuses, sans visage dans l'obscurité. Si elle n'était pas venue dans la journée, elle n'aurait su comment se diriger. Le braiment rauque et bref d'un âne déchira le silence. D'où elle se trouvait, Erica distinguait la maison d'Aïda Raman, plus haut sur le flanc de la colline. La lueur faible d'une lampe à huile marquait l'emplacement de la fenêtre.

La mosquée, à une vingtaine de mètres, était plongée dans l'obscurité. Elle était en retard. On lui avait dit la tombée de la nuit et il faisait nuit. Peut-être avait-on pensé qu'elle ne viendrait pas. Devait-elle rentrer à son hôtel, ou bien aller dire à Aïda Raman ce que signifiait le papyrus ? La mosquée semblait déserte. Mais, se rappelant l'attitude de Lahib Zayed, elle haussa les épaules et se dirigea vers la porte.

Elle l'ouvrit lentement, la cour, plus claire que la rue, était vide. Erica y pénétra, refermant la porte derrière elle. Aucun bruit, aucun mouvement. Elle se contraignit à avancer, chercha à ouvrir la porte de la mosquée. Elle était fermée. Longeant le petit portique, elle alla frapper à la porte de l'imam. Personne ne lui répondit.

Ils avaient dû décider qu'elle ne viendrait pas. Mais, au lieu de repartir, elle retourna sous le portique et s'assit adossée au mur de la mosquée. La lune, encore invisible, éclairait le ciel à l'est.

Erica fouilla dans son sac à la recherche d'une cigarette qu'elle alluma pour se donner du courage. A l'aide de l'allumette, elle regarda l'heure. Il était huit heures quinze.

Au fur et à mesure que la lune montait, les ombres semblaient plus sombres dans la cour. L'imagination d'Erica commençait à lui jouer des tours. Chaque son venu du village la faisait sursauter. Au bout d'un quart d'heure, elle en eut assez. Elle se leva, ôta la poussière de son pantalon. Elle traversa la cour et ouvrit la porte donnant sur la rue.

— Miss Baron...
Une silhouette enveloppée d'un burnous noir attendait dans la ruelle juste en face de la porte. L'homme, dont Erica ne put voir le visage, s'inclina avant de continuer.

— ... Excusez-moi de vous avoir fait attendre. S'il vous plaît, suivez-moi.

Il sourit, révélant de grandes dents.

L'inconnu, sans doute un Nubien, la précéda dans les collines au-dessus du village. La lune, éclairant rocs et sable, facilitait la marche. Ils passèrent devant quelques ouvertures de tombes rectangulaires.

Le Nubien respirait avec force et ce fut avec un soulagement évident qu'il s'arrêta devant une rampe coupée au flanc de la montagne. Au bas de la descente, une ouverture fermée d'une lourde grille portant le n° 37.

— Vous attendez ici, juste quelques minutes, déclara le Nubien.

Avant qu'elle ait pu répondre, il était reparti en direction de Gournah.

Elle suivit un instant des yeux la silhouette qui s'amenuisait puis regarda la grille. Descendant la pente, elle empoigna les barreaux, les secoua. Seule, la plaque portant le n° 37 bougea.

Elle remonta la rampe et l'anxiété qu'elle avait éprouvée avant de pénétrer dans le Curio Antique Shop s'empara d'elle. Debout au bord de la tombe, elle vit le Nubien pénétrer dans le village, en bas. Derrière elle, elle sentait la masse écrasante de la montagne.

Soudain, dans son dos, elle entendit un bruit de métal et la peur lui amollit les jambes. Le claquement sec se transforma en grincement. Elle aurait voulu s'enfuir, mais elle était incapable de faire un mouvement. Son imagination fit défiler devant ses yeux d'horribles images. La grille claqua et il y eut un bruit de pas. Elle se contraignit à se retourner. Un homme vêtu, comme le Nubien, d'un burnous noir au capuchon relevé sur un turban blanc, montait la rampe.

— Bonsoir, mademoiselle. Je m'appelle Muhammad Abdulal.

Il s'inclina et Erica retrouva un peu de son sang-froid.

— ... Je vous demande d'excuser cette attente, mais malheureusement elle était nécessaire. Les statues que vous allez voir ont énormément de valeur et nous pouvions craindre que quelqu'un vous ait suivie. (Erica se félicita d'avoir semé son suiveur.) Venez, je vous prie.

Il la dépassa. Erica jeta un dernier coup d'œil au village, en bas. Elle pouvait à peine distinguer le taxi attendant sur la route. Elle dut se hâter pour rattraper Muhammad. Il tourna à gauche en atteignant le pied de la falaise montant à pic de façon vertigineuse. Ils marchèrent pendant une centaine de mètres encore et contournèrent un bloc rocheux. De l'autre côté, une rampe similaire à celle de la tombe 37. Là aussi une lourde grille, mais sans numéro cette fois-ci. Muhammad chercha une clef dans un trousseau impressionnant. Erica, à présent, avait peur de montrer qu'elle était effrayée.

Jamais elle n'avait songé que la statue pût être cachée dans un endroit aussi isolé. La grille grinça, peu habituée à être ouverte.

— Je vous en prie, invita l'homme en lui faisant signe d'entrer.

La tombe était dépourvue de décorations. La jeune femme se retourna pour voir son guide refermer la grille derrière lui. La serrure tourna avec bruit. Une lune anémique filtrait entre les barreaux.

Muhammad alluma une simple allumette et, précédant Erica, s'engagea dans un étroit couloir. Elle n'avait d'autre choix que de rester près de lui. Elle éprouvait la sensation désagréable d'être dépassée par les événements.

Ils pénétrèrent dans une antichambre. Erica devina quelques dessins sur les murs. Muhammad se pencha et alluma une lampe à huile. La flamme vacilla, faisant danser sa silhouette parmi les anciens dieux d'Égypte décorant les parois.

Un éclair doré attira soudain le regard d'Erica. La statue de Séthi Ier était là ! L'or poli irradiait une lumière plus puissante que celle de la lampe. L'admiration eut soudain raison de la peur et elle s'approcha de la statue. Ses yeux d'albâtre et de feldspath vert avaient une puissance hypnotique et elle dut s'en arracher pour regarder les hiéroglyphes. C'étaient les cartouches de Séthi Ier et de Toutânkhamon. La phrase était la même que celle de la statue de Houston. « Que la vie éternelle soit accordée à Séthi Ier qui régna après Toutânkhamon. »

— C'est magnifique ! Combien en voulez-vous ?

— Nous en avons d'autres. Attendez de les voir avant de faire votre choix.

Erica se tourna vers lui dans l'intention de lui dire que celle-ci lui suffisait. Mais elle ne parla pas, paralysée par la peur. Muhammad avait repoussé le capuchon de son burnous, révélant ses moustaches noires et ses dents en or... C'était l'un des assassins d'Abdul Hamdi !

— ... Nous avons un merveilleux choix de statues dans l'autre chambre, dit-il. Je vous en prie.

Il s'inclina à demi, fit un geste en direction de l'étroit passage.

Elle se sentait baignée de sueur froide. La grille de la tombe était fermée à clef. Il lui fallait gagner du temps. Elle se tourna en direction de la sortie. Elle ne voulait pas aller plus avant dans la tombe. Mais Muhammad la rejoignit, la poussant doucement.

— Je vous en prie.

Leurs ombres dansaient de façon grotesque sur les parois. En face d'elle, elle distingua un évidement de chaque côté du couloir. Une lourde poutre montait du sol jusqu'à l'évidement. Au passage, Erica comprit que la poutre supportait un énorme bloc de pierre.

Juste au-delà, le couloir se terminait par des marches taillées à même la pierre et plongeant dans l'obscurité.

— Encore loin ? demanda Erica, la voix plus aiguë qu'à l'accoutumée.

— Un tout petit peu encore.

Ayant la lumière dans le dos, son ombre projetée sur les marches l'empêchait de voir. Elle avança un pied pour tâter le terrain. A ce moment, elle sentit quelque chose dans son dos. Elle crut que c'était la main de Muhammad. Puis elle comprit que c'était son pied.

Elle eut juste le temps d'écarter les bras. Déséquilibrée par la violence du coup, elle tomba. Elle atterrit sur le postérieur, mais les marches étaient si raides qu'elle continua de glisser, incapable de freiner sa chute dans l'obscurité absolue.

Vivement, Muhammad posa sa lampe à huile, prit un marteau de pierre dans une alcôve et, frappant avec précision, délogea la poutre. Doucement, le bloc de quarante-cinq tonnes de granit s'inclina, glissa et vint se mettre en place avec un bruit assourdissant, scellant la tombe.

— Aucune Américaine n'est descendue du train à Nag Hamdi, dit Raoul, et il n'y avait personne correspondant au signalement d'Erica dans le train. On dirait qu'on nous a eus.

Il parlait, debout sur le balcon. De l'autre côté du fleuve, le clair de lune éclairait les montagnes au-dessus de la nécropole.

Yvon, assis, se frottait les tempes.

— Faut-il toujours que j'approche du but pour voir tout me glisser entre les doigts ? (Il se tourna vers Khalifa) : Et qu'a appris le puissant Khalifa ?

— Il n'y avait personne à la boutique. Les autres étaient encore ouvertes et pleines de touristes. Personne ne semble savoir où est passé le propriétaire, un certain Lahib Zayed. Et j'ai insisté !

— Que l'on surveille cette boutique et le Winter Palace. Passez-y la nuit s'il le faut, je m'en fous.

Erica termina la descente, assise au pied de l'escalier, une jambe repliée sous elle. Elle avait les mains à vif, mais elle n'était pas blessée. Une bonne partie du contenu de son sac s'était échappée. L'obscurité était telle qu'elle ne distinguait même pas sa main devant ses yeux. Comme une aveugle, elle tâtonna dans son sac à la recherche de sa lampe. Elle n'y était plus.

A genoux, elle tâta autour d'elle. Elle retrouva sa caméra qui semblait intacte, puis son guide, mais pas sa lampe. Sa paume heurta un mur et elle recula d'horreur, assaillie par la peur que lui avaient toujours inspirée araignées, serpents, scorpions. Elle ne pouvait oublier le cobra à Abydos. Mais surmontant sa répulsion, en tâtonnant le long du mur, elle revint jusqu'à l'escalier et trouva son paquet de cigarettes. La pochette d'allumettes était glissée sous l'enveloppe en cellophane.

Elle en craqua une, la tendit. Elle se trouvait dans une pièce d'environ trois mètres carrés avec deux ouvertures et l'escalier, dans son dos. Les murs étaient ornés de scènes de la vie journalière de l'ancienne Égypte. Elle était dans une tombe de dignitaire.

Au moment où la flamme de l'allumette lui mordait le bout des doigts, Erica aperçut sa lampe électrique à l'autre extrémité de la pièce. Elle craqua une autre allumette pour aller la chercher. Le verre en était brisé, mais l'ampoule était intacte. Erica appuya sur le bouton. Elle fonctionnait !

Sans se donner le temps de réfléchir, elle gravit l'escalier et balaya le faisceau lumineux autour du bloc de granit. Il était encastré entre les deux murs avec une précision incroyable. Elle tenta de le pousser. Il resta froid, immobile, comme la montagne elle-même.

Revenue au pied de l'escalier, elle entreprit d'explorer la tombe. L'une des deux ouvertures ouvrait sur une chambre funéraire, à gauche, sur une réserve, à droite. Elle pénétra tout d'abord dans la chambre funéraire qui, à l'exception d'un sarcophage assez grossièrement taillé, était vide. Le plafond était peint en bleu foncé avec des centaines d'étoiles dorées à cinq branches. Des scènes du *Livre des Morts* décoraient les murs. Sur le mur du fond, Erica put lire qu'elle se trouvait dans la tombe d'Ahmose, scribe et vizir du pharaon Amenhotep III.

En promenant sa lampe autour du sarcophage, Erica aperçut un crâne parmi des haillons par terre. Hésitante, elle s'en approcha. Les orbites n'étaient que des trous noirs ; la mâchoire inférieure s'était détachée, donnant une impression de souffrance éternelle. Il avait toutes ses dents. Il n'était pas vieux.

Debout au-dessus de ce crâne, Erica comprit soudain qu'elle contemplait les restes de tout un cadavre. Il était recroquevillé à côté du sarcophage, comme s'il dormait. On pouvait voir les côtes et les vertèbres à travers les lambeaux d'étoffe putréfiée. Juste sous le crâne, Erica vit briller de l'or. Tremblante elle se baissa, ramassa l'objet. Il s'agissait d'un insigne de Yale datant de 1975. Elle le remit doucement à sa place et se redressa.

— Allons voir dans la pièce à côté, dit-elle tout haut, dans l'espoir que le son de sa propre voix la rassurerait.

Elle ne voulait pas réfléchir, pas encore, et tant qu'il restait quelque chose à explorer elle pouvait ne pas penser à sa situation. Comme une touriste, elle passa dans la pièce voisine. Elle avait les mêmes dimensions que la chambre funéraire, mais était totalement vide à l'exception de quelques pierres et de sable. Les décorations représentaient également des scènes de la vie de chaque jour, mais elles n'avaient pas été terminées. Après avoir promené le faisceau de sa lampe autour d'elle, Erica retourna dans l'antichambre. Elle n'avait plus grand-chose à faire et la peur commençait à lui serrer la gorge. Elle entreprit de ramasser les objets échappés de son sac et de les y remettre. Pensant qu'elle avait peut-être oublié quelque chose, elle gravit à nouveau la longue série de marches jusqu'à la masse rocheuse. Submergée par une intense impression de claustrophobie elle se mit à pousser la pierre à deux mains.

— Au secours ! hurla-t-elle.

Les murailles et les profondeurs de la tombe renvoyèrent l'écho de son appel. Et le silence s'abattit de nouveau sur elle. Un silence total, absolu. Elle eut l'impression d'étouffer. Du plat de la main, elle frappa le bloc de granit, de plus en plus fort, à s'en faire mal. Et les larmes qui lui serraient la gorge jaillirent. Elle tapait toujours, secouée par les sanglots.

Épuisée, elle se laissa tomber à genoux, incapable de s'arrêter de pleurer. Toutes ses craintes de la mort, de l'abandon, enfouies dans son subconscient, faisaient surface provoquant de nouveaux sanglots. Elle venait de pleinement réaliser qu'elle était enterrée vivante !

Ayant pris conscience de la triste réalité de sa situation, Erica se mit à réfléchir. Elle ramassa sa lampe et redescendit le long escalier menant à l'antichambre. Quand Yvon commencerait-il à s'inquiéter ? Ses soupçons éveillés, il irait probablement au Curio Antique Shop. Mais Lahib Zayed savait-il où elle était ? Le chauffeur de taxi songerait-il seulement à faire savoir qu'il avait conduit une Américaine à Gournah et qu'elle n'en était pas revenue ? Erica était dans l'incapacité de répondre à ces questions, mais le seul fait de les poser fit renaître un faible espoir qui la réconforta jusqu'au moment où la lueur de sa lampe électrique s'affaiblit.

Elle l'éteignit et fouilla dans son sac où elle trouva trois étuis d'allumettes. Ce n'était pas beaucoup, mais elle trouva également un stylo bille et cela lui donna une idée. Elle laisserait un message sur le mur de la chambre inachevée, sous forme de hiéroglyphes, et ses ravisseurs n'en comprendraient vraisemblablement pas le sens. Elle ne se faisait pas d'illusion. Mais à la peur avait succédé le désespoir. S'occuper lui changerait au moins les idées.

Sa lampe maintenue droite par plusieurs pierres, Erica entreprit de tracer son message. Soudain la lueur de sa lampe s'affaiblit de nouveau, renaquit pour ne laisser qu'un point rouge.

Une fois de plus, Erica refusa d'admettre l'horreur de son sort. Elle gratta une allumette pour continuer d'écrire. Elle était accroupie au pied du mur, à droite, le texte allant par colonnes du sol jusqu'à la fin de la scène de fenaison inachevée. De temps à autre, elle avait une crise de larmes, contrainte de s'avouer que son flair avait tout juste été bon à la mettre dans la pire des situations. Tout le monde l'avait mise en garde et elle n'avait écouté personne. Elle avait été idiote. Étudier l'égyptologie ne l'avait pas préparée à lutter contre des criminels du genre de Muhammad Abdulal.

Avec un seul étui d'allumettes en réserve, elle se refusait à penser combien de temps il lui restait... combien de temps elle aurait suffisamment d'oxygène. Elle se pencha, près du sol, pour dessiner un oiseau. Avant qu'elle ait pu en tracer les contours, l'allumette s'éteignit. Elle avait à peine duré. Erica en alluma une autre, mais quand elle se pencha, elle s'éteignit également. Elle en craqua une troisième et, avec mille précautions l'approcha de l'endroit où elle travaillait. La flamme s'agita soudain comme dans le vent. Erica se mouilla un doigt et sentit un courant d'air passer par une fissure verticale dans le plâtre, près du sol.

La lampe luisait encore faiblement dans l'obscurité et Erica s'en servit pour retrouver l'une des pierres, un morceau de granit, ayant sans doute fait partie du couvercle du sarcophage. Elle l'emporta jusqu'à la fissure et craqua une autre allumette.

Sa misérable lumière dans la main gauche, elle frappa le plâtre. Aucun résultat. Elle continua aussi fort qu'elle le put jusqu'à ce que l'allumette s'éteigne. Ensuite, se repérant au toucher, elle frappa pendant plus d'une minute.

Enfin, elle alluma une autre allumette. A l'endroit où était la fissure, se trouvait à présent un petit trou assez grand pour y passer le doigt. Derrière, il y avait le vide et, plus important encore, un courant d'air frais. A l'aveuglette, Erica continua de frapper avec son morceau de granit. Soudain elle sentit quelque chose bouger sous son outil improvisé. Elle alluma une allumette. Une lézarde courait au pied du mur avant de former une demi-cercle rejoignant l'ouverture qui s'élargissait lentement. Erica concentra ses efforts sur cette partie. Brusquement, un grand morceau de plâtre se détacha et disparut. Au bout de quelques secondes, elle l'entendit tomber de l'autre côté. Le trou avait à présent une trentaine de centimètres de diamètres. Erica tenta d'allumer encore une allumette mais le courant d'air l'éteignit aussitôt. Craintivement, Erica passa la main dans l'orifice comme si elle la mettait dans la gueule d'une bête fauve. Elle sentit sous ses doigts une surface plâtrée, lisse. Retournant la main, paume en l'air, elle rencontra un plafond. Elle venait de découvrir une autre chambre construite en diagonale sous celle où elle se trouvait.

Avec un enthousiasme nouveau, Erica élargit la brèche, travaillant dans l'obscurité pour économiser ses allumettes. Enfin, le trou fut assez large pour lui permettre d'y passer la tête. Ce qu'elle fit, accroupie par terre et après avoir ramassé quelques cailloux. Elle les laissa tomber de l'autre côté. La pièce ne semblait pas très haute. Le sol paraissait de sable.

Erica vida son paquet de cigarettes et y mit le feu, puis elle le glissa par l'ouverture et le lâcha. La flamme s'éteignit très vite, mais le papier encore embrasé descendit en spirale pour atterrir deux mètres cinquante plus bas environ. Ramassant d'autres cailloux, et la tête passée par l'ouverture, elle les jeta de droite et de gauche pour tenter de se faire une idée des dimensions de la pièce. Elle semblait carrée. Mais ce qui rassurait le plus la jeune femme c'était un perpétuel courant d'air.

Assise dans une obscurité absolue, elle réfléchit à ce qu'elle devait faire. Si elle se laissait glisser dans la pièce qu'elle venait de découvrir, sans doute ne pourrait-elle jamais revenir dans la tombe où elle se trouvait. Mais quelle différence cela faisait-il ? Le vrai problème c'était de trouver le courage de passer de l'autre côté. Il ne lui restait qu'un demi-paquet d'allumettes.

Erica ramassa son sac. Elle compta jusqu'à trois et se contraignit à le laisser tomber par le trou. Et puis, elle s'accroupit et passa les pieds par l'ouverture. Lentement, en se tortillant, elle introduisit mollets et cuisses jusqu'à ce que, avec ses orteils, elle sente le contact lisse d'un mur enduit de plâtre. Alors, comme quelqu'un se jetant dans l'eau glacée, elle se laissa tomber dans le vide. La chute lui parut interminable. Les bras écartés, elle tenta de retomber sur ses pieds. Mais elle perdit l'équilibre, roula en arrière sur un sol sablonneux.

La peur de l'inconnu la fit se relever très vite, pour retomber aussitôt, tête la première cette fois-ci. Une couche de poussière d'une épaisseur extraordinaire la suffoqua. A plat ventre, les bras étendus, sa main droite entra en contact avec un objet qu'elle prit pour un morceau de bois. Elle ne le lâcha pas, espérant qu'elle pourrait en faire une torche.

Elle parvint enfin à se remettre debout et, pour prendre ses allumettes mises dans la poche de son pantalon, elle saisit le morceau de bois de la main gauche. C'est alors que le contact lui en parut différent. Elle le tâta à deux mains et comprit qu'elle tentait un avant-bras et une main momifiés dont les bandelettes pendaient dans le noir. Écœurée, elle le lâcha aussitôt.

En tremblant, elle sortit ses allumettes de sa poche et en craqua une. A la lueur de la petite flamme, à travers un voile de poussière, Erica découvrit qu'elle se trouvait dans une catacombe aux murs nus, emplie de momies partiellement enveloppées de bandelettes. Les corps avaient été découpés, dépouillés de tout objet de valeur et jetés au rebut.

Tournant lentement sur elle-même, elle se rendit compte qu'en plusieurs endroits le plafond s'était effondré. Dans un angle, elle découvrit une porte basse. Accrochée à son sac, elle se fraya un chemin dans les débris qui lui montaient jusqu'aux genoux. L'allumette lui brûla les doigts et elle l'éteignit. En tâtonnant le long du mur, elle trouva l'ouverture de la porte donnant dans une autre pièce. Une nouvelle allumette lui révéla un spectacle aussi pénible. Une niche, dans un mur, contenait des rangées de têtes momifiées. Là aussi, le plafond s'effondrait par endroits.

Deux portes, relativement éloignées l'une de l'autre, s'ouvraient dans le mur face à elle. Gagnant le centre de la pièce charnier, l'allumette tendue devant elle, elle constata que le courant d'air venait de la plus étroite des ouvertures. La petite flamme s'éteignit et la jeune femme avança, les bras tendus.

Brusquement une énorme secousse. Un effondrement ! Erica s'aplatit contre le mur, des débris tombant dans ses cheveux, sur ses épaules.

Elle attendait un craquement qui ne vint pas. Mais au bruit sourd s'était ajouté un soulèvement intense de poussière et un concert de cris aigus. Quelque chose atterrit sur l'épaule d'Erica. Cela vivait et avait des griffes. En le chassant, elle sentit des ailes. Ce n'était pas un éboulis, mais des milliers de chauves-souris dérangées chez elles. Se couvrant la tête à deux mains, elle s'accroupit respirant comme elle le pouvait. Peu à peu, les chauves-souris se calmèrent et elle put passer dans l'autre pièce.

Erica, lentement, réalisa qu'elle était tombée au milieu des tombes des gens du peuple de l'ancienne Thèbes. Progressivement, on avait creusé les catacombes dans la montagne sous forme de labyrinthe pour faire de la place aux millions de morts. Parfois, le hasard avait voulu que l'on rencontre d'autres tombes, cette fois-ci il s'était agi de celle d'Ahmose dans laquelle on avait enterré Erica. On avait muré et oublié l'ouverture.

La présence des chauves-souris, si elle était horrible, était également encourageante. Il devait y avoir une sortie donnant sur l'extérieur. Faisant appel à tout son courage, Erica mit le feu aux bandelettes d'une momie et constata qu'elles brûlaient parfaitement. Un avant-bras embrasé faisant office de torche, elle longea plusieurs galeries, remonta de plusieurs niveaux jusqu'au moment où elle sentit l'air frais. Éteignant sa torche, elle franchit les derniers mètres au clair de lune. Lorsqu'elle émergea dans la chaude nuit égyptienne elle se trouvait à plusieurs centaines de mètres de l'endroit où elle était entrée avec Muhammad. Immédiatement sous elle se trouvait le village de Gournah. Très peu de lumières y brillaient encore.

Pendant quelque temps, Erica resta, tremblante, à l'entrée des catacombes, jouissant de voir la lune et les étoiles comme jamais elle ne l'avait fait. Elle avait énormément de chance d'être en vie, elle en avait conscience.

Pour le moment, elle désirait surtout se reposer, se remettre un peu de ses émotions et boire quelque chose. La poussière suffocante lui avait complètement desséché la gorge. Elle aurait aussi voulu se laver, mais surtout voir un visage ami. Elle pourrait trouver tout cela dans la maison d'Aïda Raman. Elle la voyait d'où elle était. Une lumière brillait encore à sa fenêtre.

D'un pas pesant, Erica longea le pied de la falaise. Avant d'être de retour à Louxor, elle ne voulait surtout pas courir le risque d'être aperçue par Muhammad ou le Nubien. Elle désirait avant tout aller trouver Yvon. Elle lui indiquerait l'emplacement de la statue, puis elle quitterait l'Égypte. Elle en avait assez vu.

Quand elle arriva enfin derrière la maison d'Aïda Raman, elle attendit, tapie dans l'ombre, surveillant le village. Personne ne bougea. Alors, elle fit le tour de la maison et frappa à la porta.

Aïda Raman cria quelque chose en arabe. Erica lui dit qui elle était et demanda à lui parler.

— Allez-vous-en ! cria la vieille femme de l'autre côté de la porte.

Erica fut surprise. Elle qui s'était montrée si aimable.

— Je vous en prie, madame Raman. J'ai besoin d'un peu d'eau.

Aïda Raman déverrouilla et ouvrit sa porte.

— Je vous remercie, dit Erica. Je suis navrée de vous déranger, mais j'ai tellement soif.

Aïda Raman semblait avoir vieilli et sa bonne humeur s'était envolée.

— Bon. Mais attendez là, à la porte. Vous ne pourrez pas rester.

Pendant que la vieille femme allait lui chercher à boire, Erica éprouva un certain réconfort à revoir le décor presque familier. Au milieu des photos encadrées, il y avait un petit miroir qui renvoya à la jeune femme un reflet d'elle-même qu'elle eut du mal à reconnaître.

Aïda Raman lui apporta un verre de la boisson

qu'elle lui avait déjà offerte. Erica but lentement. Avaler lui faisait mal à la gorge.

— Ma famille a été très fâchée quand j'ai dit que vous aviez réussi à me faire parler du papyrus, dit la vieille.

— Famille ? répéta Erica. Je pensais que vous étiez la dernière des Raman.

— Oui. Mes deux fils sont morts. Mais j'ai également deux filles qui ont leur famille. C'est à un de mes petits-fils que j'ai parlé de votre visite. Il s'est mis en colère et il a pris le papyrus.

— Qu'en a-t-il fait ? demanda Erica alarmée.

— Je ne sais pas. Il m'a dit qu'il le mettrait en sécurité, que ce papyrus était une malédiction et que maintenant que vous l'aviez vu vous deviez mourir.

— Et vous l'avez cru ? demanda Erica, sachant qu'Aïda Raman n'était pas idiote.

— Je ne sais pas. Ce n'était pas ce que m'avait dit mon mari.

— Madame Raman, j'ai traduit tout le texte. Votre mari avait raison. Il n'est nullement question d'une malédiction. Ce papyrus a été écrit par un architecte du pharaon Séthi Ier.

Un chien aboya et quelqu'un cria pour le faire taire.

— Il faut que vous partiez. Il le faut, je vous en prie, mon petit-fils peut revenir.

— Comment s'appelle-t-il ?

— Muhammad Abdulal.

Cette nouvelle fit l'effet d'un soufflet en plein visage à Erica.

— Vous le connaissez ? demanda la vieille femme.

— Je crois l'avoir rencontré ce soir. Vit-il à Gournah ?

— Non, à Louxor.

— L'avez-vous vu ce soir ?

— Aujourd'hui, mais pas ce soir. Je vous en prie, partez.

Erica était encore plus nerveuse que Mme Raman, mais au moment de franchir le seuil elle posa encore une question.

— Et quel genre de travail fait-il ?
— C'est le chef des gardiens de la nécropole et il aide son père à faire marcher la concession dans la Vallée des Rois.

C'était la situation idéale pour diriger une entreprise de marché noir !

— Et cette concession, c'est la même que celle qu'a construite votre mari ?
— Oui, oui. Je vous en prie, partez.

Tout s'expliquait d'un seul coup et tout dépendait de ce stand dans la Vallée des Rois.

— Madame Raman, je vous en supplie, écoutez-moi. Votre mari avait raison et je peux le prouver si vous m'aidez. Je vous demande seulement de ne dire à personne, même pas à quelqu'un de votre famille, que je suis revenue vous voir. On ne vous posera pas de questions je vous l'affirme. Mais je vous en supplie, ne parlez pas de moi.

— Vous pouvez prouver que mon mari avait raison ?
— Absolument.
— Entendu.
— Oh ! autre chose ! Il me faut une lampe électrique.
— Tout ce que j'ai, c'est une lampe à huile.
— Ce sera parfait.

Avant de se remettre en route, Erica attendit dans l'ombre de la maison, surveillant le village. Il y régnait un silence de mort. La lune était haute. Les lumières brillaient encore à Louxor.

Empruntant le sentier qu'elle avait suivi deux jours auparavant, Erica gravit le contrefort de la montagne. L'ascension en était beaucoup plus facile au clair de lune qu'en plein soleil.

Elle ne tenait pas la promesse qu'elle s'était faite de laisser Yvon et la police débrouiller le reste du mystère, car sa conversation avec Aïda Raman l'avait réintoxiquée. Passer de la tombe d'Ahmose dans les catacombes ne lui avait offert qu'une réponse à de multiples problèmes dont l'inscription sur la statue et le sens du texte du papyrus. Sachant que jamais Muhammad Abdulal ne s'imaginerait qu'elle était libre, elle se sentait relativement en sécurité. A supposer qu'il retourne à la tombe d'Ahmose, il lui faudrait plusieurs jours pour soulever le bloc de granit.

Arrivée sur la crête, elle s'arrêta pour reprendre haleine. Le vent du désert sifflait doucement entre les pics nus, ajoutant à l'impression de désolation. D'où elle se trouvait, elle voyait la Vallée des Rois. Elle voyait également le but qu'elle s'était fixé. Le stand et le restaurant se détachaient nettement sur leur petit promontoire rocheux. Encouragée par ce spectacle, elle se remit en marche, descendant avec précaution, prenant garde de ne pas provoquer de petites avalanches de gravier risquant d'attirer l'attention, dans la vallée. Lorsqu'elle eut rejoint la route du village des anciens ouvriers de la nécropole, la piste s'aplanit et elle put marcher plus facilement. Avant de s'engager dans l'une des allées soigneusement entretenues et bordées de pierres qui couraient entre les tombes, elle s'arrêta et tendit l'oreille. Elle n'entendait que le vent et quelques cris de chauves-souris.

A pas de loup, elle gagna le centre de la vallée et gravit les marches du stand. Comme elle s'y était attendue, tout était fermé et les volets clos. De la véranda, elle repéra le triangle formé par la tombe de Toutânkhamon, la tombe de Séthi Ier et le stand. Puis, elle fit le tour du bâtiment et, s'armant contre la puanteur, pénétra dans les toilettes pour dames. Elle alluma la lampe prêtée par Aïda Raman et examina la pièce, ses fondations. Rien n'attira son attention.

Du côté réservé aux hommes, l'odeur d'urine était encore plus puissante. Elle émanait d'un long urinoir de brique appuyé au mur. Au-dessus de l'urinoir, une ouverture d'une soixantaine de centimètres de hauteur et qui se prolongeait sous la véranda. Levant sa lampe, Erica tenta de voir par l'ouverture, mais elle n'aperçut qu'une boîte à sardines vide et quelques bouteilles.

S'aidant du tonneau qui servait de poubelle, Erica grimpa jusqu'au soupirail. Elle laissa son sac au bord et rampant comme un crabe, évitant les ordures, elle avança jusqu'au mur de façade. La puanteur était encore pire dans cet espace confiné. Mais, étant venue si loin, elle se contraignit à ausculter le mur grossier d'un bout à l'autre. Rien !

La tête sur les poings, elle admit s'être trompée. C'était tellement logique pourtant. Elle poussa un profond soupir et tenta de faire demi-tour. Ce n'était pas facile ; aussi, tenant la lampe dans une main, elle poussa de l'autre pour faire le chemin à reculons. Mais la terre molle cédait sous elle. Elle tenta de trouver un meilleur point d'appui et sentit soudain quelque chose de lisse sous les débris.

Se contorsionnant, elle regarda sous elle. Sa main droite était posée sur du métal. Elle repoussa la poussière. Il s'agissait d'une plaque dont elle ne voyait qu'un morceau. Alors, posant sa lampe, elle se mit au travail et, à deux mains, écarta la terre accumulée. Il lui fallut ôter une masse de terre avant de pouvoir soulever la plaque. Au-dessous, une ouverture béait, taillée dans le roc.

Tenant sa lampe au-dessus du trou, Erica constata qu'il devait avoir à peu près un mètre cinquante de profondeur et qu'il s'agissait du début d'un tunnel se dirigeant vers le devant du bâtiment. Elle avait eu raison ! Une merveilleuse sensation de satisfaction et d'excitation mêlées s'empara d'elle. Elle savait ce qu'avait éprouvé Howard Carter en 1922.

Vivement, elle tira son sac vers elle. Puis elle descendit à reculons dans le puits. Le tunnel s'élargissait très vite. Au début, elle dut avancer pratiquement à quatre pattes, puis elle put se redresser et marcher seulement courbée. Tout en avançant, elle cherchait à se repérer. Le tunnel allait droit vers la tombe de Toutânkhamon.

Nassif Boulos traversa le parc à autos vide, plongé dans l'obscurité de la Vallée des Rois. A dix-sept ans, c'était le cadet des trois gardiens de nuit. Tout en marchant, il remontait la bretelle de son fusil datant de la guerre de 14. Il était furieux. Ce n'était pas son tour de garde. Une fois de plus, ses camarades avaient profité de sa jeunesse.

La clarté de la lune dissipa bientôt sa colère, laissant à la place une envie de faire quelque chose qui puisse rompre la monotonie de cette garde. Mais tout était calme et chacune des tombes était fermée par une solide grille de fer. Nassif aurait beaucoup donné pour avoir le prétexte de vider son arme sur un voleur.

Il s'immobilisa non loin de l'entrée de la tombe de Toutânkhamon, laissant son imagination vagabonder, souhaitant que la découverte vienne seulement d'en être faite. Il regarda du côté du stand. C'est là qu'il aurait monté la garde. Il se serait dissimulé derrière le parapet de la véranda et personne n'aurait pu s'approcher sans tomber sous ses balles.

Il remarqua alors que la porte des lavabos était entrouverte. Jamais jusque-là on ne l'avait laissée ouverte. Devait-il aller voir ? Après un coup d'œil dans la vallée, il décida qu'il irait, mais après sa ronde.

D'après ses estimations, Erica devait être tout près de la tombe de Toutânkhamon. Elle avait progressé lentement, le sol étant inégal et bombé. Le tunnel tournait brusquement sur la gauche et descendait en pente raide. Les mains appuyées aux parois rugueuses, elle avança centimètre par centimètre jusqu'à sentir un sol lisse sous ses pieds. Elle se trouvait dans une salle souterraine.

Elle devait, à présent, se trouver directement sous la tombe de Toutânkhamon. Elle leva sa lampe, éclairant des murs polis avec soin, mais dépourvus d'ornements. En rebaissant les yeux, elle découvrit une quantité incroyable de squelettes entassés. Chacun avait eu le crâne défoncé.

— Mon Dieu ! murmura-t-elle, comprenant qu'elle contemplait les restes des ouvriers massacrés après avoir creusé la chambre dans laquelle elle se trouvait.

Lentement, elle traversa la pièce. Un long escalier la conduisit jusqu'à un mur dans lequel Raman avait percé un large trou. Erica le franchit, pénétrant dans une autre pièce, plus grande que la précédente. Et là, elle étouffa un cri, se retint au mur. Étalé devant elle, un trésor archéologique. Quatre colonnes carrées supportaient la salle dont les murs étaient merveilleusement décorés d'images du panthéon égyptien. Face à chaque déité, le portrait de Séthi Ier. Erica avait trouvé le trésor du pharaon ! Nénephta avait compris que le meilleur endroit pour garder un trésor, c'était de le cacher sous un autre trésor.

Craintive, elle avança et la petite flamme vacillante joua sur les milliers d'objets soigneusement entreposés. Contrairement à la tombe de Toutânkhamon, il ne régnait ici aucun désordre. Chaque chariot doré attendait, intact, comme prêt à être attelé. De grands coffres de cèdre et d'ébène étaient rangés le long du mur de droite.

Un coffret d'ivoire était ouvert, et son contenu — des joyaux de toute beauté — avait été aligné par terre. Raman y avait certainement puisé.

En faisant le tour des piliers centraux, Erica découvrit un autre escalier. Il aboutissait dans une pièce pleine, elle aussi, de trésors. Plusieurs couloirs menaient à diverses autres chambres.

— Mon Dieu, répéta la jeune femme avec étonnement cette fois et non pas avec horreur, comprenant qu'elle se trouvait dans un vaste ensemble architectural souterrain couvrant une surface étonnante.

Il lui était donné d'être la première à contempler un trésor inimaginable et tout en marchant, elle songeait à la fameuse cache Deir el-Bahri découverte à la fin du XIXe et pillée méthodiquement par la famille Rasul pendant plus de dix ans. Ici, les familles Raman et Abdulal faisaient apparemment la même chose.

Puis, elle pénétra dans une pièce relativement vide

et s'immobilisa. Il y avait quatre coffres d'ébène ayant la forme d'Osiris, on s'était inspiré du *Livre des Morts* pour la décoration murale. Le plafond voûté était peint en noir et ponctué d'étoiles dorées. Face à Erica, une porte murée et scellée. De chaque côté de la porte des socles d'albâtre orné de hiéroglyphes en relief dont Erica comprit immédiatement le sens. « Que la vie éternelle soit accordée à Séthi Ier qui repose sous Toutânkhamon. »

D'un seul coup tout s'éclaira. Il s'agissait du verbe « reposer » et non pas « régner » et de la préposition « sous » et non pas « après ». Elle comprit aussi qu'elle contemplait l'endroit où s'étaient trouvées les deux statues de Séthi Ier. Pendant trois mille ans, elles s'étaient fait face devant cette porte condamnée.

Et brusquement, elle comprit qu'elle-même se trouvait devant l'entrée — inviolée — de la chambre funéraire du puissant Séthi Ier. Elle n'avait pas seulement trouvé un trésor, mais un tombeau intact, construit différemment de celui des autres pharaons du Nouvel Empire. C'était là la ruse finale de Nénephta. On avait placé un cadavre anonyme dans la tombe proclamée officiellement comme étant celle du pharaon, alors que celui-ci était enterré dans un tombeau secret, sous celui de Toutânkhamon. Nénephta avait joué sur deux tableaux, laissant aux pillards une tombe à dépouiller et protégeant son pharaon.

Secouant sa lampe pour juger du niveau d'huile, Erica décida qu'il était temps de prendre le chemin du retour.

Tout en longeant l'étroit couloir elle réfléchit à l'énormité de sa découverte et à tout ce que cela impliquait. Rien d'étonnant à ce qu'il y ait eu un meurtre. Un meurtre ? Combien y en avait-il eu en réalité ? Il avait fallu garder le secret pendant plus de cinquante ans. Le jeune homme de Yale... Et lord Carnarvon lui-même ?...

En atteignant la chambre du dernier étage, elle s'arrêta pour regarder les bijoux sortis du coffret d'ivoire. Ayant pris bien garde de ne toucher à rien pour garder au tombeau sa valeur archéologique, elle n'éprouva pas de scrupule à prendre quelque chose dans ce qui avait déjà été dérangé. Elle ramassa un pendentif en or représentant le cartouche de Séthi Ier. Il lui servirait à convaincre Yvon et Ahmed s'ils ne voulaient pas la croire.

Elle éprouva moins de difficultés à remonter dans le tunnel qu'elle n'en avait eu à le descendre. Elle posa enfin sa lampe au bord du goulet courant sous le stand. Il lui fallait trouver le meilleur moyen de retourner à Louxor. Il était minuit passé et elle courait moins de risques de tomber sur Abdulal ou sur le Nubien. Ce qui l'inquiétait le plus c'était les gardiens travaillant sous les ordres d'Abdulal.

Elle avait, de la route goudronnée, repéré un poste de garde. Elle ne pouvait donc pas repartir par la route. Il lui faudrait suivre à nouveau la piste jusqu'à Gournah.

Manipuler la plaque de métal n'avait rien de facile dans si peu d'espace. Elle dut la faire glisser et la laisser tomber en place. Ensuite, à l'aide de la boîte à sardines qu'elle avait repérée plus tôt, elle ramena la terre écartée.

Nassif était à une cinquantaine de mètres lorsqu'il entendit le bruit du métal contre le roc. Immédiatement, il ôta la bretelle de son fusil et se mit à courir en direction de la porte entrouverte des lavabos. Du bout du canon de son arme, il l'ouvrit en grand. La lune éclaira le petit local.

Erica entendit la porte s'ouvrir et, du plat de la main, éteignit sa lampe. Elle se trouvait à trois mètres environ du soupirail des lavabos. Très vite, son regard s'habitua à l'obscurité et elle vit la porte donnant dans le couloir.

Une silhouette sombre s'y encadra, entra dans la pièce. Erica aperçut l'arme. La peur lui serra la gorge quand elle vit l'homme, doucement, avancer vers elle, courbé comme un chat.

Incapable de se rendre compte de ce qu'il voyait, elle s'aplatit par terre. Il atteignit l'urinoir, s'arrêta et, pendant une éternité, il resta là à regarder dans sa direction. Enfin, il tendit la main, prit une poignée de terre et la lança dans le goulet. Erica, qui en reçut une partie, ferma les yeux. L'homme renouvela son geste. Quelques gravillons tintèrent contre la plaque de métal imparfaitement recouverte.

— *Karrah !* grommela Nassif, mécontent de n'avoir même pas un rat sur lequel tirer.

Il remit son fusil sur son épaule, mais ne bougea pas. Perplexe, Erica se demanda ce qui se passait, puis elle entendit le bruit d'un jet d'urine.

La voile de la felouque réfléchissait suffisamment de la clarté lunaire pour permettre à Erica de regarder l'heure. Il était 1 heure passée. La traversée du Nil avait représenté le dernier obstacle et elle se détendit. A Louxor, elle serait en sûreté. L'excitation provoquée par sa découverte avait été plus puissante que le souvenir horrible de son emprisonnement et la seule perspective de raconter ce qu'elle avait vu la tenait bien éveillée.

Elle était remontée de la Vallée des Rois, avait passé Gournah endormi, traversé les champs cultivés jusqu'au Nil sans autre problème que la rencontre de quelques chiens qui s'étaient enfuis en la voyant simplement se baisser pour ramasser une pierre. Elle étendit ses jambes douloureuses.

A qui éprouverait-elle le plus de joie de raconter sa découverte : Yvon, Ahmed ou Richard ? Yvon et Ahmed sauraient l'apprécier le mieux. Richard serait le plus surpris. Même sa mère, pour une fois, serait réellement contente. Elle ne se croirait plus obligée de déplorer le choix de la carrière de sa fille à son club.

Arrivée sur la rive est, elle fut contente de constater qu'il n'y avait personne dans le hall du Winter Palace. Il lui fallut appeler à la réception pour réveiller un employé.

Celui-ci, bien que stupéfait par l'état de saleté dans lequel elle était, lui tendit sa clef et une enveloppe sans dire un mot. Erica s'engagea dans le large escalier suivie de l'œil par le concierge. Quand elle atteignit le couloir, Erica, de l'index, ouvrit l'enveloppe sur laquelle son nom figurait tracé d'une écriture large. Arrivée devant sa porte, elle allait mettre sa clef dans sa serrure lorsqu'elle ôta le feuillet de l'enveloppe. Il était recouvert de signes incompréhensibles. Était-ce une plaisanterie ? Dans ce cas, elle ne la comprenait ni ne l'appréciait. C'était aussi énervant que de recevoir un coup de téléphone et d'entendre quelqu'un raccrocher sans rien dire.

Puis elle regarda sa porte. Au cours de ce voyage, elle avait appris que les hôtels n'étaient pas des endroits sûrs.

Mal à l'aise, elle introduisit sa clef dans la serrure. Soudain, elle crut entendre un bruit. Il ne lui en fallut pas davantage. Laissant sa clef se balancer dans le vide, elle se mit à courir. Dans sa hâte, son sac à bretelle heurta une pile de briques. Dans son dos, quelqu'un ouvrit sa porte de l'intérieur.

En entendant le cliquetis de la clef dans la serrure, Evangelos avait bondi.

— Tue-la ! cria Stephanos, réveillé par le bruit.

Sortant son Beretta, Evangelos ouvrit la porte à temps pour voir Erica disparaître dans l'escalier.

Elle n'avait aucune idée de qui pouvait se trouver dans sa chambre, mais elle savait ne pas pouvoir compter sur la protection du concierge, invisible d'ailleurs. Une seule solution, aller trouver Yvon au New Winter Palace, par le jardin.

En dépit de sa taille, Evangelos pouvait être extrêmement rapide.

Erica traversa en courant un massif de fleurs et atteignit le bord de la piscine. Mais, en la contournant, elle glissa sur les dalles humides et tomba. Elle se releva, se débarrassa de son sac et se remit à courir. Le bruit de la galopade se rapprochait, derrière elle.

— Stop ! hurla Evangelos en levant son arme.

Erica comprit que c'était sans espoir. Il lui restait encore cinquante mètres à parcourir pour arriver au

but. Elle s'arrêta, épuisée, la poitrine douloureuse et se retourna pour faire face à son assaillant. Il n'était qu'à une dizaine de mètres. Elle reconnut en lui l'homme de la mosquée El-Azhar. L'énorme blessure qui lui barrait le visage était cicatrisée. Il pointait un revolver dans sa direction.
Evangelos leva lentement son arme à bout de bras.
Erica vit le mouvement et ses yeux se dilatèrent quand elle comprit qu'il allait la tuer bien qu'elle se soit arrêtée à son commandement.
— Non !
L'arme munie d'un silencieux émit une détonation étouffée. Erica ne sentit rien et les images ne se brouillèrent pas devant elle. Et puis, il se produisit quelque chose d'incroyable. Une petite fleur rouge naquit au milieu du front d'Evangelos qui s'écroula face à terre et lâcha son arme.
Erica resta figée sur place. Derrière elle, elle entendit du bruit dans les buissons. Puis le son d'une voix :
— Vous n'auriez pas dû vous donner tant de mal pour me semer.
Lentement, elle se retourna. Devant elle se trouvait l'homme au nez crochu et à la dent pointue.
— ... Il s'en est fallu de peu, ajouta Khalifa avec un geste vers Evangelos. Je suppose que vous allez chez M. de Margeau. Vous feriez bien de vous dépêcher. Il va y avoir encore de la casse.
Erica ouvrit la bouche, mais aucun son n'en sortit. Elle se contenta de hocher la tête et s'éloigna, les jambes en coton. Elle aurait été incapable de dire comment elle arriva jusque chez Yvon.
Il lui ouvrit et elle s'écroula entre ses bras, bredouillant, parlant du coup de feu, de la tombe, de la statue. Yvon, très calme, lui caressa les cheveux, la fit asseoir et lui demanda de commencer par le commencement.
Elle était sur le point de le faire lorsque l'on frappa à la porte.
— Qu'est-ce que c'est ? demanda Yvon, immédiatement alerté.

— C'est Khalifa.

Il lui ouvrit et Khalifa projeta Stephanos Markoulis dans la pièce.

— Vous m'avez engagé pour protéger la jeune dame et attraper celui qui tenterait de la tuer. C'est lui.

Le Grec regarda Yvon, puis Erica. Celle-ci ne comprenait pas qu'Yvon ait engagé quelqu'un pour la protéger puisqu'il minimisait les risques qu'elle courait.

— Écoutez, dit enfin Markoulis. C'est ridicule de nous quereller tous les deux. Vous m'en voulez parce que j'ai vendu la première statue de Séthi à l'homme de Houston. Mais je n'ai fait qu'amener la statue d'Égypte en Suisse. Il n'y a pas de compétition entre nous deux. Vous voulez contrôler le marché noir. Parfait. Moi, je veux seulement protéger mon affaire. Je peux faire sortir votre marchandise sans aucun problème. Il faudrait qu'on collabore.

Erica regarda vivement Yvon pour voir sa réaction. Elle voulait l'entendre rire, répondre à l'autre qu'il se trompait de bout en bout, qu'il voulait détruire le marché noir.

— Pourquoi menaciez-vous Erica ? demanda-t-il seulement en se passant la main dans les cheveux.

— Parce qu'elle en avait appris beaucoup trop d'Abdul Hamdi. Il fallait supprimer les obstacles. Mais si vous travaillez ensemble tous les deux, tout est parfait.

— Vous n'êtes pour rien dans la mort d'Abdul Hamdi et la disparition de la seconde statue ?

— Non. Je le jure. Je n'avais même pas entendu parler de cette statue. C'est ce qui me tracassait. Je craignais de ne plus être dans le circuit et que la lettre d'Hamdi tombe dans les mains de la police.

Erica ferma les yeux submergée par la réalité. Yvon n'était pas un preux chevalier se battant contre le marché noir. S'il s'y intéressait ce n'était pas pour la science, mais pour lui-même. On l'avait trompée et, pis encore, elle avait failli être tuée. Elle enfonça ses ongles dans le tissu du canapé. Il fallait qu'elle parte. Il fallait qu'elle parle à Ahmed de la tombe de Séthi.

— M. Markoulis n'a pas tué Abdul Hamdi, dit-elle soudain. Ceux qui l'ont tué sont les gens qui, ici à Louxor, contrôlent la source même des antiquités. On a rapporté la statue de Séthi ici. Je l'ai vue et je peux nous conduire à l'endroit où elle se trouve.

Elle avait dit « nous » à dessein.

Yvon se retourna vers Erica, un peu surpris de la voir en forme soudain. Elle lui adressa un sourire rassurant, ses forces revenues avec l'instinct de conservation.

— ... De plus, ajouta-t-elle, la route choisie par M. Markoulis passant par la Yougoslavie est de beaucoup préférable à la méthode consistant à faire sortir la marchandise d'Alexandrie dans des balles de coton.

Le Grec hocha la tête, satisfait.

— Intelligente, hein ? dit-il à Yvon. Et elle a raison. Vous vouliez réellement mettre ça dans des balles de coton ? Mon Dieu, il aurait fallu au moins deux chargements.

Erica s'étira. Il lui fallait convaincre Yvon qu'elle avait pour les antiquités la même forme d'intérêt que lui.

— Demain, je peux vous montrer où se trouve la statue de Séthi.

— Où est-elle ?

— Dans l'une des tombes de nobles, sur la rive ouest. L'endroit précis est difficile à décrire. Il faudra que je vous le montre. C'est au-dessus de Gournah. Et il y a d'autres pièces très intéressantes.

Elle plongea la main dans sa poche, en sortit le pendentif en or avec le cartouche de Séthi et le jeta avec désinvolture sur la table.

— Comme honoraires pour avoir trouvé la statue, M. Markoulis devra faire sortir ce pendentif du pays, pour moi.

— C'est exquis, dit Yvon en examinant le collier.

— Il y a une quantité d'autres objets, certains beaucoup plus beaux que celui-là. Maintenant, si vous n'y voyez pas d'inconvénient, j'aimerais prendre un bain et me reposer un peu. Pour le cas où vous ne l'auriez pas remarqué, j'ai eu une soirée agitée.

Elle s'approcha d'Yvon, lui mit un baiser sur la joue et cela lui coûta beaucoup. Elle remercia Khalifa pour l'avoir secourue dans le jardin. Puis, vaillamment, elle marcha vers la porte.

— Erica... dit Yvon, d'une voix calme.

Elle se retourna.

— Oui ?

— Peut-être vaudrait-il mieux que vous restiez ici, dit-il après quelques secondes de silence, se demandant visiblement quoi faire avec elle.

— Ce soir, je suis trop fatiguée, répliqua Erica avec un tel sous-entendu que Markoulis ne put s'empêcher de sourire.

— Raoul ! appela Yvon, je veux que tu t'assures que Mlle Baron ne risque rien, cette nuit.

— Je serai très bien, dit Erica en ouvrant la porte.

— Je tiens à ce que Raoul vous accompagne. Je serai plus tranquille.

Le cadavre d'Evangelos était toujours étendu, au clair de lune, à côté de la piscine. On aurait pu croire qu'il dormait, sans, sous sa tête, la flaque de sang qui s'égouttait dans l'eau. Erica détourna les yeux lorsque Raoul s'approcha pour s'assurer qu'Evangelos était bien mort. Et, soudain, elle remarqua le pistolet tombé sur les dalles.

Elle jeta un coup d'œil à Raoul. Il était occupé à retourner le cadavre.

— Khalifa est fantastique ! dit-il sans regarder Erica. Il l'a eu juste entre les deux yeux.

Vivement, Erica se baissa, ramassa le pistolet. L'arme était plus lourde qu'elle ne l'aurait cru. Elle arrondit le doigt autour de la détente. Cet instrument lui faisait horreur et peur. Jamais encore elle n'avait tenu une arme. Elle ne se faisait pas d'illusions, jamais elle ne pourrait appuyer sur la détente. Mais elle se retourna et regarda Raoul qui, redressé, se frottait les mains.

— Il est mort avant de toucher le sol. Ah ! vous avez trouvé son pistolet. Donnez-le-moi que je le lui mette dans la main.

— Ne bougez pas, ordonna Erica d'une voix calme.

Les yeux de Raoul oscillèrent entre le visage d'Erica et l'arme qu'elle tenait.

— Erica, que... ?
— La ferme ! Enlevez votre veste.

Il obéit, jeta son blazer par terre.

— Maintenant, tirez votre chemise jusqu'à votre tête.

— Erica...
— Obéissez ! commanda-t-elle en tendant son bras armé du pistolet d'Evangelos.

Raoul sortit sa chemise de son pantalon et, non sans peine, la monta jusqu'à sa tête. Il portait un gilet de corps sans manches et, sanglé sous son bras gauche, un petit pistolet. Passant dans son dos, elle sortit l'arme de son étui et la jeta dans la piscine. En l'entendant tomber dans l'eau, elle hésita, craignant que Raoul ne soit furieux. Puis, elle saisit l'absurdité de sa réaction. Bien sûr qu'il le serait, elle le tenait en joue !

Elle l'autorisa à remettre sa chemise de façon qu'il pût voir où il marchait. Ensuite, elle lui ordonna de faire le tour de l'hôtel. Il tenta de parler et elle le fit taire. Elle pensait à la facilité avec laquelle, dans les films de gangsters, on se débarrassait d'un homme en lui tapant sur le crâne. En fait, si Raoul s'était retourné, elle aurait lâché son arme. Mais il ne le fit pas et, l'un derrière l'autre, ils arrivèrent devant l'hôtel.

Quelques lampadaires baignaient d'une faible lumière une rangée de taxis alignés dans l'allée. Depuis longtemps, les chauffeurs étaient partis se coucher, leur principal travail consistant à faire la navette entre l'hôtel et l'aéroport. Pour circuler en ville, la plupart des touristes préféraient le romantisme des calèches.

Le pistolet d'Evangelos au poing, Erica, toujours

précédée de Raoul, longea la rangée de vieilles voitures. Presque toutes les clefs de contact étaient en place. Elle voulait aller chez Ahmed, mais que faire de Raoul ?

La voiture de tête avait, elle aussi, sa clef de contact.

— Couchez-vous ! ordonna Erica, terrifiée à l'idée que quelqu'un puisse sortir de l'hôtel.

Raoul prit sur lui de s'écarter et de marcher sur le gazon.

— Allez, dépêchez-vous !

Appuyé sur les paumes, Raoul s'étendit par terre, prêt à bondir. Sa stupeur s'était transformée en colère.

— Étendez les bras devant vous ! dit Erica en ouvrant la portière du taxi.

Elle se mit au volant. Une paire de dés en matière plastique rouge pendait au rétroviseur.

Le moteur toussota et, avec une lenteur désespérante, se mit à tourner, crachant de la fumée noire. Tenant toujours Raoul en joue, Erica chercha la manette des phares. Puis, elle jeta l'arme sur le siège à côté d'elle et accéléra d'un seul coup. La voiture fit un saut et le pistolet tomba sur le sol.

Du coin de l'œil, Erica vit Raoul sauter sur ses pieds et se précipiter vers le taxi. Jouant de l'accélérateur et de l'embrayage, elle tenta de gagner de la vitesse et de réduire les soubresauts de la vieille guimbarde. Raoul avait bondi sur le pare-chocs arrière et s'accrochait au coffre.

Il n'y avait pas de circulation lorsqu'elle atteignit, en seconde, le boulevard bien éclairé. Elle accéléra tant qu'elle put en passant devant le temple de Louxor. Le moteur ronflait quand elle passa en troisième. Le compteur ne fonctionnant pas, elle n'avait aucune idée de l'allure à laquelle elle allait. Raoul était toujours accroché au coffre. Elle voyait dans le rétroviseur ses cheveux noirs ébouriffés par le vent. Il fallait qu'elle s'en débarrasse.

Tournant le volant brusquement de droite à gauche, elle passa d'un côté à l'autre de la rue, faisant grincer les pneus. Mais Raoul, aplati contre la voiture, réussit à tenir bon.

Erica passa en quatrième et enfonça l'accélérateur. Le taxi fit un bond en avant, mais la roue avant droite se mit à vibrer de façon alarmante. Les vibrations étaient telles qu'elle se cramponnait au volant à deux mains quand elle passa devant les deux maisons des ministres. Le spectacle du taxi lancé dans une course folle, avec un homme accroché au coffre, parut fort drôle aux soldats en faction.

Écrasant le frein, Erica pila net. Raoul, sous le choc, glissa sur la vitre arrière. Revenant en première, Erica accéléra de nouveau, mais Raoul s'agrippait aux rebords des portières. Alors, Erica, délibérément, monta sur le bas-côté de la route, rasant les poteaux. La voiture en heurta un violemment. Une portière s'ouvrit sous le choc.

Raoul, couché sur le coffre, avait les mains passées par les vitres arrières manquantes. A chaque poteau heurté, sa tête cognait contre la voiture. Mais il avait décidé de rester avec Erica. Elle devait être devenue folle.

Au virage menant chez Ahmed, les phares du taxi éclairèrent un mur de terre sèche, au bord de la route. Freinant à bloc, Erica passa en marche arrière. L'arrêt brutal projeta Raoul sur le toit. Cherchant une prise, il s'accrocha au rebord de la portière avant à quelques centimètres du visage d'Erica.

Toujours en marche arrière, elle accéléra et la voiture vint heurter le mur avec force. Erica eut l'impression qu'on lui projetait la tête en arrière. La portière avant s'ouvrit, manqua sortir de ses gonds. Raoul ne lâcha pas prise.

Passant en première, Erica fit faire un bond en avant au taxi. La portière se referma, claquant sur les doigts de Raoul.

Il poussa un cri de douleur et, d'instinct, retira sa main. Au même moment, l'auto rebondissait sur le bord asphalté de la route et la secousse projeta Raoul dans le sable du bas-côté. La seconde d'après, il était debout. Soutenant sa main endolorie, il se mit à courir derrière Erica, notant qu'elle se dirigeait vers une maison basse, blanchie à la chaux. Il s'arrêta au moment où, jaillissant de la voiture, elle se précipita vers la porte de la maison. Après s'être bien assuré de l'endroit où elle était, il tourna les talons. Il allait rejoindre Yvon.

La porte d'Ahmed n'était pas fermée à clef. Elle l'ouvrit, se rua à l'intérieur et courut jusqu'au salon. Elle éprouva une joie intense à voir qu'il était encore debout à bavarder avec un ami.

— Je suis suivie ! cria-t-elle.

Ahmed se leva précipitamment, stupéfait à la vue d'Erica.

— ... Vite, continua-t-elle. Il faut chercher de l'aide.

Ahmed recouvra assez de sang-froid pour courir à la porte.

Erica se tourna vers son compagnon pour lui demander d'appeler la police. Elle ouvrit la bouche et puis la stupeur autant que l'effroi lui écarquillèrent les yeux.

Refermant la porte derrière lui, Ahmed revint et saisit Erica dans ses bras.

— Tout va bien, Erica, dit-il. Tout va bien et vous êtes en vie. Laissez-moi vous regarder. Je n'arrive pas à y croire. C'est un miracle.

Mais Erica ne répondit pas. Elle regardait par-dessus l'épaule d'Ahmed et sentait son sang se glacer. Elle regardait Muhammad Abdulal ! Maintenant, il les tuerait tous les deux. Incontestablement, Abdulal fut aussi étonné qu'elle. Mais il retrouva son sang-froid et se mit à vociférer en arabe.

Au début, Ahmed ne tint pas compte de la fureur de l'autre. Il demanda à Erica qui l'avait suivie, mais avant qu'elle ait pu répondre, Muhammad dit quelque chose qui provoqua chez Ahmed une montée de rage semblable à celle qui lui avait fait projeter sa tasse contre le mur. Ses yeux s'assombrirent et il opéra un demi-tour pour faire face à Muhammad. Il parla lui aussi en arabe, d'une voix basse et menaçante au début, mais qui monta peu à peu jusqu'au cri.

Erica regardait les deux hommes à tour de rôle, s'attendant à voir Muhammad sortir une arme. A son grand soulagement, elle remarqua qu'il baissait la tête. A première vue c'était Ahmed qui commandait car, lorsqu'il lui indiqua une chaise, il s'assit. Ensuite, après le soulagement, vint l'angoisse. Ahmed se tourna vers Erica. Que se passait-il ?

— Erica, dit-il doucement, c'est vraiment un miracle que vous soyez revenue...

Quelque chose ne tournait pas rond. Que disait-il ? Qu'entendait-il par « revenue » ?

— ... C'est sans doute le vœu d'Allah que vous et moi nous soyons ensemble, continua-t-il. Et j'accepte sa décision. J'ai parlé de vous pendant des heures avec Muhammad. J'allais aller vous voir, vous parler, vous supplier.

Le cœur d'Erica battait à se rompre. Tout se désintégrait autour d'elle.

— Vous saviez que j'étais enfermée dans cette tombe ?

— Oui. Cela a été une décision difficile pour moi, mais il fallait vous arrêter. J'ai donné l'ordre que l'on ne vous fasse pas de mal. Je devais aller à la tombe et vous convaincre de vous joindre à nous. Je vous aime, Erica. Autrefois, j'ai dû renoncer à la femme que j'aimais. Mon oncle a fait en sorte de ne pas me laisser le choix. Mais pas cette fois-ci. Je veux que vous fassiez partie de la famille, ma famille et celle de Muhammad.

Fermant les yeux, Erica chercha à mettre un peu d'ordre dans ses pensées. Elle ne pouvait croire ce qui se passait, ce qu'elle entendait. Mariage ? Famille ?

— Vous êtes apparenté à Muhammad Abdulal ? demanda-t-elle d'une voix incertaine.

— Oui, répondit Ahmed en la guidant doucement vers le canapé et l'aidant à s'asseoir. Nous sommes cousins. Notre grand-mère est Aïda Raman. C'est la mère de ma mère.

Méticuleusement, il décrivit la généalogie compliquée de leur famille.

Lorsqu'il se tut, Erica jeta un coup d'œil apeuré à Muhammad.

— ... Erica, continua Ahmed soucieux de retrouver son attention, vous avez réussi ce que personne d'autre n'a réussi depuis cinquante ans. Personne, en dehors de la famille, n'a vu le papyrus Raman. Et l'on a fait disparaître tous ceux qui se sont seulement doutés de son existence. Grâce à la presse, ces morts ont été attribuées à quelque mystérieuse malédiction. Cela a beaucoup servi.

— Et tout ce secret dans le seul but de garder la tombe ? demanda Erica.

Ahmed et Muhammad échangèrent un coup d'œil.

— De quelle tombe parlez-vous ? demanda Ahmed.

— De la vraie tombe de Séthi, sous celle de Toutânkhamon.

Muhammad fit un bond et submergea Ahmed d'un autre torrent de protestations virulentes en arabe. Cette fois-ci, son cousin l'écouta sans le faire taire. Lorsque Muhammad en eut terminé, Ahmed se tourna vers Erica.

— Vous êtes réellement merveilleuse, dit-il d'une voix calme. A présent vous savez pourquoi l'enjeu est tellement élevé. Oui, nous sommes les gardiens de la tombe intacte d'un des grands pharaons. Vous êtes la première à comprendre que cela représente une richesse incalculable. Vous nous avez mis dans une situation embarrassante. Mais, si vous m'épousez, cela vous appartiendra en partie et vous pourrez nous aider à tirer profit de cette incroyable découverte archéologique.

Erica réfléchissait à toute allure, cherchant un moyen de s'échapper. Il lui avait fallu fuir Yvon, à présent Ahmed. Et Raoul était sans doute retourné chez Yvon. La confrontation serait effroyable.

— Pourquoi n'a-t-on pas vidé la tombe ? demanda-t-elle pour gagner du temps.

— Elle est pleine de tant d'objets précieux qu'en retirer posait un problème. Mon grand-père Raman a compris qu'il faudrait une génération pour mettre le circuit en place pour alimenter le marché de façon suivie et mettre la famille à des postes clefs lui permettant de faire sortir ces merveilles du pays. Pendant les dernières années de sa vie, nous n'avons pris dans la tombe que de quoi subvenir à l'instruction de la nouvelle génération. Ce n'est que l'année dernière que je suis devenu directeur du département des Antiquités et Muhammad gardien en chef de la nécropole de Louxor.

— Comme la famille Rasul, au XIXe siècle ?

— La ressemblance n'est qu'apparente. Nous travaillons avec beaucoup de soin en respectant l'intérêt archéologique. En fait, Erica, vous pourriez nous être très utile, dans ce domaine.

— Lord Carnarvon a-t-il été de ces gêneurs dont il a fallu se débarrasser ? demanda-t-elle.

— Je ne sais pas. Il y a longtemps de cela. Mais je le pense.

Muhammad fit un signe de tête affirmatif.

— Erica, continua Ahmed, comment avez-vous appris ce que vous savez ? Je veux dire, qu'est-ce qui vous...

Brusquement toutes les lumières s'éteignirent dans la maison. La lune s'était couchée et l'obscurité était absolue — comme dans une tombe. Erica ne bougea pas. Elle entendit quelqu'un décrocher le téléphone, puis le raccrocher brutalement. Sans doute Yvon et Raoul avaient-ils coupé les fils.

Ahmed et Muhammad s'entretinrent rapidement en arabe. Puis, les yeux de la jeune femme s'habituèrent à l'obscurité, elle distinguait de vagues formes. Une silhouette avançait vers elle et elle se recula vivement. C'était Ahmed. Il la saisit par le poignet, la contraignant à se lever. Elle ne voyait que ses yeux et ses dents.

— Par qui étiez-vous suivie ? demanda-t-il à voix contenue.

Terrifiée, se sentant prise entre deux forces terribles, elle était incapable de parler. Ahmed la secoua, impatienté. Finalement, elle parvint à bredouiller :

— Yvon de Margeau.

Sans lâcher le poignet d'Erica, Ahmed parla rapidement à Muhammad et elle vit le canon d'un pistolet briller dans sa main.

Puis Ahmed l'entraîna, la tirant derrière lui ; il lui fit traverser la pièce, longer le couloir au fond de la maison. Elle luttait pour libérer sa main, incapable de rien voir dans l'obscurité totale. Mais Ahmed la maintenait ferme. Muhammad courait derrière.

Ils émergèrent dans la cour où l'on y voyait un peu plus clair. Ils firent le tour de l'écurie, atteignirent la porte de derrière. Ahmed et Muhammad échangèrent quelques mots rapides. Puis Ahmed ouvrit la porte. La ruelle sur laquelle elle donnait était déserte et plus sombre que la cour parce que bordée, de chaque côté, d'une rangée de palmiers. Avec précaution, Muhammad avança la tête, prêt à tirer, cherchant à voir dans l'obscurité. Rassuré, il recula pour laisser passer Ahmed. Sans lui lâcher le poignet, celui-ci poussa Erica devant lui et ils franchirent la porte.

La première chose dont Erica eut conscience fut du resserrement de l'emprise d'Ahmed sur son poignet. Ensuite, elle entendit le coup de feu. Le même son mat qu'elle avait entendu, face à Evangelos. Celui d'une arme munie d'un silencieux. Ahmed tomba sur le flanc, en travers de la porte, entraînant Erica sur lui. Si faible que fût la lumière, elle se rendit compte qu'il avait, lui aussi, reçu une balle entre les deux yeux. Elle sentit sur sa joue l'impact de débris de cervelle.

Elle parvint à se mettre à genoux. Muhammad bondit, la dépassa pour se mettre à l'abri des arbres. Sans bouger, Erica le regarda se retourner, tirer. Puis, il s'enfuit dans la direction opposée. Dans un état proche de l'hébétude, Erica se leva, les yeux rivés sur le cadavre d'Ahmed. Elle recula, heurta le mur de l'écurie. La bouche ouverte, elle respirait avec peine. Sur le devant de la maison, elle entendit une série de craquements suivis par un bruit violent. On venait vraisemblablement d'enfoncer la porte.

Dans son dos, Saouda s'agitait dans son écurie. Erica était dans l'incapacité de faire un mouvement.

Juste devant elle, encadrée dans la porte donnant sur la ruelle, elle vit une silhouette courbée qui passa en courant. Presque immédiatement, plusieurs coups de feu éclatèrent. Puis, derrière elle, elle entendit un bruit de galopade dans la maison et sa paralysie se transforma en terreur. C'était elle qu'Yvon cherchait et rien ne l'arrêterait.

La porte du fond de la maison s'ouvrit en grand. Elle retint sa respiration. C'était Raoul. Elle le vit se pencher sur Ahmed, puis disparaître dans la ruelle.

Erica était restée paralysée au moins cinq minutes. Soudain, elle se détacha du mur et, en vacillant, traversa la maison plongée dans l'obscurité et sortit par la porte enfoncée.

Elle passa de l'autre côté de la route, descendit une ruelle en courant, traversa une cour, puis une autre, renversant des ustensiles divers, pataugeant dans un égout. Des lumières s'allumèrent. Au loin, elle entendit encore d'autres coups de feu et un homme crier. Elle courut jusqu'à complet épuisement. Mais elle ne s'arrêta qu'au bord du Nil. Là, elle réfléchit, cherchant où aller. Impossible de faire confiance à personne. Muhammad étant le chef des gardiens, elle craignait même la police.

C'est alors qu'elle se souvint des deux maisons des ministres gardées par des soldats peu impressionnants. Au prix d'un grand effort, elle se remit sur pied. Elle resta dans l'ombre, à l'écart de la route jusqu'à ce qu'elle atteigne les propriétés gardées. Les soldats étaient là, bavardant ensemble par-delà les quinze mètres les séparant. Ils se retournèrent d'un même mouvement pour regarder Erica se diriger droit vers le premier. Il était jeune, portait un uniforme brun trop large et des chaussures bien cirées. Il avait un fusil mitrailleur en bandoulière. Erica s'approcha, il déplaça son arme et ouvrit la bouche pour parler.

Erica, nullement décidée à s'arrêter, passa devant le jeune homme médusé et pénétra dans le jardin.

— *O af andak !* cria le soldat en lui courant après.

Elle s'arrêta. Et puis, de toutes ses forces, elle se mit à hurler : « Au secours ! » et elle continua jusqu'au moment où une lumière s'alluma dans la maison. Puis, une silhouette apparut à la porte. Un homme, en robe de chambre, chauve, très gras et pieds nus.

— Parlez-vous anglais ? demanda Erica hors d'haleine.

— Évidemment, répondit l'homme aussi surpris qu'irrité.

— Travaillez-vous pour le gouvernement ?

— Oui. Je suis sous-chef du cabinet du ministre de la Défense.

— Avez-vous quelque chose à faire avec les antiquités ?

— Rien.

— Magnifique. J'ai une histoire ahurissante à vous raconter.

BOSTON

Le 747 de la TWA vira en douceur et descendit vers l'aéroport de Logan. Le nez pressé contre son hublot, Erica contemplait Boston en automne. Et cela lui parut très beau.

Les roues du gros appareil entrèrent en contact avec le sol, faisant légèrement trembler la cabine. Quelques passagers applaudirent, heureux que soit terminé le long vol transatlantique. Erica n'arrivait pas encore à croire à tout ce qui lui était arrivé depuis son départ. Elle avait changé, la transition s'était faite, elle était passée enfin du monde académique au monde réel. Et, avec l'invitation que lui avait faite le gouvernement égyptien de jouer un rôle de premier plan dans le déblaiement de la tombe de Séthi Ier, elle se sentait assurée d'une belle carrière. L'appareil atteignit la grille. Le bruit des moteurs s'éteignit et les passagers commencèrent à ouvrir les casiers à bagages. Erica resta assise à regarder les nuages de Nouvelle-Angleterre. Elle revoyait l'uniforme blanc immaculé du lieutenant Iskander quand il était venu la voir au Caire. Il lui avait fait un rapport final de la nuit fatale de Louxor. Ahmed Khazzan avait été tué par balle — elle le savait déjà. Muhammad Abdulal était toujours dans le coma ; Yvon de Margeau n'avait pas été inquiété, mais il était parti, n'étant plus *persona grata* en Égypte. Quant à Stephanos Markoulis, il avait disparu.

Tout cela semblait tellement irréel à présent qu'elle était à Boston. Elle gardait de cette aventure une certaine amertume surtout à cause d'Ahmed. Elle lui avait fait aussi se demander si elle était capable de bien juger les gens, Yvon par exemple. Après tout ce qui s'était passé, il avait eu le culot de lui téléphoner au Caire, depuis Paris, lui proposant une petite fortune en échange de renseignements concernant l'intérieur du tombeau de Séthi Ier.

Elle rassembla ses affaires et se laissa porter par la foule. Elle passa sans encombre au contrôle et récupéra ses bagages. Puis elle sortit.

Ils se virent au même moment. Richard se mit à courir et la prit dans ses bras. Elle laissa tomber ses valises, contraignant les autres passagers à les enjamber.

Ils restèrent enlacés sans rien dire. Finalement, Erica se dégagea.

— Tu avais raison, Richard. J'étais folle depuis le début. J'ai de la chance d'être encore en vie.

Les yeux de Richard s'emplirent de larmes, ce qu'elle n'avait encore jamais vu.

— Non, Erica, nous avions tort et raison tous les deux. Cela veut dire que nous avons encore beaucoup à apprendre l'un de l'autre. Mais, crois-moi, de mon côté, je ferai ce qu'il faut.

Erica sourit. Elle ne comprenait pas exactement ce qu'il voulait dire, mais cela lui faisait du bien.

— Oh, au fait, ajouta-t-il en prenant ses bagages. Il y a ici un homme de Houston qui veut te voir.

— Vraiment ?

— Oui. A ce qu'il paraît, il connaît le Dr Lowery, qui lui a donné mon numéro de téléphone. Il est là-bas, tiens.

— Mon Dieu, fit Erica en suivant son regard. C'est Jeffrey Rice.

Au même moment, celui-ci avança, se décoiffant d'un geste large.

— Confus de vous interrompre tous les deux, mais, mademoiselle, voici votre chèque pour avoir trouvé la statue de Séthi.

— Je ne comprends pas, s'étonna Erica. Le gouvernement égyptien possède cette statue maintenant. Vous ne pouvez pas l'acheter.

— C'est justement la question. Cela fait de la mienne un objet unique en son genre, hors l'Égypte. Grâce à vous elle a encore plus de valeur qu'avant. Tout le monde à Houston est ravi.

Erica regarda le chèque de dix mille dollars et éclata de rire. Richard, qui ne comprenait pas très bien ce qui se passait, se mit à rire lui aussi à voir son air stupéfait. Rice haussa les épaules et, son chèque toujours à la main, regarda s'éloigner les deux jeunes gens.

Le Livre de Poche / Thrillers

Extrait du catalogue

Adler *Warren*
La Guerre des Rose
Attinelli *Lucio*
Ouverture sicilienne
Bar-Zohar *Michel*
Enigma
Benchley *Peter*
Les Dents de la mer
Breton *Thierry*
Vatican III
Breton *Thierry* et **Beneich** *Denis*
Software " La Guerre douce "
Camp *Jonathan*
Trajectoire de fou
Carré *John le*
Comme un collégien
La Petite Fille au tambour
Clancy *Tom*
Octobre rouge
Tempête rouge
Jeux de guerre
Le Cardinal du Kremlin
Danger immédiat
Somme de toutes les peurs
Coatmeur *Jean-François*
La Nuit rouge
Yesterday
Narcose
La Danse des masques
Cook *Robin*
Vertiges
Fièvre
Manipulations
Virus
Danger mortel
Syncopes
Sphinx
Avec intention de nuire
Cooney *Caroline B.*
Une femme traquée
Coonts *Stephen*
Le Vol de l'Intruder
Dernier Vol
Le Minotaure
Crichton *Michael*
Sphère
Crumley *James*
La Danse de l'ours
Cruz Smith *Martin*
Gorky Park
L'Étoile Polaire
Curtis *Jacques*
Le Parlement des corbeaux

Cussler *Clive*
L'Incroyable Secret
Panique à la Maison Blanche
Cyclope
Trésor
Dragon
Daley *Robert*
L'Année du Dragon
La Nuit tombe sur Manhattan
L'Homme au revolver
Le Prince de New York
Le Piège de Bogota
Devon *Gary*
Désirs inavouables
Dickinson *William*
Mrs. Clark et les enfants du diable
De l'autre côté de la nuit
  (Mrs. Clark à Las Vegas)
Dunne *Dominick*
Une femme encombrante
Erdmann *Paul*
La Panique de 89
Fast *Howard*
La Confession de Joe Cullen
Fielding *Joy*
Qu'est-ce qui fait courir Jane ?
Follett *Ken*
L'Arme à l'œil
Triangle
Le Code Rebecca
Les Lions du Panshir
L'Homme de Saint-Pétersbourg
Forbes *Colin*
Le Léopard
Forsyth *Frederick*
Le Quatrième Protocole
Le Négociateur
Le Manipulateur
Gernigon *Christian*
Le Sommeil de l'ours
Giovanni *José* et **Schmitt** *Jean*
Les Loups entre eux
Goldman *William*
Marathon Man
Graham *Caroline*
Meurtres à Badger's Drift
Granger *Bill*
Un nommé Novembre
Hayes *Joseph*
La Nuit de la vengeance
La Maison des otages
Heywood *Joseph*
L'Aigle de Sibérie

Higgins *Jack*
Solo
Exocet
Confessionnal
L'Irlandais
La Nuit des loups
Saison en enfer
Opération Cornouailles
L'Aigle a disparu
Higgins Clark *Mary*
La Nuit du renard
La Clinique du docteur H
Un cri dans la nuit
La Maison du guet
Le Démon du passé
Ne pleure pas ma belle
Dors ma jolie
Le Fantôme de Lady Margaret
Recherche jeune femme aimant danser
Highsmith *Patricia*
L'Homme qui racontait des histoires
Hunter *Stephen*
Target
Kakonis *Tom*
Chicane au Michigan
Katz *William*
Fête fatale
Kerlan *Richard*
Sukhoï
Vol sur Moscou
King *Stephen*
Dead Zone
Kœnig *Laird*
La Petite Fille au bout du chemin
Koontz *Dean R.*
La Nuit des cafards
Lenteric *Bernard*
La Gagne
La Guerre des cerveaux
Substance B
Voyante
Le Roux *Gérard* - **Buchard** *Robert*
Fumée verte
Fumée rouge
Loriot *Noëlle*
L'Inculpé
Ludlum *Robert*
La Mémoire dans la peau
Le Cercle bleu des Matarèse
Osterman week-end
L'Héritage Scarlatti
Le Pacte Holcroft
La Mosaïque Parsifal, t. 1 et 2
La Progression Aquitaine
La Mort dans la peau
La Vengeance dans la peau
Une invitation pour Matlock
Sur la route de Gandolfo

L'Agenda Icare
L'Echange Rhinemann
MacDonald *Patricia J.*
Un étranger dans la maison
Sans retour
Melnik *Constantin*
Des services « très » secrets
Morrell *David*
La Fraternité de la Rose
Le Jeu des ombres
Les Conjurés de la pierre
La Cinquième Profession
Les Conjurés de la flamme
Nathan *Robert Stuart*
Le Tigre blanc
Oriol *Laurence*
Le Domaine du Prince
Perez-Reverte *Arturo*
Le Tableau du maître flamand
Puzo *Mario*
Le Quatrième K
Randall *Bob*
Le Fan
Raynal *Patrick*
Arrêt d'urgence
Ryck *Francis*
Le Nuage et la Foudre
Autobiographie d'un tueur professionnel
Salinger *Pierre* et **Gross** *Leonard*
Le Scoop
Sanders *Lawrence*
Péchés mortels
Les Jeux de Timothy
Chevaliers d'orgueil
Manhattan Trafic
Simmel *Johannès Mario*
Le Protocole de l'ombre
On n'a pas toujours du caviar
Et voici les clowns...
Smith *Rosamund*
Le Département de musique
Spillane *Mickey*
L'Homme qui tue
Topol *Edward*
La Substitution
Topol *Edward* et **Neznansky** *Fridrich*
Une place vraiment rouge
Uhnak *Dorothy*
La Mort est un jeu d'enfants
Vachss *Andrew*
La Sorcière de Brooklyn
Wallace *Irving*
Une femme de trop
Wambaugh *Joseph*
Le Mort et le Survivant
Wiltse *David*
Le Baiser du serpent

Dans Le Livre de Poche policier

Extraits du catalogue

Borniche *Roger*
Le Coréen
Carr *John Dickson*
La Chambre ardente
Christie *Agatha*
Le Meurtre de Roger Ackroyd
Dix Petits Nègres
Le Crime de l'Orient-Express
A.B.C. contre Poirot
Cartes sur table
Cinq Petits Cochons
Mister Brown
Le Couteau sur la nuque
La Mort dans les nuages
Mort sur le Nil
Je ne suis pas coupable
Un cadavre dans la bibliothèque
L'Heure zéro
N. ou M. ?
Rendez-vous à Bagdad
La Maison biscornue
Le Train de 16 heures 50
Le Major parlait trop
Témoin à charge
Les Indiscrétions d'Hercule Poirot
Drame en trois actes
Le Crime est notre affaire
Rendez-vous avec la mort
Un meurtre sera commis le...
Trois souris...
Le Miroir se brisa
Le Chat et les Pigeons
Le Cheval pâle
La Nuit qui ne finit pas
Jeux de glaces
Allô, Hercule Poirot
Le Cheval à bascule
Pension Vanilos
Un meurtre est-il facile ?
Mrs Mac Ginty est morte
Témoin indésirable
Némésis
La Dernière Enigme
Associés contre le crime
Le Bal de la Victoire
A l'hôtel Bertram
Passager pour Francfort
Les Enquêtes d'Hercule Poirot
Mr Quinn en voyage
Poirot quitte la scène
Poirot résout trois énigmes

Dibdin *Michael*
Vendetta
Doyle *Sir Arthur Conan*
Sherlock Holmes : Étude en Rouge
  suivi de Le Signe des Quatre
Les Aventures de Sherlock Holmes
Souvenirs de Sherlock Holmes
Résurrection de Sherlock Holmes
La Vallée de la peur
Archives sur Sherlock Holmes
Le Chien des Baskerville
Son dernier coup d'archet
Doyle *Sir A. Conan* et **Carr** *J.D.*
Les Exploits de Sherlock Holmes
Exbrayat *Charles*
Quel gâchis, inspecteur
Le Petit Fantôme de Canterbury
Avanti la mùsica !
Le plus beau des Bersagliers
Vous souvenez-vous de Paco ?
Goodis *David*
La Lune dans le caniveau
Grisolia *Michel*, **Girod** *Francis*
Le Mystère de l'abbé Moisan
Hitchcock *Alfred* présente :
Histoires à ne pas lire la nuit
Histoires à faire peur
Histoires diablement habiles
Histoires à n'en pas revenir
Histoires macabres
Histoires angoissantes
Histoires piégées
Histoires riches en surprises
Histoires de mort et d'humour
Histoires troublantes
Histoires noires
Histoires médusantes
Histoires qui défrisent
Histoires à sang pour sang
Histoires pour tuer le temps
Histoires explosives
Histoires déroutantes
Histoires à corps et à crimes
Histoires avec pleurs et couronnes
Histoires à risques et périls
Histoires d'argent, d'armes et de voleurs
Histoires de la crème du crime
Histoires de sang et de sous
Histoires de trouble émoi
Histoires de faisans à l'hallali

Histoires pleines de dommages et d'intérêt
Histoires délicieusement délictueuses
Histoires d'obsessions textuelles
Histoires de morts sûres et méfaits divers
Irish *William*
Rendez-vous mortel
James *P.D.*
La Proie pour l'ombre
L'Ile des morts
Meurtre dans un fauteuil
La Meurtrière
Un certain goût pour la mort
Sans les mains
Une folie meurtrière
Meurtres en blouse blanche
Mort d'un expert
A visage couvert
Par action et par omission
Les Enquêtes d'Adam Dalgliesh, *t. 1 et 2* (*La Pochothèque*)
Romans (*La Pochothèque*)
Jaouen *Hervé*
Histoires d'ombres
Keating *H.R.F.*
Un cadavre dans la salle de billard
L'Inspecteur Ghote en Californie
Meurtre à Malabar Hill
Lebigre *Arlette*
Meurtres à la cour du Roi-Soleil
Leblanc *Maurice*
Arsène Lupin, gentleman cambrioleur
Arsène Lupin contre Herlock Sholmès
La Comtesse de Cagliostro
L'Aiguille creuse
Les Confidences d'Arsène Lupin
Le Bouchon de cristal
813
Les 8 Coups de l'horloge
La Demoiselle aux yeux verts
La Barre-y-va
Le Triangle d'Or
L'Ile aux 30 cercueils
Les Dents du Tigre
La Demeure mystérieuse
L'Éclat d'obus
L'Agence Barnett et Cie
La Femme aux deux sourires
Les Trois Yeux
Le Formidable événement
Dorothée, danseuse de corde

Victor de la Brigade mondaine
La Cagliostro se venge
Leonard *Elmore*
D'un coup d'un seul
Leroux *Gaston*
Le fantôme de l'Opéra
Le Mystère de la chambre jaune
Le Parfum de la dame en noir
Le Fauteuil hanté
Monteilhet *Hubert*
La Part des anges
Mourir à Francfort
Le Retour des cendres
Les Mantes religieuses
Meurtre à loisir
De quelques crimes parfaits
Esprit, es-tu là ?
Devoirs de vacances
Les Bourreaux de Cupidon
Raynal *Patrick*
Fenêtre sur femmes
Rendell *Ruth*
Le Jeune Homme et la mort
Un enfant pour un autre
L'Homme à la tortue
L'Arbre à fièvre
Les Désarrois du professeur Sanders
L'Été de Trapellune
Steeman *Stanislas-André*
L'assassin habite au 21
Légitime Défense
(*Quai des Orfèvres*)
Thomson *June*
Claire... et ses ombres
Topin *Tito*
Un gros besoin d'amour
Traver *Robert*
Autopsie d'un meurtre
Vickers *Roy*
Service des affaires classées :
  1. Un si beau crime
  2. L'ennemi intime
  3. Le Cercle fermé
  4. Le Mort au bras levé
Vine *Barbara*
Ravissements
Wambaugh *Joseph*
Soleils noirs
Le Crépuscule des flics

Composition réalisée par EURONUMÉRIQUE

IMPRIMÉ EN FRANCE PAR BRODARD ET TAUPIN
Usine de La Flèche (Sarthe).
Librairie Générale Française - 6, rue Pierre-Sarrazin - 75006 Paris.
ISBN : 2 - 253 - 05946 - 3 ◈ 30/7582/7